그래도 지구는 돈다

그래도 지구는 돈다 2
다죽자 N세대 연애 소설

초판 1쇄 찍은 날 § 2003년 6월 30일
초판 1쇄 펴낸 날 § 2003년 7월 10일

지은이 § 다죽자
펴낸이 § 서경석

편집장 § 문혜영
편집책임 § 이종민
마케팅 § 정필 · 강양원 · 이선구 · 김규진 · 홍현경

펴낸곳 § 도서출판 청어람
등록번호 § 제1081-1-89호
등록일자 § 1999. 5. 31
어람번호 § 제4-0009호

주소 § 경기도 부천시 원미구 심곡1동 350-1 남성B/D 3F (우) 420-011
전화 § 032-656-4452 팩스 § 032-656-4453
http://www.chungeoram.com
E-mail § eoram99@chollian.net

ⓒ 다죽자, 2003

값 9,000원

ISBN 89-5505-748-2 04810
ISBN 89-5505-746-6 (SET)

※ 파본은 본사나 구입하신 서점에서 교환하여 드립니다.
※ 저자와 협의하여 인지를 붙이지 않습니다.

그래도 지구는 돈다 2

다죽자 N세대 연애소설

도서출판 청어람

CONTENTS

제10장 우산의 의미	●7
제11장 티아모 (Tiamo)	●35
제12장 먹구름	●69
제13장 네 마리 고양이의 꿈	●87
제14장 아슬아슬한 녀석	●143
제15장 하늘을 날다	●158
제16장 아이스크림 돼지	●175
제17장 다시 제자리로	●243
제18장 12월 11일&아로하	●276
제19장 행복이란	●302
모놀로그	●312
독자 편지	●318

제10장
우산의 의미

난 오늘도 학교에 나오지 않은 로하를 찾아가기 위해 보충 수업을 빼먹었다. 하지만 아직 학교 건물 안이다. 하나밖에 없는 우산을 어제 그 카페에 놓고 와버려서 지금 빈손이다. 폭우처럼 쏟아지는 이 비를 맞고 어떻게 가지? 쉽게 그칠 것 같지도 않은데. 발을 동동 구르며 야속한 하늘을 노려보고 있는데 뒤에서 인기척이 느껴졌다. 젠장, 선생한테 들킨 건가? 하지만 내 옆으로 다가온 건 선생님이 아니라 사천이었다.
"무슨 급한 일 있어? 보충까지 빼먹고."
"으응."
"자, 이거 써."
내게 우산을 내미는 사천.

"이거 네 우산이잖아."

"난 괜찮아. 좀 있으면 비 그칠 거야."

네가 이러면 나 정말 너 볼 낯이 없어. 알잖아.

"넌 어서 수업에나 들어가. 그리고 우리 아직은 아니다."

"산어래!!"

앞이 보이지 않을 정도로 쏟아지는 빗속으로 뛰어들었다. 뒤에서 사천이가 뭐라고 하는 것 같았는데 빗소리 때문에 들리지 않았다. 난 교문까지 죽어라 뛰어가서 택시를 탔다. 택시 기사 아저씨가 생쥐 꼴인 날 보고 내리라고 했지만 끝까지 버텼다. 그 깡 덕분에 난 돼지네 집에 잘 도착했다.

초인종을 아무리 눌렀지만 대답이 없었다. 잠겨 있을 거라 생각하고 돌린 문은 너무나 쉽게 열렸다. 난 안으로 들어가 소리쳤다.

"아로하!! 있어?"

오늘은 웬일인지 집이 깨끗했다. 방에도, 욕실에도, 심지어 창고에도 로하는 없었다. 이렇게 비가 오는데 어디 갔지? 난 바닥에 계속해서 떨어지는 물을 닦다 걸레를 집어 던졌다. 올 때까지 좀 씻어야겠다. 욕실로 들어가 문을 잠그려 했는데 망가졌는지 잠기지 않았다. 뭐 금방 씻을 건데 그사이에 오겠어? 완벽하게 젖은 교복을 벗고 위에서 떨어지는 샤워기 물로 몸을 씻었다. 뜨거운 물로 인해 추위가 한결 가시는 것 같았다. 이젠 됐다 싶어 물을 잠그려는데 어딘가에서 찬바람이 살랑살랑 불어왔다. 문이 열렸나? 물을 잠그고 문 쪽으로 눈을 돌렸다.

"카악~!! 뭐야!!!"

몸을 감싸 안으며 얼른 앉았다.

"아로하!! 문 안 닫아?"

쾅—!!

언제부터 보고 있었지? 설마 다 본 건… 으악!! 나 죽어버릴 거야!! 이 변태 새끼, 예전에 버스에서 내 엉덩이 분명히 만졌을 거야. 그러면서 시치미 떼고 이번에도. 욕실에 들어오기 전, 옷장에서 꺼내온 옷으로 갈아입고 거실로 나왔다. 로하 녀석은 소파에 누워 TV를 보고 있었다.

"말해 봐. 다 봤지?"

"눈 버렸다."

"이 나쁜 놈!! 변태 새끼!!"

난 소파 위에 있던 쿠션으로 무작정 로하를 때렸다.

"경찰에 신고할 거야!! 나쁜 놈!"

"윽!!"

"으악!!"

놈이 갑자기 내가 들고 있는 쿠션을 잡아당기는 바람에 난 중심을 잃고 로하 위로 쓰러졌다. 로하의 얼굴과 내 얼굴 사이엔 1㎝의 공간만 존재했다. 이놈의 심장이 미쳤나? 로하의 얼굴을 보자마자 쿵쾅대는 심장 때문에 눈을 감았다. 로하의 숨결이 얼굴에 닿아 간지러웠다.

"눈은 왜 감았냐? 키스해 달라고?"

"무, 무슨!! 저리 비켜!!"

"날 깔고 있는 사람이 누군데? 여자가 왜 이렇게 무거워?"

난 정말 눈 깜짝할 사이 로하 위에서 내려왔다. 내가 왜 눈을 감았지?

으, 이 바보. 그건 그렇고 내 몸!!
"아로하, 정말 다 봤어? 아니지?"
"무슨 대답을 기대해?"
"사실대로 말하기나 해."
"안 봤다고 하면 그건 하늘에게 거짓말하는 거겠지?"
"으흐흑, 으앙~"
난 그대로 바닥에 주저앉아 대성통곡을 했다. 로하는 내가 울음을 멈출 때까지 조용히 있다 한마디 하고는 방으로 들어갔다.
"멍청하긴."
코를 한 번 들여 마시고 로하 뒤를 따라 방으로 들어갔다.
"무슨 뜻이야?"
"못 알아듣는 척하지 마."
"야!!"
"드럼통 같은 네 몸 안 봤으니까 입 닥치고 있어."
"정말이야?"
난 조용히 화장대 앞에 놓인 의자에 앉았다.
"안 나가?"
"학교엔 언제 나올 거야? 강새아 깨어났어. 건강해. 그리고 이민 간대."
뒤돌아 누워 있었기에 놈이 어떤 표정을 짓고 있는지 알 수 없었다. 난 계속해서 말을 이어갔다.
"이젠 죄책감 가질 필요 없어. 그리고 들이 일은……"
"그만 해."

"알아들었으면 내일부터 학교에 나와."

"왜 그렇게 내 일에 신경을 쓰는 거야? 너와 상관없는 일인데."

나도 모르겠어. 난 그냥 내 마음 가는 대로 행동할 뿐이야. 나도 자꾸 로하 너에게 신경 쓰는 내가 궁금해. 난 아무 말도 않고 방을 나왔다. 교복을 챙겨 가려는데 돼지가 신경질을 내며 집으로 들어오는 게 보였다.

"어라? 어쩐 일이야? 그런데 왜 로하 옷을 입고 있어?"

"이 옷이 그놈 꺼였냐? 아무튼 난 간다. 내일 꼭 로하랑 같이 등교해."

"아이스크림 사 왔는데."

현관문으로 가던 나의 두 다리가 어느새 돼지를 따라 소파 쪽으로 향해 있었다. 이 망할 놈의 다리. 아니, 이 거지 근성. 돼지와 같이 열심히 아이스크림을 퍼먹고 있는데 로하가 방에서 나왔다. 나와 돼지는 로하를 한 번 쳐다봐 주고 다시 아이스크림 쟁탈전을 벌였다. 아이스크림이 얼마 남아 있지 않았다.

"아이스크림 내가 사 왔잖아!!"

"같이 먹자며? 치사하게 왜 이래?"

"너 거기서 배 더 나오면 어쩌려고?"

"배 나와도 상관없어!"

"어쨌든 이건 내 꺼야."

"이 치사한 돼지 놈아!!"

그때 아이스크림 통이 하늘로 솟았다. 정확히 말하면 로하가 아이스크림 통을 집어 들었다. 우리가 멍해 있는 사이 놈이 남은 아이스크림을 다 해치웠다. 순간 이성을 잃은 돼지와 난 로하를 밖으로 쫓아냈다.

"빨리 아이스크림 사 와!!"

"맞아! 네가 돼지 아이스크림 먹었으니까 책임져."

"야! 문 안 여냐?"

"사 올 때까지 안 열어줄 거야."

잘한다~ 우리 돼지~ 힘내라~ 우리 돼지~

아이스크림을 사러 갔는지 밖이 조용해졌다. 우린 하이파이브를 외치며 신나게 집 안을 뛰어다녔다.

"사 왔으니까 문 열어."

돼지가 문을 열자 빈손인 로하가 들어왔다.

"뭐야? 로하 거짓말쟁이."

"기다려 봐."

로하의 말이 끝나기가 무섭게 어떤 아저씨들이 집을 습격해 왔다. 라면 박스만한 상자 10개를 내려놓더니 무슨 명세서 같은 걸 내밀며 말했다.

"이데 씨가 누구시죠?"

"전데요."

돼지가 그 아저씨 앞으로 걸어가며 말했다.

"사인해 주세요, 총 379,500원입니다."

돼지가 로하를 노려봤지만 로하는 실실 웃으며 이 상황을 즐기고 있었다.

"카드도 되나요?"

아저씨들이 돌아가고, 돼지의 화 삭이는 소리가 들려왔다. 아로하 너 이제 보니 무서운 놈이구나. 우리 돼지 불쌍해서 어쩌나.

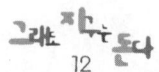

"아로하, 잠깐만 방으로 들어와."

"왜? 여기에서 얘기해. 뭐 하러 귀찮게 방까지 들어가?"

"그래? 어래가 봐도 상관없다 이거지?"

날 한번 쓱~ 쳐다보던 로하가 돼지를 따라 방으로 들어갔다. 둘이 무슨 짓을 하려고 내 눈을 피해 방으로 들어가는 거지? 설마 남자들끼리. 아닐 거야!! 내가 상상하는 그런 건 절대 아닐 거야!!

5분 후, 내 앞에 나타난 녀석들의 상태는 심히 의심스러웠다. 붉어진 로하의 얼굴, 숨까지 헐떡댄다. 그리고 블라우스 단추가 풀어진 돼지의 옷차림.

"너네 들어가서 뭐했어?"

"아이스크림이나 먹자."

"돼지야~ 뭐야? 응? 가르쳐 주라."

"안 먹으면 나 혼자 먹고."

결국 난 집에 올 때까지 둘의 방 안에서의 행각을 알아내지 못했다.

빗소리에 잠에서 깼다. 밖이 어두워 새벽인 줄 알았는데 시계는 어느새 8시를 향해가고 있었다. 으악~!! 지각이다. 오늘도 다래 녀석은 날 버려두고, 자기 혼자 사는 방식을 택했다. 우산이 없었기에 정류장까지 뛰었다. 그리고 버스에서 편안히 앉아서 올 수 있었다. 물이 뚝뚝 떨어지는 내게 다가오는 사람이 한 명도 없었으니까. 버스에서 내리고 다시 교실까지 비 맞고 뛰어야 했으니 나의 몰골은 말 안 해도 알리라 믿는다. 역시 그냥 넘어갈 최순미가 아니었다.

"너 너무 완벽하게 샤워한 거 아니니? 1년은 샤워 안 해도 되겠다."

"죽을래? 안 그래도 속옷까지 다 젖어서 찜찜한데."
"우산은 장식용이냐?"
"없으니까 이 모양 아니겠어!!"
"하나 사라. 돈 없어? 빌려줄까?"

난 날 놀리는 순미를 밀치고 화장실로 달려갔다. 사실 우산 살 돈이 없다. 이제부터 돈 관리는 자기가 한다면서 통장을 빼앗아간 다래. 하루에 차비 빼고 달랑 1,000원이 내 용돈이다. 우산 살 돈 없으니까 제발… 비야, 내리지 말아라. 다행히 집에 갈 땐 비가 그쳤다. 하지만 하늘은 내가 그렇게도 싫은지 다음날도 비를 뿌렸다. 난 조금이라도 비를 덜 맞으려고 검은 비닐봉지를 집어 들었다. 이것도 구석에서 가까스로 찾아낸 것이다. 봉지를 머리 위에 덮고 밖으로 나왔다. 머리는 무사했지만 온몸으로 날아오는 비는 피할 도리가 없었다. 그래, 오늘도 뛰자! 뛰려고 자세를 잡고 있는데 누군가 나타나서 우산을 씌워줬다. 난 얼른 봉지를 치우고 그 주인공을 바라봤다.

"네가 여긴……."
"오늘은 비 맞지 말라고."

쪼, 쪽팔리게 봉지 쓴 모습을 보이다니.

"싫어도 받아."

난 사천이가 내민 우산을 두고 고민했다. 그래! 오늘만 쓰고 돌려주자. 난 대머리 되기 싫다구!!

"오늘만 쓰고 돌려줄게."
"선물이야."

"그렇지만……."
"처음이자 마지막이야. 안 받을 거야?"
할 말 없게 만드네.
"근데 선물에도 의미가 있는 거 알아?"
"의미? 그런 것도 있어?"
"우산에는 어떤 의미가 있을 것 같아?"
"글쎄."
"어떤 경우라도 당신을 보호하겠습니다."
 말을 마친 사천이가 가만히 내 눈을 응시했다. 난 방금 전에 사천이에게서 받은 우산을 펴 따로 걸었다.
"다시 한 번 약속해 줘. 날 찾지 않기로. 내가 널 먼저 찾지 않는 이상 날 찾아오지 마."
 사천이는 입을 꾹 다문 채 내 뒤를 따라왔다. 뭐라고 말 좀 해봐!! 나 너한테 상처 주는 거 원치 않아.
"먼저 가라."
"응?"
 뒤를 돌아보니 사천이는 학교와 정반대 쪽으로 걸어가고 있었다.
"야!! 어디 가? 학교 안 가?"
"……."
"사천!!"
 하지만 녀석은 골목 사이로 사라졌다. 나 때문에 그러는 거 아니지? 내가 그런 말해서 학교 안 가는 거 아니지? 어서 그렇다고 대답해. 나 때문이 아니라고 대답해 줘.

　3교시밖에 없는 토요일이었지만 결석은 결석이다. 사천이 자식 끝내 오지 않았다. 문자를 보내도 답이 없고, 전화기도 꺼져 있었다. 청소하는 도중 돼지에게서 문자가 왔다.

「끝나자마자 울 집에 와~」
「왜?」
「30만 원 어치 아이스크림 다 녹게 생겼어!!」
「먼저 먹으면 죽어~」
「너 다 먹어도 되니까 오기나 해.」

　로하 때문에 자기가 제일 좋아하는 아이스크림으로 고생 좀 하네. 청소를 마치고 종례까지 하자 오후 1시였다. 곧바로 돼지네 가려 했는데 순미 이것이 옷 좀 봐달라는 바람에 2시간을 그대로 날렸다. 덕분에 돼지에게 수차례 연락이 왔지만 무시했다. 순미와 헤어지고 돼지 집으로 가던 도중 중학교 때 날 괴롭히던 클로바를 만났다.
　"어머나~ 이게 누구야? 산어래 아니야?"
　"고등학교 가더니 아주 달라졌는걸?"
　중학교 때보다 더 심각한 상태의 모습으로 나타난 클로바. 원래 6명인데 두 명은 어디로 갔지?
　"왜 말이 없어? 우리 안 반가워?"
　미쳤냐? 라고 말하고 싶었지만 4:1이었다.

"무지 반가워!! 1년 6개월 만인가?"

"그렇지? 우리 잠시 조용한 곳으로 갈까?"

"나 급한 일이 있는데 다음에 만나자."

"이런, 오랜만인데 섭섭하게 이럴 거야? 안 그러니, 애들아?"

오늘만큼은 다래에게 고맙다는 말을 하고 싶다. 전 재산이 2,000원 뿐이니까. 속으로 좋아하는 것도 잠시, 난 그것들에게 으슥한 구석으로 끌려갔다.

"우릴 보니까 너무 좋아? 그래서 떠는 거야?"

"저기, 우리 대화로 하자."

난 쇠파이프를 드는 아이들을 보며 얘기했다.

"우리가 언제부터 대화했다고? 씨발, 네년 찾아 헤맨 지 1년이다."

"너 때문에 우리가 별왕이 새끼한테 얼마나 깨졌는지 알아?"

중학교 땐 항상 별왕이가 도와줘서 이것들한테서 벗어날 수 있었다. 별왕이는 중학교 때 우연히 알게 되어서 친해진 문민요라는 녀석의 별명이다. 우리 학교 여학생들이 별나라에서 온 왕자님 같다면서 지어준 것!

"우리가 그동안 당한 만큼만 맞아."

앞에 있던 년이 내 허벅지를 걷어찼다.

"윽!"

주저앉은 내 등 뒤로 쇠파이프가 날아오는 게 보였고 난 얼른 옆으로 피했다.

"어쭈~ 이것 봐라? 피해?"

이번엔 2명이 같이 달려들었다.

"누가 우리 엄마를 괴롭히는 거지?"

약간 고운 목소리를 가진 남자였다.

"너, 넌!"

"야!! 튀어."

무얼 봤는지 가방까지 버려두고 도망갔다. 난 피하다가 까진 손바닥을 문지르며 일어났다. 그때 쿵 하고 무언가가 내 가슴을 쳤다. 아니, 방금 전에 나타난 남자가 날 껴안았다.

"오랜만이야~ 너무 보고 싶어서 죽는 줄 알았어, 어래야."

어래면 내 이름인데. 잠깐, 이 닭살스런 느낌.

설마 하는 마음으로 나에게 달라붙어 있는 놈을 뗐다.

"잘 지냈어? 못 본 사이 살이 더 쪘네?"

난 웃으면서 내게 말 거는 민요 녀석을 밀치고 걸음을 옮겼다. 2년 만인가? 중3 여름 방학 전에 갑자기 이민 간다는 말만 남기고 떠났었다.

"우리 어래, 내가 없어서 심심했지?"

"난 너 같은 사람 몰라!"

"명화한테 갔었어."

3년 전에 날 구해주다 쓰러졌던 민요의 친구. 병을 치료하기 위해 외국으로 떠나면서 내게 민요를 부탁한다는 편지를 보낸 아이.

"그래? 그 친구 잘 있지? 건강하지?"

"먼저 가서 우리 지켜볼 테니까 사이좋게 지내래."

차라리 울어, 이 바보야. 그렇게 웃으면 내 마음이 더 아프잖아. 얼마 지나지 않아 녀석이 전화를 받더니 연락한다면서 금세 사라졌다. 나 역시 돼지의 전화를 받고, 돼지네 집으로 향했다. 경비 아저씨와 인사를 나누고 칠층으로 올라와 벨을 눌렀다.

띵동~
"누구세요?"
"돼지야, 나다."
"암호를 대라."
이게 지금 뭐라고 지껄이는 거야?
"무슨 놈의 암호야? 빨리 문 안 열어?"
"당신은 도둑이다! 그래서… 악!! 왜 때려?"
때리고, 맞고, 우는 소리가 들리더니 문이 열렸다. 돼지 꼴을 보아하니 로하한테 몇 대 맞은 듯했다. 쌤통이다.
"너 말이야! 왜 늦었어? 내가 끝나자마자 오라고 그랬잖아."
"어쨌든 왔잖아! 아이스크림이나 내놔."
"싫어! 거짓말하는 사람에겐 줄 수 없어."
"그럼 그 30만 원 어치 그냥 녹게 내버려 두던지."
울 것 같은 돼지의 얼굴. 결국 나의 승리로 내 손엔 아이스크림이 가득 쥐어졌다. 난 바닥에 털썩 주저앉아 TV에 나오는 만화를 보며 쉬지 않고 아이스크림을 퍼먹었다. 조용히 뒤 소파에 앉아 있던 놈들이 왔다 갔다 하며 나의 TV 시청을 방해했다.
"야—!!"
라고 소리치며 돌아본 곳엔 예쁘게 생긴 술병이 놓여져 있었다. 색깔 또한 신비스런 자줏빛이었다. 난 아이스크림을 옆으로 밀어놓고 유리 탁자로 기어갔다.
"치사하게 요렇게 예쁜 걸 니들끼리 먹으려고?"
"쪼그만 것들은 먹으면 안 돼."
"나도 먹을 줄 알아!! 한잔 따라봐."
하지만 놈들은 날 보며 웃기만 할 뿐이었다.
"이거 보기엔 예쁘지만 아주 독한 술이야."
"괜찮아."
"꼬장 부리면 갖다 버릴 거다."
마지막 로하의 말이 신경 쓰였지만, 첫잔이 입으로 들어간 순간 그런 말 따위 언제 했었나? 차례 잔이 오가고, 주량을 넘어섰다.
"헤~ 기분 좋다. 우리 진실게임하장."
"로하야, 어때?"
"맘대로."
"그럼 나부터. 돼지!! 너 왜 나한테 키스했어?"
눈앞이 빙글빙글 돌아서 돼지와 로하의 얼굴이 왔다 갔다 했다. 웅~ 왜 대답이 없지? 내가 너무 작게 말했나? 난 손으로 바닥을 짚고 어렵게 돼지 앞으로 기어가 놈의 얼굴을 붙잡고 말했다.
"우리 다래한테 피 줬을 때 왜 나한테 키스했냐구."
돼지가 내 팔을 밀치며 일어서는 바람에 머리가 그대로 바닥에 헤딩했다.
쿵—!!
"산어래, 괜찮아?"

어? 돼지 목소리다. 날 밀치고 괜찮냐고? 이 나쁜 놈!!
"네가 한 번 박아볼래? 너 땜에 혹 생겼잖아."
"정신 차려!!"
"나 멀쩡해~ 돼지야, 기분 조타~"
한참 기분이 좋았는데, 갑자기 엄마 얼굴이 떠올랐다.
"엄마……"
술기운 때문에 잘 느껴지지 않았지만, 눈물이 흐르는 것 같았다.
"야!! 정신 차려."
"엄마가 너무 보고 싶어. 어쩌면 좋지? 울 엄마 지금 하늘에 있는데."
난 돼지의 품속으로 들어가 놈의 허리를 끌어안았다. 커다란 손이 내 등을 토닥거렸다.
"우리 엄마… 내가 15살 때 돌아가셨어. 그러고 보니 벌써 3년이나 지났네?"
내가 지금 돼지에게 무슨 말을 하는 거지? 하지만 그냥 아무 얘기나 하고 싶어. 이젠 엄마에게서 벗어나고 싶어.
"돼지야, 너 네 앞에서 사랑하는 사람이 죽은 적 있어? 없지? 그거 정말 사람 미치게 만든다. 내 말 듣고 있어?"
대답 대신 내 몸을 꼭 끌어안는 게 느껴진다.
"따뜻하다. 우리 엄마 품도 이랬는데. 가끔 아주 힘들 때면 엄마를 따라가고 싶은 생각도 들어. 근데 나보다 더 불쌍한 인간을 봤어. 그래서 못 가겠어. 졸리다. 나 조금만 잘게. 넌 나 두고 먼저 가면 안 돼. 절대."
돼지의 품이 포근해서인지 잠이 쏟아졌다.

다음날 눈을 떴을 때 낯선 천장이 보였다. 그리고 뒤따르는 두통. 머리가 깨질 것 같다. 이불을 젖히고 일어나 방 안을 둘러봤다. 아, 나 어제 돼지네 집에서 술 마셨지. 돼지랑 로하는 거실에서 자나? 역시 예상대로 거실에서 자고 있는 두 놈. 상의를 벗어 반나체의 모습으로 서로를 껴안고 자고 있었다. 분명, 둘 사이에 무언가가 있어!! 냉장고로 가 물 대신 아이스크림을 꺼내 먹기 시작했다. 목구멍을 타고 서서히 내려가는 아이스크림. 갈증이 한 번에 가시는 이 느낌, 끝내준다. 그런데 어디선가 수저가 날아와 아이스크림을 축내기 시작했다.

"언제 일어났냐, 이 아이스크림 돼지 귀신아."

"방금."

"나 어제 실수한 거 없지?"

아이스크림을 먹던 돼지의 행동이 멈춰졌다.

"실수했어? 돼지 네 얼굴 잡고 끌어안은 건 기억나는데 다른 건."

"…아니야."

"뭐?"

"나 아니라고."

새로운 아이스크림을 가져와 내 옆에 앉는 돼지였다.

"뭐가 네가 아니야?"

"네가 울면서 껴안은 건 내가 아니라 로하야!! 됐어?"

"뭐? 내가 울었어?"

아씨, 병신같이 또 울다니. 그것도 로하 앞에서.

"너, 네가 먼저 로하 껴안았어."

"뭐가? 나 왜 운 거야? 많이 울었어? 로하 놈이 무슨 소리 안 해?"

"됐다."

난 의자에서 일어서는 놈의 옷을 붙잡았다.

"말해 줘. 나 흉했지?"

"엄청 흉했다."

윽!! 난 몰라. 적당히 먹었어야 하는 건데 너무 맛있다 보니. 내가 갈 때까지 일어날 생각을 않는 로하의 얼굴을 이리저리 잡아당긴 후 나왔다. 일요일에 교복 입고 돌아다니는 날 보고 사람들이 뭐라 생각할까? 고민할 필요가 없었다!! 외박한 티가 팍 났다!! 얼굴을 가리고 최대한 빨리 집으로 달려왔다. 벌써 1시가 넘었으니 다래도 일어났겠지? 외박했으니 놈한테 죽었다. 현관문을 조심스레 열고 신발을 벗었다. 그리고는 살금살금 내 방으로 걸어가고 있는데 낯선 남자의 음성이 들려왔다.

"일요일에도 나오라는 학교가 있어?"

거실 소파로 눈을 돌렸다. 깨끗하게 차려입은 별왕이가 앉아 있었다.

"야!! 너 어떻게 들어온 거야?"

"정확히 3시간 10분 24초 기다렸다."

이 자식이 이런 식으로, 이렇게 낮게 깔린 목소리로 나온다는 건……. 난 애교 섞인 웃음을 날리며 별왕이 옆으로 갔다.

"누가 기다리래? 연락이라도."

"어제 저녁부터 핸드폰 꺼져 있던데?"

"아, 배터리 없었다. 근데 어떻게 우리 집에 들어왔어?"

"내가 열어줬다."

부엌에서 오렌지 주스를 마시며 나오는 다래.
"근데 아침부터 무슨 일로 날 찾아온 거야?"
"어제 몇 마디 못하고 헤어졌잖아."
이제야 원래 모습으로 돌아오는 별왕이를 보며 안도의 한숨을 내쉬었다.
"밥은 먹었어?"
"무지 배고파."
"그럼 조금만 기다려."
교복을 벗어 던지고 앞치마를 둘러맸다. 별왕이가 옆에 와 이것저것 참견하는 바람에 요리가 늦어졌지만, 맛은 좋았다. 식탁엔 나, 다래, 별왕이 이렇게 어색한 세 사람이 앉았다.
"별왕아, 내 동생 산다래."
"안녕? 난 별나라 왕자님이야."
"다래야, 신경 쓰지 말고 밥 먹어."
내가 다래 쪽에 있는 반찬을 집으려는데 다래 녀석이 날 노려봤다. 먹지 말란 소린가? 내가 만들었는데. 난 젓가락을 쪽쪽 빨며 콩나물을 집었다. 그런데 이번에도 다래가 날 노려봤다. 이것도 먹지 마? 그래 이건 네가 좋아하는 반찬이니까 너 먹어. 마지막으로 수북하게 쌓여 있는 김치로 손을 뻗었는데 또다시 날 노려보는 다래.
"왜!! 이것도 먹지 마? 너 김치 안 먹잖아!!"
열심히 밥을 먹던 별왕이는 내가 지르는 소리에 놀라 국을 엎질렀다.
"누가 뭐래?"
"근데 왜 내가 먹으려고 할 때마다 노려보는데?"

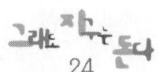

녀석은 눈짓으로 엎은 국을 닦고 있는 별왕이를 가리켰다.

"쟤 누구냐고?"

고개를 끄덕이는 다래 녀석. 그럼 진작에 말로 하지.

"중학교 때 친구. 제일 친했어."

저런 놈이랑? 이라는 다래의 눈빛. 별왕이 저래 보여도 착하고, 순수하고, 엄청 부자야. 그리고 잘생겼잖아.

그때 초인종이 울렸다. 다래는 웬만해선 누가 와도 나가보질 않는다. 별왕이가 이른 시간에 왔음에도 불구하고 집에 들어올 수 있었던 건 아마 별왕이라서 가능했을 것이다. 다래가 직접 문 열게 만들었을 정도면. 한 번 울리고 울리지 않는 초인종. 누가 장난친 거라 생각하고 마지막 남은 한 숟가락을 뜨려는데, 현관문이 무언가에 긁히는 듣기 싫은 소리와 웅얼거리는 사람 목소리가 들려왔다. 자리에서 일어난 난 천천히 현관으로 걸어갔다.

"어… 어래야……."

가까스로 내 이름을 듣게 된 난 재빨리 문을 열었다. 문 앞에는 온몸을 피로 덮어쓴 사천이가 쓰러져 있었다.

"사천아—!!"

놈의 이름을 부르며 쓰러진 녀석에게 매달렸다. 내 힘으론 안 될 것 같아 다래와 별왕이를 부르려는데 별왕이가 어느새 나타나 내 반대쪽에서 사천이를 부축했다. 사천이를 내 방 침대에 눕히고, 얼른 젖은 수건과 붕대를 가져왔다. 별왕이 녀석은 능숙하게 상처를 피해 사천이의 옷을 벗기고 있었다.

"별왕아, 사천이 많이 다친 거야?"

대답이 없어 놈의 얼굴을 살폈다. 이런 얼굴, 이런 별왕이의 모습 처음이다. 안간힘을 쓰며 어떻게든 살려내려는 모습. 이젠 괜찮은지 한숨을 내쉰 별왕이가 말없이 사천이의 얼굴을 쓰다듬었다.

"안 본 사이 많이 야위었네. 그리고 네가 이렇게 심하게 다치다니. 무슨 일이야?"

"너, 사천이 알아?"

피식하고 웃던 녀석이 입을 열었다.

"내가 너 다음으로 좋아하는 친구."

"어떻게 아는 거야?"

"중학교 때 우연히."

물어도 더 이상 대답해 줄 것 같지 않은 별왕이 얼굴. 그때 별왕이의 핸드폰을 울렸다.

"네, 지금 갈게요."

통화를 끝낸 녀석이 자리에서 일어났다.

"가려고?"

"응, 사천이 잘 부탁해."

"걱정하지 마. 그럼 연락해."

"기다리고 있어."

녀석은 윙크를 하곤 집으로 돌아갔다. 별왕이를 보내고 현관문을 닫는데 방에서 나오는 다래가 보였다.

"어디 가?"

"10시 전에 들어올 테니 저거나 치워놔."

열려진 내 방으로 보이는 사천이를 가리키는 다래.

"내 친구야. 그리고 다쳤잖아."

"그럼 계속 같이 살던지."

"누가 같이 산대? 괜찮아지면……."

"알았다."

녀석이 귀찮다는 표정으로 내 말을 끊었다.

"일찍 들어와!"

밖으로 나가는 놈을 향해 소릴 질렀다. 사천이는 저녁 6시쯤에 깨어났다. 녀석은 날 보자마자 미안하다는 말부터 했다.

"왜 이렇게 다친 거야?"

"……."

"말해 봐."

"난 괜찮아."

정말 이렇게 한심스러운 녀석이 또 있을까?

"근데 이 붕대는 네가 감은 거야?"

"너 문민요라고 알지?"

별왕이의 이름에 사천이의 얼굴색이 변했다.

"민요?"

"나도 민요랑 친구야. 중학교 때."

말을 하면서 사천의 얼굴을 살폈지만 이젠 아무 변화 없었다.

"민요 어느 학교야?"

"이민 갔다가 이번에 왔나 봐. 나도 어제 우연히 만났어."

사천이가 배를 움켜쥐며 자리에서 일어났다.

"더 누워 있어."

"기다리는 사람이 있어."

"누구?"

내가 지금 무슨 말을 하는 거지?

"아니야, 조심해서 가. 그리고 무슨 일인지 모……."

"고마워, 그리고 미안해. 다시는 이런 일 없을 거야."

"많이 다친 것 같은……."

"가볼게. 그리고 이 옷은 금방 돌려줄 테니 걱정하지 마."

너, 내가 무슨 말을 할 줄 알고 내 말을 가로채는 거야? 난 절뚝거리며 쓸쓸한 뒷모습을 보이는 사천이에게 말했다.

"많이 다친 것 같은데 이젠 다치지 마."

등교 길에 만난 로하와 돼지. 로하는 평소와 같은 무표정인데 반해 돼지는 울 것 같은 얼굴이었다.

"왜 그래? 누가 네 아이스크림 훔쳐 갔어?"

"아니."

"그럼?"

"나 사기당했어."

내가 이럴 줄 알았어. 그렇게 멍한 얼굴로 다니니까 사기나 당하지.

"누가 우리 착한 돼지를 속였어?"

"있잖아, 내가 텔레비전을 보고 콘푸라이트를 사 먹었는데."

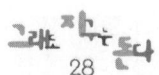

"그런데?"

"호랑이 기운이 안 솟아나."

난 아무 말 없이 로하를 쳐다봤다. 로하는 나와 돼지를 번갈아 보더니 한마디 했다.

"너희 둘, 무지 잘 어울리는 거 알고 있냐?"

오늘 또 놀러 오라는 돼지와 헤어지고 로하와 함께 교실로 왔다. 미리 와 앉아 있는 사천이가 보였다.

"자신도 모르게 시선이 가는 건가?"

내 어깨를 툭 치며 자기 자리로 가는 로하. 사람 쳐다보는 것도 죄냐!! 삐뚤어진 녀석. 수업 끝나고 로하와 같이 돼지네 가려던 나의 계획은 무산됐다. 로하가 교문 앞에서 어떤 좋은 차를 타고 사라져 버렸기 때문이다. 돼지의 집엔 오락을 하는 돼지뿐이었다.

"로하는 안 왔어? 아까 차 타고 가던데."

"오늘 안 들어와."

"왜?"

"……."

대답하기 곤란한 것인지 아님 오락에 정신이 팔려서 그런지 대답이 없었다. 난 아이스크림을 먹으며 오락에 정신이 팔려 있는 돼지 옆에 앉았다.

"예전부터 궁금한 게 있었는데 물어봐도 돼?"

"물어봐."

"네 이름 이데잖아. 일본 이름 같은데……. 일본인 같기도 하고, 우리나라 사람 같기도 하고."

"혼혈아."

정말 혼혈아였구나.

"부모님은? 원래 한국에서 살았어?"

"일본. 그리고 일본에서 살다가 온 거야."

"그럼 한국엔 언제 온 거야? 혼자 왔어?"

"혼자 왔어. 근데 언제부터 나한테 관심이 많았어?"

오락에서 눈을 떼지 않았는데 정면으로 눈을 마주하는 느낌이 들었다.

"몰랐어? 나 너한테 아주 관심이 많아! 어떻게 혼자 한국에 올 생각을 다 했어? 무슨 이유라도 있는 거야?"

그제야 오락기를 내려놓고 날 바라보는 돼지.

"찾을 사람이 있어서."

"누군데?"

"거기까진 알 필요 없잖아."

돼지 새끼, 섭섭하게시리.

"그럼 이건 대답해 줘! 처음 만난 날 내 목을 그은 이유가 뭐야?"

앉았던 자리에서 일어서던 놈이 멈칫했다. 하지만 그건 아주 잠시였고 녀석은 부엌으로 걸어갔다. 오늘은 기필코 그 이유를 듣겠어!!

"말해. 말하지 않으면 경찰에 신고할 거야."

"신고해."

"너 자꾸 이럴래? 난 들을 권리가 있다고!"

계속해서 돼지의 뒤를 쫓아다니며 물었다.

"로하 때문에 그랬어."

"로하? 로하가 왜?"

"로하한테 해서는 안 될 말을 네가 했어. 그때 당시 로하 많이 위태로웠단 말이야."

산이한테 로하에 대한 얘기를 듣지 않았다면, 난 또 너에게 물었을 거야.

하지만 이젠 아니까 돼지 널 용서해 줄게. 로하에 대한 너의 우정이 다른 사람보다 좀 크다고 생각하면 되지?

"이젠 더 안 물어봐?"

내가 순응하며 아무 말도 안 하자 돼지가 불안한 모양이다.

"더 물어봤으면 좋겠어?"

"아니."

"궁금한 게 몇 가지 더 있지만 차근차근 물어보지 뭐. 그래도 돼~지?"

"너 지금 나 놀리는 거~지?"

헉!! 돼지 녀석, 제법이다.

7월이란 계절답게 푹푹 찌는 날씨가 계속되었다. 기말 고사를 무사히 치르고, 여름 방학이 일주일 앞으로 다가왔다. 수업을 마치고 순미에게 이끌려 이곳저곳을 돌아다니다 3시간 만에 풀려났다. 더위를 먹어 기운이 하나도 없었다. 선풍기만 달랑 있는 집보다는 시원한 에어컨이 있는 돼지네 집으로 가는 게 더 나을 거란 판단을 내리던 중 돼지에게서 전화가 왔다.

"돼지야~ 우리 텔레파시 통했어."

[지금 어디야?]

"나? 지금 집에 가고 있는데?"

수화기 저편에서 들려오는 돼지의 목소리가 심상치 않았다.

[큰일 났어.]

"무슨 일이야?"

[로하가… 로하가…….]

"로하가 왜?!"

울먹이는 돼지 목소리에 나도 모르게 버럭 소리를 질렀다. 버스에 있던 많은 사람들과 운전 기사 아저씨의 따가운 눈초리가 느껴졌다.

[로하가 갑자기 쓰러졌어. 그런데 숨을 안 쉬어. 나 무서워.]

"지금 어디야? 병원이야?"

[아니, 우리 집. 빨리 와. 빨리.]

"알았어! 금방 갈 테니 넌 119에 전화해. 알았지?"

전화를 끊고 버스를 세워 도로의 중간에서 내렸다. 택시를 잡아 최대한 빨리 가자고 말했다. 엘리베이터 앞에 섰는데 금방 올라간 듯했다. 제길! 난 엘리베이터 대신 계단을 이용해 칠층까지 뛰어올라 갔다.

"이데—!! 어디 있어?"

난 방문을 열어젖히며 소리쳤다. 들어서자 방 안의 풍경은 이러했다. 산이는 책을 보고 있었고, 돼지는 화장대에 앉아 거울로 자신을 들여다보고 있었다. 그리고 쓰러져 숨을 안 쉰다던 로하는 벽에 등을 기댄 채 침대에 앉아 있었다.

"장서동에서 여기까지 9분이라니."

"정말 빠르다! 땀 흘리는 걸 보니 뛰어왔나?"

돼지와 로하가 서로 마주보며 웃었다. 뭐야? 지금 이거 무슨 소리야?

"로하… 쓰러진 거 아니었어?"

"인간의 한계를 실험하고 있는 중이야. 근데 너 진짜 대단하다. 로하 쓰러졌다는 말이 그렇게……."

쫘악—!!

내 앞에서 실실대는 돼지의 뺨을 때렸다. 난 정말 로하가 쓰러진 줄 알고… 로하가 죽는 건 아닌가 하고 미친 듯이 달려왔는데… 그랬는데 그게 날 가지고 한 실험이었다고? 한 방울 한 방울 떨어지던 눈물이 주르륵 흘러내리기 시작했다.

"너희 정말 나빠. 사람 가지고 노는 게 그렇게 재미있어? 내가 여기까지 오면서 어떤 심정이었는지 알기나 해?"

"어래야."

"그러는 거 아니야. 사람 목숨 가지고 장난치는 거 아니란 말이야!! 나 로하가 죽는 줄 알고… 죽는 줄 알고…….."

내 앞으로 걸어온 로하가 내 머리에 손을 얹으며 말했다.

"미안하다."

그 소리에 난 아예 바닥에 주저앉아 몇 시간 동안 대성통곡을 했다. 돼지가 무릎 꿇고 잘못했다고 100번 말한 다음에야 난 녀석을 용서했다. 로하는 미안하다는 한마디로 용서가 됐다. 자존심 강한 녀석이 미안하다는 말을 했으니까. 돼지도 로하가 그런 말 했다는 것에 많이 놀란 눈치였다. 산이는 아무 잘못 없지만 녀석들의 행동을 방치했다는 죄목에 따라 저녁을 준비하게 했다. 항상 로하와 돼지만 친하게 지내는 것 같고 산이는 외톨이 같아 마음에 걸렸는데, 오늘 내게 장난을 쳤지만 같이 있었다는 사실만으로 마음이 놓였다. 집으로 갈 때 난 다시 한 번 놀랐다. 로하가 날 바래다 주겠다며 내 손을 잡고 밖으로 나왔기 때문이다. 비록 아무 대화도 없이 집까지 왔지만.

"아로하, 너 다시 봤어."

"내가 예전에도 말한 것 같은데? 나한테 반하면 곤란하다고. 그리고 난 머리 빈 여자는……"

"나 저번에 반에서 8등 했어!!"

내가 왜 흥분하며 애써 변명을 하는 거지? 미쳤나 봐. 작음 웃음소리가 들리고, 어느새 로하 품에 안겨 있는 날 발견했다.

"이제 한곳에 정착해라."

"어? 뭐라고?"

"오늘 흘린 눈물은 날 위한 거지?"

"널 위해서는 무슨!"

"간다. 그리고 이젠 늦었다."

무슨 말을 하는지. 내 머리로는 도저히 해석이 불가능했기에 멀어져 가는 놈의 뒷모습만 뚫어져라 바라봤다.

아로하, 나 어쩌면 처음 만난 순간부터 너에게 마음이 있었던 건 아닌가 싶어. 그냥 요즘 들어 이런 생각들이 자꾸 들어. 널 놓치고 싶지 않은 생각… 널 잃을까 두렵다고… 나의 이런 감정들 어떻게 정의해야 할까?

제11장
티아모 (Tiamo)

다음날 학교에 도착한 나는 내 책상을 보고 비명을 질렀다.
"순미야, 내 책상 왜 이래?"
"까만 양복 입은 아저씨들이 와서는 네 자리가 어디냐고 물어서 가르쳐 줬더니 이거 민요 도련님이 주는 선물이라면서 놓고 갔어."
문민요 이 자식을 그냥!! 내가 다시는 이런 짓 하지 말라고 분명히 귀에 못이 박히게 얘기했는데. 그리고 내가 2학년 10반인 건 어떻게 알아가지고. 중학교 때도 오늘과 같은 일이 몇 번 있었다. 부자티 내는 게 아니라는 거 아는데도 괜히 돈 자랑 하는 것 같아 기분이 별로였다. 그리고 선물이라 해도 이건 도가 지나쳤다.
♬A better day~ 왜 날 떠나갔어♬

통통 튀는 나의 단음 벨소리.
"여보세요?"
[내가 준 선물 맘에 들어?]
"당장 가져가."
[그럼 내 사랑을 받아줘~]
"야!!"
[띠— 띠— 띠—]

다시 전화를 걸었지만 녀석은 받지 않았다. 난 별왕이에게서 받은 선물을 쓰레기통에 버리려다 안에 들어 있는 물건들이 비싼 것임을 알고, 간직했다가 돌려주기로 마음을 먹었다. 절대~ 내가 갖고 싶어서 버리지 않는 게 아니다. 별왕이의 선물, 꽤 많았다. 순미에게 몇 개 줬는데도 내 손엔 선물이 가득했다. 그것들을 들고 땀을 삐질삐질 흘리며 걸어가고 있는데, 돼지를 만났다. 짧은 핫팬츠에 민소매티를 입고 있는 돼지 녀석. 잘빠진 각선미에 절로 눈이 돌아갔다. 어떻게 여자보다 더 잘빠진 몸매를 가지고 태어났니, 돼지야?

"그게 다 뭐야? 지금 끝났으니 쇼핑했을 리는 없고."
"내가 한인기 하잖아."
믿지 못하겠다는 돼지의 얼굴.
"정말이야! 선물로 받은 거야."
"누구한테? 보니까 비싼 백화점 물건인데. 그런 거 살 수 있는 학생이 어디 있어? 나라면 모를까."
"내 중학교 친구가 무지 부자인데 학교까지 선물 보낸 거야."

"그런 선물 받으니까 좋아?"

"선물 싫어하는 인간도 있냐? 공짜인데."

돼지는 뭔가를 결심했는지 주먹을 움켜쥐고 뛰어가기 시작했다.

"야!! 이거 들어줘!!"

"갑자기 해야 할 일이 생겼어."

난 짐 들어주기 싫어 도망가는 게 아니라 진짜 급한 일이 있어서 간 거라고 믿기로 했다.

월요일 아침, 많은 여자들이 우리 반에 몰려 있었다. 무슨 일인가 하고 교실로 들어서니 돼지 녀석이 날 반겼다.

"어래야~"

"네가 우리 반엔 어쩐 일이야?"

"자, 선물이야."

놈의 손을 따라 내 책상을 바라봤다.

"이게 뭐야?"

"내가 너에게 주는 선물."

"갑자기 왜 이래?"

"선물받는 거 좋다며?"

"그래도 이건……."

"내 선물이 더 근사할 거야. 그럼 갈게~"

돼지가 밖으로 나가자 여자들의 비명 소리와 돼지의 뒤를 따라가는 발소리가 들렸다. 순미가 다가와 내 등짝을 세게 후려쳤다.

"돼지꿈이라도 꿨냐?"

나 어제 돼지 놈 꿈을 꾸긴 꿨는데. 근데 돼지가 왜 이러지? 선물이 너무 많은지라 역시 순미에게 몇 개 주고 학교를 나왔다. 그런데 교문 앞에 익숙한 차가 보였다. 지나가는 아이들 역시 외제차에 한 번씩 눈길을 던졌다. 그때 차 안에서 별왕이가 나왔다. 녀석은 내 손에 들린 선물 보따리를 보더니 얼굴을 찡그렸다.

"누가 준 거야?"

"돈 쓰고 싶어서 안달난 놈. 그나저나 우리 학교에 볼일있어?"

"겨우 이런 걸 선물이라고 줬어? 잠깐만 기다려."

내 말을 끊으며 어딘가로 전화를 하더니 다시 웃으며 말했다.

"기대해도 좋아. 그럼 나중에 봐."

놈이 다시 올라타자 자동차는 빠르게 사라져 갔다.

난 별왕이의 말을 집에 도착해서야 알아차리게 되었다. 거실 가득히 쌓여 있는 선물 상자들. 날 노려보는 다래의 시선을 외면하며 애꿎은 상자들을 발로 찼다.

"그 얼굴로 능력 좋다? 몇 살이냐? 50대 대머리 할아버지? 아니면 이제 금방 죽을 노친네?"

"말 함부로 하지 마."

"2시간 동안 TV를 못 봤거든?"

다래의 입술이 씰룩거렸다.

"그랬어? 당장 치울게, 치운다고."

문민요, 너 내 눈에 띄면 죽었어!!

다음날 아침, 등교 길에 만난 돼지와 로하에게 별왕이 얘기를 하려는데 우리 앞에 귀신같이 나타난 별왕이 녀석.

"내 사랑의 선물은 잘 받았어?"

"그럴 돈 있으면 어려운 사람들이나 도와!"

"도와주고 있어. 그럼 오늘도 기대해."

"야!!"

창문이 닫히고 별왕이를 태운 차는 우리를 뒤로하고 사라졌다.

"누구야?"

"내가 말한 중학교 친구."

"그럼 저 자식이 또 뇌물 공세 했어? 너 어제 내가 준 선물만 들고 갔잖아."

"집으로 보냈어."

돼지, 충격받은 얼굴로 앞서 걸어갔다. 로하가 내 옆으로 바짝 다가왔다.

"중학교 친구라는 녀석이 너 무지 좋아하나 보다."

"아니야! 걘 여자는 거들떠도 안 봐."

"그럼 넌 좋아해?"

"저런 놈을?"

갑자기 로하가 내 머리를 마구 헝클었다.

"깜빡했다. 넌 나한테 빠졌지?"

"학교 가기 전에 잠시 병원에 가자!!"

난 붉어진 얼굴을 감추기 위해 얼굴을 돌렸고, 미친 듯이 뛰는 심장 소리를 감추기 위해 크게 말했다. 나도, 너도, 누구도 느끼지 못한 사이 내 마음은 어느새 너에게로 기울어져 가는 건 아닐까?

"다래야! 제발 문 좀 열어주라. 응?"

난 굳게 잠겨진 문을 두드리며 애원했다. 학교에서 돌아온 나는 집에 발 한 번 들여놓지 못한 채 다래에게 쫓겨났다. 이게 다 돼지와 별왕이의 소행으로 인해 벌어진 일이다. 어제 별왕이에 이어 오늘은 돼지의 선물 공세! 돈에 관해서는 부러울 것 없는 두 녀석. 그리고 둘 사이에서 희생양이 된 나. 유치원생도 아니고 더 이상은 못 봐주겠다. 어제 알게 된 별왕이 핸드폰으로 전화를 했다.

[엄마~]

전화 끊고 싶은 욕망을 애써 잠재웠다.

"나 정말 화났어. 장난칠 생각 하지 마."

[누가 또 때렸어? 많이 맞았어?]

"내가 매일 맞고 다니는 줄 알아? 다시 한 번 우리 집에 선물 같은 거 보내면 친구 사이 끝이야!"

난 내 할 말만 한 다음 전화를 끊고 돼지네 집으로 향했다.

"너 요즘 자주 온다? 내가 그렇게 보고 싶은 거야?"

"돼지는 어디 갔어?"

"몰라."

돼지가 며칠 동안, 아니, 몇 년 동안 집에 안 들어와도 전혀 관심조차 없을 것 같은 로하의 태도.

"왜 왔어?"

"쫓겨났어."

계속 말해 보라는 놈의 눈빛. 우린 이제 말 안 해도 통하는 사이가 되었다. 난 사건의 전말을 풀어놓았다. 내 얘기를 듣고 고개를 끄덕이더니 놈이 하는 말.

"불쌍하군."

"그치? 나 정말 불쌍하지?"

"너 말고 이데랑 그 친구라는 놈."

"그것들이 뭐가 불쌍해? 난 집에서 쫓겨났다고!!"

"그렇다고 바로 남자들만 사는 집으로 달려오냐?"

아로하, 무슨 말이 하고 싶은지 알겠어!! 가면 될 거 아니야!!

"그래, 어디 잘 먹고 잘살아라. 이 쫌생이 같은 놈아!"

목이 터져라 소리를 지르고 일어서 가려다 로하의 발에 걸려 넘어졌다.

쿵—!!

"윽! 아야!"

내 모습을 보며 실실대는 놈의 모습이 보인다.

"너 일부러 발 걸었지?"

"다리가 긴 것도 죄냐?"

"네 다리가 뭐가 길어?"

하지만 녀석의 다리 길이는 나의 2배였다. 놈이랑 싸워서 지는 건 항상 내 몫이니까 더 당하기 전에 조용히 가자. 하지만 다리가 움직이질 않았다.

"너 지금 뭐 해?"

그렇다! 놈이 내 발목을 단단히 잡고 있었던 것이다.

"생각보다 가늘구나. 한 손에 다 잡히네?"

"내, 내 발목 원래 가늘어!"

"부러질 것 같아."

로하의 목소리가 점점 부드러워졌다.

"놔! 나 집에 갈… 으악!!"

놈이 갑자기 무릎 뒤를 치는 바람에 난 로하의 다리 사이에 앉게 되었다.

"쿡—!!"

"드디어 미쳤구나."

"재미있어."

"난 하나도 재미없으니까 간다."

바로 내 얼굴 앞에서 미소 짓는 로하를 도저히 정면으로 마주할 수 없었다. 자꾸만 뛰는 심장이 터질 것만 같았다. 그러나 난 정말 놈에게서 빠져나올 수 없는 상태가 되었다. 놈이 양손으로 내 허리를 끌어안았기 때문이다.

"아로하, 너 왜 그래?"

"아직도 산이 좋아해?"

"조, 좋아한 적 없어."

"그런데 왜 말을 더듬어?"

"몰라!"

요즘 산이를 보면 예전 같은 감정들이 들지 않는다. 산이 정말 좋아했

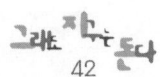

는데. 산이 때문에 맘 아팠던 적도 많았는데. 산이에 대한 내 감정은 거짓이었나? 그게 아니라면 어떻게 이리도 쉽게 잊혀질 수 있는지. 사람의 마음이란 게 1초의 시간에도 바뀐다 하지만……. 산이에 대한 내 감정이 절대 거짓이 아니었음을 믿고 싶다.

"Tiamo."

로하가 내 머리를 마구 흔들며 말했다.

"정전기 일어나!! 그리고 뭔 암호?"

"티아모."

"그게 무슨 뜻이야?"

갑자기 녀석이 일어서 주방으로 걸어갔다.

"말해 줘~ 그게 무슨 뜻이야?"

"알아서 생각해."

"내가 어떻게 알겠어!"

"너한테 내가 좋은 말을 했을 것 같아? 나 샤워할 건데 훔쳐보지 마라."

"글쎄?"

"보면 덮칠지도 몰라."

"이 변태!!"

욕실로 들어가는 놈에게 쿠션을 던졌다. 잠시 후, 샤워기에서 세차게 뿜어져 나오는 물소리가 들렸다. 자꾸 욕실로 가려는 다리를 붙잡고 소파에 앉아 TV를 보고 있는데 돼지가 들어왔다.

"야!! 너 누가 우리 집에 선물……."

소리를 지르던 난 돼지의 얼굴에 입을 다물었다. 화난 것 같기도 하고, 슬퍼 보이기도 하고, 아무튼 장난이 아니었다.

"무슨 일 있어?"

하지만 돼지는 나를 뿌리치며 성큼성큼 방으로 걸어갔다. 무서웠지만 얼떨결에 놈의 팔을 잡았다.

"놔. 그리고 돌아가. 당분간은 우리 집에 오지 말고 날 찾지도 마."

너무나 차가웠다. 너무 무섭고 두려웠다. 떨리는 몸을 부여잡고 재빨리 돼지네 집에서 나왔다. 덕분에 난 밤새 돼지에게 버림받는 꿈을 꿨다.

산이에게 양해를 구하고 산이 자리에 앉아 엎드려 있는 로하를 흔들었다. 로하는 눈을 떠 날 바라보더니 다시 눈을 감았다.

"일어나 봐. 할 얘기 있어."

"그냥 해."

"혹시 돼지한테 무슨 일 있어?"

"왜?"

"어제 보니까 무슨 일 있는 것 같아서. 나보고 놀러 오지도, 자길 찾지도 말래."

로하 녀석, 창문 쪽으로 고개를 돌리며 말했다.

"나도 잘 몰라. 그냥 그 녀석이 하라는 대로 해."

"정말 몰라?"

놈이 천천히 몸을 일으켜 날 노려봤다.

"아니, 더 자라고."

서둘러 내 자리로 돌아와 영어책을 폈다. 로하의 태도로 이데에게 무슨 일이 있는 게 확실해졌다. 제발 이 불길한 느낌이 빗나가기를…….

이틀 후, 여름 방학이 시작되었고 그로부터 일주일이 지났다. 집에서 빈둥거리며 놀던 난 이데의 전화를 받았다. 딱 열흘 만이었다.

[집에 있는 거 답답하지? 오늘 한강 근처에서 불꽃 축제한대. 같이 가자.]

"정말? 몇 시에 만날까?"

[우리가 너희 집에 7시까지 갈게.]

"응!"

전화가 끊어지고 내 얼굴에는 미소가 번졌다.

7시, 우리 집 앞에서 이데, 로하, 산이를 만나 함께 한강으로 출발했다. 도착하자 그곳에는 개미가 떼를 지어 이동하는 것 같은 느낌이 들 정도로 많은 사람들로 붐볐다. 5분 후에 불꽃 축제가 시작된다는 안내 방송이 나왔다. 난 돼지가 사준 솜사탕을 먹으며 사람들을 구경했다. 가족 단위도 많았고 연인들도 많았다. 축제를 알리는 불꽃이 하늘에 퍼지기 시작했다. 이 때문에 사람들의 이동이 활발해졌고 그 결과 난 녀석들과 떨어져 버렸다.

"아로하~ 산이야!! 돼지야!!"

하필이면 핸드폰도 놓고 왔다. 사람들에게 이리 밀리고 저리 밀리는 사이, 누군가 내 몸을 잡아당겼다.

"어? 사천아."

"휴… 사람 정말 많다. 우선 자리부터 옮기자."

내 손을 꽉 잡고 많은 인파를 헤치며 걸어가는 녀석을 따라갔다. 어두운 하늘에는 계속해서 불꽃이 터졌다. 사람들의 환호성 또한 계속됐다.

그나마 사람들이 조금 한적한 곳에 도착했다.

"사천이 너 혼자 온 거야?"

"아니, 친구들이랑. 넌?"

"나도."

차마 그 녀석들과 같이 나왔다는 말은 못하겠다. 그때 하늘에 빨간 하트 모양의 불꽃이 터졌다. 녀석이 내 손을 더욱 세게 잡았다. 세상에 태어나서 그렇게 아름다운 불꽃은 처음 보았다. 우린 그렇게 하트 불꽃이 사라질 때까지 조용히 하늘을 쳐다봤다.

불꽃 축제가 끝났지만 많은 사람들, 특히 연인들은 자리를 떠날 생각을 하지 않았다. 난 사천이 옆에서 이제 완전히 어두워진 하늘을 멀뚱멀뚱 쳐다봤다.

"미안해."

사천이의 저 미안하다는 말이 짜증난다. 도대체 무슨 잘못을 했다고 나만 보면 미안하다고 하는지.

"미안하다는 말 하지 마! 넌 잘못한 것도 없잖아."

"네가 날 찾기 전에는 너 찾지 말라고 했는데……."

"우연이잖아! 오늘은 우연히 만난 거잖아."

"어래야."

"왜?"

"아니야."

할 말이 있는 듯한 표정인데.

"말해 봐."

"왜 나를 멀리하는지 알고 싶어."

"그건……."

"로하 때문이지?"

사천이도 알고 있었다. 모든 걸 알면서 날 이해해 준 것이다.

"내 얘기 좀 들어줄래? 나 죽으면 아무도 나란 인간이 이 세상에 살았다는 걸 모를 것 같아서……."

"죽는다는 소리 함부로 하는 거 아니야."

"미안. 내가 저번에 어디까지 얘기했지? 음, 생각 좀 해보고……."

하기 힘든 얘기일 텐데. 정말 네가 죽으면 널 기억해 줄 사람이 없을까 봐? 기억을 안 하는 게 아니라 가슴에 묻는다는 걸, 사천이 넌 모르니? 내가 엄마를 가슴에 묻은 것처럼.

"내가 고아원을 나와서 방황할 때 민요랑 로하 엄마를 만났어."

로하 엄마를?

"그래서 어떻게 하다가 로하네 집으로 들어가 살게 됐지. 처음에 날 싫어하던 로하도 차츰 마음을 열면서 날 받아줬어. 우린 다른 형제들보다 더 친하게 지냈어. 그런데……."

괴로운 듯 머리를 감싸며 숨을 토해내는 사천.

"그런데 로하 엄마가 죽었어. 아니, 죽은 걸로 하기로 했어."

"그게 무슨 소리야?"

"로하 엄마가 나한테 부탁했어. 그 집에 산다는 것 자체가 너무 괴롭고 미칠 것 같다고. 그래서 자기가 사고로 죽은 것처럼 꾸며달라고."

지금 난 사천이에게서 엄청난 비밀을 듣고 있다.

"난 결국 은혜를 갚기로 했어. 그리고 로하는 날 쫓아 나오다 차에 치이는 엄마를 보고 날……."

왜 가만히 있는 거야? 사실대로 말하면 예전으로 돌아갈지도 모르잖아. 사천, 넌 정말 바보야. 세상에서 가장 멍청한 바보.

"로하한테는 말하지 마. 나중에 말할 시기가 올 테니까."

"사천아."

"동정받으려고 이런 얘기하는 거 아니야. 이제 보내줘야 할 것 같아서."

눈물 자국이 선명하게 그려진 얼굴로 미소를 짓는다.

"로하, 불쌍한 놈이니까 부탁해. 그리고 고마워. 내 얘기 들어주고, 내가 사랑할 수 있게 만들어줘서. 사랑해… 사랑한다… 사랑했다."

아무 말도 할 수 없었다. 아니, 나오질 않았다. 하고 싶은 말들이 목구멍에 걸려 있는데 도저히 나오질 않는다.

"어래야… 살아가는 이유, 꿈을 꾸는 이유, 모두가 너였는데… 내가 지금 무슨 말을 하는 거지?"

"산어래!"

갑자기 등 뒤에서 들려온 로하의 목소리에 나와 사천이는 동시에 뒤를 돌아봤다. 로하가 성큼성큼 걸어와 내 손을 잡고 일으켜 세웠다.

"우리랑 떨어진 이유가 이 자식을 만나기 위해서였냐?"

"사람들한테 밀려서 어쩔 수가 없었잖아. 그리고 우연히 만난 거야."

"사천, 마지막으로 말하는데 내 눈에 띄지 마. 내 물건에 손대지 마!!"

"어래야, 나 먼저 갈게. 부탁한다."
"으응."
"내 말 알아들었어? 제발 내 앞에서 꺼져 버려. 꺼지라고—!!"
"그만 해."
사천이가 너희 엄마 죽인 거 아니야. 너 이제 사천이한테 어떻게 용서 빌래? 사천이는 너 미워한 적도, 원망한 적도 없는데 넌 도대체 왜 그래? 나중에 후회하면 어쩌려고. 후회하면…….

거실 바닥에 가만히 누워 천장을 바라봤다. 선풍기의 바람이 온풍을 틀어놓은 것처럼 후끈거렸다. 내 옆에 누운 다래는 와삭와삭 소리를 내며 얼음을 씹어 먹었다.
"나도 얼음."
"얼려 먹어."
더워서 화낼 기력도 없다.
"하나만 줘. 죽을 것 같아."
"그럼 다래님, 얼음 1개만 주세요~ 라고 해봐."
내가 더워서 죽는 한이 있어도… 말한다.
"다래님, 얼음 1개만 주세요."
"안 해도 불쌍해서 주려고 했는데."
더위 때문에 뇌 기능이 마비됐는지 얼음을 먹어야겠다는 생각밖에 들지 않았다. 시원한 얼음 조각을 입에 물고 바다를 수영하는 기분에 빠져있는데 내 핸드폰이 울렸다. 방까지 걸어갈 기력이 없어 전화받는 걸 포기했다. 하지만 계속해서 울려대는 핸드폰.

"이씨, 누구야!!"

엉금엉금 기어가 전화를 받았다.

"여보세요?"

[빨리 우리 집으로 와.]

"돼지냐?"

[빨리 오라고—!!]

정말 귀가 먹는 줄 알았다. 난 이유도 물어보지 못한 채 서둘러 돼지네 집으로 갔다.

저녁 7시가 넘은 시간이었지만 아직 밝았다. 돼지네 집에는 돼지와 산이가 초조하게 서성이고 있었다.

"무슨 일이야? 네 전화받다가 나 귀 떨······."

"로하가 없어졌어."

"없어져? 금방 돌아오겠지. 설마 그것 때문에 날 부른 건 아니겠지?"

"빨리 로하 찾아와. 어서!!"

돼지의 얼굴이 검은빛으로 변했지만 놈의 말이 이해되지 않았다.

"너희 또 장난치는 거지? 이번에는 안 속아."

"씨발, 죽고 싶어? 로하 못 찾아내면 너 죽여 버릴 거야!! 로하 죽으면 너부터 죽여 버릴 거야!!"

"이데, 진정하고 앉아."

산이가 아니었으면 난 돼지 손에 죽었을지도 모른다. 돼지에게 졸렸던 목이 풀어지면서 기침이 나왔다.

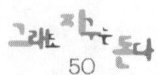

"어래야, 괜찮아? 이데가 지금 흥분을 해서……."

"괜찮아. 근데 로하한테 무슨 일 있는 거야?"

"오늘 로하네 형 기일이야. 그리고 로하가 죽으려는 날이고. 작년에는 손목 그어서 응급실까지 실려 갔었어."

오늘이 로하의 형이 죽은 날이라고? 로하가 죽는다고? 제대로 숨을 쉴 수가 없었다. 산이가 계속 말을 하는데 귀에 들어오지 않는다.

무작정 밖으로 나와 로하를 찾아 나섰다. 아로하, 너 지금 어디 있는 거야? 대답해. 제발 대답해 줘. 너 정말 가려는 거 아니지? 나랑 돼지, 산이, 그리고 사천이 두고 먼저 가는 거 아니지? 나 이제 막 네가 좋아지려고 하는데… 너란 놈 좋아지고 있는데… 이러면 반칙이야. 가지 마. 가면 안 돼. 지나가는 사람들을 붙잡고 네가 어디 있는지 물으니까 이상하게 쳐다본다. 왜 그러지? 왜 모두 네가 있는 곳을 모르는 거야!! 로하가 갈 만한 곳은 다 돌아다녔지만 어느 곳에도 로하는 없었다.

그러다 문득 처음 만났던 옥상이 떠올랐다. 차들이 오가는 도로를 가로질러 달리고 또 달렸다. 조금만… 조금만 기다려 줘. 하늘이 도운 것일까? 로하는 우리가 처음 만났던 그날처럼 그곳에 있었다. 주위에 널브러져 있는 술병들. 고개를 푹 숙인 채 벽에 기대어 있는 모습이 너무 불안해 보였다. 천천히 발을 옮겨 로하 앞에 섰다.

"왜 여기에 있는 거야? 왜 옥상 위에 올라와 있는 거야?"

울먹이는 내 목소리를 알아차린 것일까? 로하가 고개를 들어 날 응시했다.

"어째서 넌 내가 결심할 때마다 나타나서 혼란스럽게 하는 거지?"

"그게 무슨 소리야?"

"신은 날 용서한 건가? 나… 살아도 되는 건가?"

녀석의 볼 위로 한줄기 눈물이 흘러내렸다. 아로하, 가까이에서 본 너는 더 아슬아슬해. 널 보면 공중에서 줄타기하는 사람처럼 위태위태해.

"심장이 터질 것 같아. 안아줘."

난 무릎을 꿇고 녀석의 목을 살며시 끌어안았다.

"아파하지 마. 나 위로 같은 거 못한단 말이야. 그리고 죽을 생각 하지 마. 또 한 번만 더 이러면 내 손으로 널 죽일 거야."

로하의 딱딱하고 차가운 손이 내 얼굴을 감싸왔다. 천천히 내게 다가오는 로하의 얼굴이 보인다. 눈을 감았다. 부르르 떨리는 놈의 입술이 내 입술에 닿는 게 느껴졌다. 눈물의 짠맛이 로하의 입술을 타고 내게로 넘어왔다. 내 입술을 가볍게 쓰다듬던 녀석의 혀가 자연스럽게 벌어진 내 입속으로 들어왔다. 로하의 눈물이 나의 얼굴을 적셔왔다. 무엇이 널 이렇게 무너뜨리는 거니? 왜 혼자서 마음 아파하는 거야? 슬픔이 번질 땐 눈을 감아. 눈을 감으면 슬픈 세상이 안 보이니까. 눈을 감고 하늘을 나는 상상을 해. 슬픔은 날개가 없으니까. 우린 서로의 손을 잡고 오래도록 그곳에 있었다. 별을 보고 싶었지만 어둡고 탁한 서울 하늘에서는 희망에 불과했다.

"오늘이 우리 형 죽은 지 2년 되는 날이야. 나 같은 놈이 죽었어야 했는데 착한 형이 날 대신해 죽었어."

"자책하지 마."

"제길, 나 같은 새끼가 뒈졌어야 하는 건데. 나 같은 새끼가."

"형이 너 대신 죽은 거라면 열심히 살아야 하는 거 아니야? 그런데 지금 넌 뭐야? 열심히 살려고 노력하기보단 어떻게 하면 죽을 수 있을까 생각하는 넌 뭐냐고?"

"훗, 살아야 한다? 열심히? 형을 대신해서?"

"그래!! 죽을 생각 따위는 집어치워! 날 위해서라도 살아주면 안 돼? 돼지를 위해서, 산이를 위해서, 응?"

무슨 생각을 하는지 로하는 한동안 말이 없었다. 10분 정도 흘렀을까? 로하가 벌떡 일어서며 내게 손을 내밀었다.

"집에 가자."

아주 작지만, 아주 미세하지만 로하의 마음이 움직이는 걸 느낄 수 있었다.

우리가 돼지네 집에 도착했을 땐 밤 12시가 넘은 시간이었다. 혼자 술을 마시고 있던 돼지는 로하를 보자마자 놈을 껴안고 아무 말도 하지 않았다.

"숨 막혀, 이 자식아."

"평생 안 놓을 거야. 다시는 내 곁에서 떠나지 못하게 꽉 잡고 있을 거야."

"미안하다."

"너한테 그런 소리 듣기 싫어. 약속만 해. 다시는 내 눈앞에서 사라지지 않겠다고. 죽을 때까지."

"약속해. 나 머리가 아파서 먼저 들어가서 잔다."

로하는 자기 몸에서 떨어져 나가는 돼지의 머리를 헝클었다. 그리고 내게 몸을 돌려 내 머리도 새집으로 만들었다. 난 방문이 닫히기 전 로하가 작게 중얼거리는 소리를 들었다.

"너희들, 내게 너무 과분해."

로하가 방으로 들어가자 돼지는 다시 바닥에 앉아 병나발을 불었다. 이 시간에 집에 가려면 택시를 타야 하는데 돈이 한 푼도 없다. 로하도 걱정되고 하니까 오늘만 신세를 져야지 생각하고 돼지 앞에 앉았다. 돼지를 멀뚱히 쳐다보던 나는 놈이 내민 잔을 받았다.

"고맙다."

"뭐가?"

"로하 잡아줘서."

"에이, 별거 아니야."

어색한 분위기를 바꿔보려고 농담을 하며 웃었지만 아무 반응 없는 돼지 녀석.

"산어래, 내 이름 알아?"

"이데!!"

돼지, 우는 것 같았는데 잘못 본 건가? 다시 눈을 감았다 떴을 땐 미묘한 표정을 짓고 있었다.

"이데… 그렇지. 내 일본 이름이지. 나 혼혈아라는 건 말했지? 그럼 반은 한국 피가 흐른다는 소린데."

돼지, 무슨 말을 하고 싶은 걸까?

"화수라고 불러봐."

난 앞에 놓인 오징어를 집으려다가 멈추고 돼지를 쳐다봤다.

"못 들었어? 화수라고 불러보라니까. 어서."

"그게 누군데?"

"내 한국 이름이야. 빨리 불러봐. 친근하고 부드럽게."

"화수."

원하는 대로 화수라고 불렀지만 돼지의 얼굴은 심하게 일그러졌다.

"불렀잖아! 입 집어넣어."

"친근하고 부드럽게가 빠졌잖아."

하라고 시키면 왠지 더 하기 싫어지는 게 사람 심리.

"몰라, 돼지야."

"후회 안 할 자신 있어?"

"내가 후회할 일이 뭐가 있어?"

왜일까? 돼지의 미소가 슬퍼 보이는 이유가. 오늘 여러 번 마음이 쓰려온다.

"아까 내가 너한테 했던……."

"나 같아도 그랬을 거야."

"나 미워하는 거 아니지?"

"사랑해~"

"그럼 우리 사귈까?"

갑작스런 돼지의 발언에 난 입을 다물지 못했다.

"농담이다. 난 임자 있는 몸이야."

평소의 장난기 많은 얼굴은 어디에서도 찾아볼 수 없었다. 돼지 입에서 좋아하는 여자 얘기가 나오다니. 슬금슬금 돼지 옆으로 기어갔다.

"누구야? 좋아하는 여자 있었어?"

"응. 화수라는 이름을 다정하게 불러주던 여자."

그래서 나보고 이름 불러달라고 했던 거였군. 날 그 여자 대리로 이용하려 하다니.

"눈빛을 보니까 애절한데? 일본에 있어? 일본 여자? 아님, 한국 여자?"

"한국 여자. 이제 그만 하자. 소파에서 자는 것까지는 좋은데 또 침 흘리면 죽어."

"나 침 안 흘려!"

"입 벌리고 자는 거 몇 번 봤으니까 시치미 떼지 마."

어쩐지, 아침에 일어나서 거울 보면 입 주변에 하얀 자국이 있더라. 난 술병을 치우고 방으로 들어가려는 돼지에게 마지막으로 물었다.

"너 한국에 계속 있을 예정이야? 그 여자 안 보고 싶어?"

문고리를 잡고 잠시 가만히 서 있던 놈이 문을 열고 들어가며 말했다.

"보고 싶어. 보고 싶은데 볼 낯이 없어. 볼 수가 없어."

다음날 아침, 녀석들보다 일찍 일어나 아침을 준비했다. 문이 열리고 로하가 하품을 하며 나왔다.

"너 앞치마 두르고 있으니까 꼭……."

"꼭 뭐?"

"파출부 같다."

로하가 욕실로 들어가자 이번엔 돼지가 눈을 비비며 나왔다.

"너 그러고 있으니까……."

"파출부 같다고?"

내 대답에 돼지의 얼굴이 굳어졌다. 생각해 보면 로하와 돼지, 닮은 점이 많다. 같이 살아서 그런가? 아니면 정신 연령이 같아서? 마지막으로 식탁 위에 된장국을 올려놓는데 핸드폰이 울렸다.

"여보세요?"

[아예 짐 싸서 나가라.]

"급한 일이 있어서 전화를 못했어."

[5분 안에 집으로 컴백하는 게 좋을 거다. 엄마, 아빠 오신다.]

다행히 난 엄마, 아빠가 도착하기 10분 전에 집에 도착했다. 아빠가 날 끌어안고 얼굴을 비벼댔다.

"악!! 따가워."

"아빠가 사랑하는 딸에게."

"됐어! 왜 왔어?"

울 것 같은 아빠 대신에 엄마가 대답했다.

"잠시 귀국한 거란다. 내일 다시 가야 해."

"이번에 가면 언제 와요?"

"글쎄, 아빠랑 호주에서 살까 의논 중이야."

"어래야, 네 생각은 어떠니?"

난 아빠를 똑바로 쳐다보며 말했다.

"싫어요!"

그리곤 내 방으로 들어왔다. 이민이라니. 생각하기도 싫다.

문 열리는 소리가 들리고 다래가 들어왔다. 무서운 눈으로 노려보는 걸 보니 어제 외박한 이유를 묻는 듯하다.

"친구가 아팠어. 엄마, 아빠한테는 비밀이다."

"맨입으로?"

"치사하게. 됐어! 말해도 돼."

"너 저번에……."

5분 경과, 무슨 말 하려고 저렇게 뜸을 들이지?

"저번에 뭐?"

"우리 집에 피 흘리며 왔던 놈 말이야."

"사천이?"

"걔랑 무슨 사이야?"

"같은 반 친군데, 왜?"

평소와 다르게 우물쭈물거리는 녀석.

"더 이상 그놈이랑 어울리지 마."

"그런 것까지 네 허락을 받아야 하는 거야?"

"……."

"말해 봐."

"널 위해서야. 지금이라도 잊어버려."

다래 녀석, 내 시선을 피하더니 급하게 방을 나갔다. 다래가 뭐 때문에 저런 말을 하는 거지? 쟤가 사천이를 알 리 없는데. 내가 다시 미워지는 거니, 다래야?

그날 저녁, 처음으로 우리 가족이 외식을 했다. 난 아빠의 경험담을 한 귀로 흘리며 딴생각을 하고 있었다. 밖으로 눈을 돌려 지나가는 사람들을 구경하다가 산이를 보게 되었다. 약속있다고 말하고 혼자 밖으로 나와 산이를 쫓아갔다.

"산이야~ 반산!!"

하지만 산이는 내가 부르는 소리를 못 들었는지 그냥 계속해서 걸어갔다. 거의 산이와 가까워질 무렵, 어느 이상한 곳으로 들어가는 산이와 낯선 여자. 그 앞에는 험상궂게 생긴 아저씨 2명이 서 있었다. 계단을 올라 안으로 들어가려는데 아저씨들이 날 막았다.

"무슨 일로 왔니, 꼬마야?"

"꼬마 아니니까 들어가도 되죠?"

날 가만히 보더니 아저씨들이 귓속말로 소곤거렸다.

"돌아가."

"방금 전에 친구가 들어갔어요."

"장사 방해하지 말고 꺼져!! 안 그러면 따끔한 맛을 보게 될 거다."

"금방 잘생긴 남자랑 여자 들어갔잖아요!! 그 잘생긴 남자가 제 친구예요. 걔는 되고 나는 왜 안 돼요?"

다시 귓속말을 하는 아저씨들.

"너 제하를 말하는 건 아니지?"

산이 곁에 있던 여자들에게서 들었던 산이의 또 다른 이름. 이 아저씨들은 또 어떻게 아는 걸까?

"제하 맞아요! 들어가도 되죠?"

"제하 쫓아다니는 것들 중에 한 명인가 본데 여기에서 5초 내로 안 꺼지면 이게 배에 쑤셔 박히게 될 거다."

말이 끝나자마자 식칼보다 더 크고 무식한 칼을 꺼내 보이는 아저씨. 나도 모르게 뒷걸음질쳐 계단을 내려왔다. 그리고는 안 보이는 곳으로 가서 숨었다.

잠시 후, 2명의 여자들이 안으로 들어가는 게 보였다. 뭐야, 나한테는 칼을 들이밀더니 저 여자들한테는 인사까지 하며 들여보내 주다니. 내가 돈이 없어 보이기는 하지만. 그런데 아저씨들의 행동이 이상했다. 아까보다 더 예쁘고 잘 빼입은 여자가 왔는데 이번엔 들여보내지 않는다. 돈도 많아 보이는데. 난 힘없이 걸어오는 그 여자에게 말을 걸었다.

"저기요, 잠깐만요."

"네?"

"방금 저기에 왜 못 들어갔어요?"

"누구세요?"

날 경계하는 듯한 여자의 목소리와 눈빛.

"저 이상한 사람 아니에요. 사실 저도 못 들어갔거든요."

"그래요? 암호를 몰라서 못 들어갔는데, 당신도?"

암호를 대야만 들어갈 수 있는 곳. 허나 그 암호를 알아내는 건 하늘의 별따기라는 여자의 말.

"뭐 하는 곳인데 그래요? 그냥 술집이 아닌가요?"

"저기가 뭐 하는 곳인지도 모르고 들어가려고 했어요?"

"우연히 친구를 봤는데 저기로 들어가길래 가서 인사라도 하려고 그러는데. 저기 뭐 하는 곳인데요?"

"여자 접대부가 아닌 남자 접대부가 있는 여성만을 위한 술집. 뭔지 아시겠어요?"

생각을 안 하려 애를 썼다. 아닐 거라고 믿으면서 돼지네로 향했다.

그래!! 돼지랑 로하는 친구니까 알 거야! 진실이 아니라고 나한테 말해 줄 거야!! 돼지네 도착한 시간은 밤 10시였다. 로하는 자고, 돼지는 이상한 비디오를 보고 있었다.

"변태."

"이거 구하기 힘든 거야. 볼 수 있을 때 봐둬."

"저질."

"일본에서만 구입 가능하지."

사실 돼지에게 마구 욕을 해대면서도 내 눈은 그 비디오로 향해 있었다. 손으로 머리를 잡고 돼지 쪽으로 돌리기 위해 노력했다.

"야, 물어보고 싶은 게 있어."

"뭔데?"

"심각한 거야!! 비디오 꺼."

투덜대면서도 내 말을 아주 잘 듣는 돼지.

"네 입에서 아니라는 대답이 나왔으면 좋겠어. 아니라고 대답해야 돼."

"무슨 얘긴데?"

"산이 말이야."

망설여진다. 돼지는 인내심을 가지고 내가 말할 때까지 기다렸다.

"산이… 무슨 클럽 같은 데 다녀?"

"클럽이라니?"

"왜 있잖아. 남자 접대부들 있는 술집. 아니지? 산이 그런 데 안 다니지?"

"……."

천천히 바닥으로 눈을 내리는 돼지. 그동안 보아왔던 산이 주위의 여자들과 제하라는 이름, 그리고 남자 접대부가 퍼즐처럼 맞추어져 간다.

"돼지!! 내가 아니라고 대답하랬잖아!! 빨리 아니라고 대답해!!"

"조용히 말해. 로하가 알면 산이 죽어."

"내가 알면 어쩐다고?"

정말 화가 났을 때 로하는 눈이 핏빛으로 변하기도 하지만 지금처럼 미소를 짓기도 한다. 돼지는 나를, 나는 로하를, 로하는 돼지를 쳐다봤다.

"산어래, 산이 얘기 나한테도 해봐."

로하가 실실거리며 내 옆으로 왔다. 난 돼지에게 구조의 눈길을 보냈지만 놈은 서둘러 얼굴을 돌렸다.

"어서 말해 보라니까?"

"그러니까… 저기… 산이 말이야."

"그래, 계속해."

아로하, 차라리 화를 내고 소리를 질러. 이러는 게 더 무서워.

"산이가, 산이가, 그러니까……."

갑자기 핸드폰을 꺼내 전화를 하는 로하.

"지금 당장 이데 집으로 와."

묻지 않아도 알겠다. 난 아니기를 바라는 마음에 물어본 건데, 설마 돼지가 말한 대로 산이 죽는 건 아니겠지?

"거봐. 산이 죽으면 네 탓인 줄 알아."

"네가 아니라는 말만 했어도 이런 일은 없잖아."

"사실을 어떻게 아니라고 해?"

"지금부터 입 벌리거나 참견하면 같이 죽여 버리겠어."

돼지와 난 로하의 한마디에 구석에 쪼그리고 앉았다.

30분 후, 2시간 전에 내가 본 모습 그대로 산이가 들어왔다. 산이는 구석에 숨어 있는 우리를 한 번 쳐다보고 소파에 앉아 있는 로하에게 걸어갔다.

"로하, 무슨 일 때문에?"

"증인 있으니까 내가 묻는 말에 거짓말하면 각오해. 반산, 아직도 거기 다니냐?"

멀리에서도 산이의 몸이 떨리는 게 느껴졌다.

"너 벙어리야? 대답해."

"미안해."

"내가 다시 거기 가면 죽일 거라고 했지? 정신 바짝 차려."

말이 끝남과 동시에 로하의 발과 주먹이 산이에게 날아갔다. 산이는 아무 반항 없이 순순히 로하의 주먹을 맞는다. 입에서 피가 나자 돼지가 달려가 로하를 말렸다.

"그만 해! 산이가 다시 나간 데는 이유가 있을 거야."

"이유? 이유라… 반산, 말해 봐. 네 입으로 말해."

"미안해. 정말 미안해."

"이 병신 같은 새끼야!! 누가 그 딴 소리 지껄이래?"

다시 한 번 피를 토하며 쓰러지는 산이.

"다시는 네 얼굴 보기 싫으니까 꺼져."

아로하, 산이가 아무리 약속을 안 지켰어도 그렇지 이건 너무하잖아. 산이가 돼지의 부축을 뿌리치며 집을 나갔다. 난 불편한 분위기 속에서 떨어지지 않는 발을 억지로 움직여 밖으로 나왔다. 몸을 움츠리고 비틀거리며 걸어가고 있는 산이 녀석이 보인다. 로하가 뭔데, 로하가 너한테 뭔데 매번 이렇게 당하고만 있는 거야!! 얼마 가지 않아 바닥에 주저앉는 산이에게 다가갔다.

"풋, 이 정도로 끝난 게 다행이야."

"산이야, 미안해. 나 때문에."

"너 때문이 아니야. 내가 약속을 어겼어."

"그게 아니야! 난 네가 그런 곳에 다니는 거 오늘에서야 알았어. 그래서 믿기지 않아 돼지한테 확실히 물어보려고 말을 꺼낸 건데……."

산이가 내 머리를 툭 치며 말했다.

"오히려 마음이 편해서 좋아. 내가 잘못한 거야."

물어보고 싶다. 물어보고 싶었다. 왜 그런 일을 하는지. 하지만 나는 끝내 물어보지 못하고 집으로 돌아왔다.

내가 돌아올 때까지 자지 않고 기다리시던 아빠와 엄마에게 이것저것 변명하느라 새벽이 다 되어서 잠자리에 들었다. 몸은 피곤한데 쉽게 잠이 오지 않았다. 산이를 때리면서도 슬픈 눈을 하던 로하와 그런 로하를 미워하고 원망하기는커녕 모두 자신의 잘못이라고 말하는 산이 때문이었다.

다음날 부모님을 배웅하고 돼지를 만났다. 돼지네 집엔 로하가 있었기 때문에 밖에서 만나야만 했다. 일명 '산이와 로하 합체시키기' 작전.

"로하 상태는 어때?"

"단둘이 있는 게 무서울 정도야."

불쌍한 우리 돼지. 집 주인이 누군지 모르겠다.

"보아하니 로하가 산이를 찾아갈 것 같진 않은데."

"산이 얼굴 보면 또 주먹이 날아갈 거야. 어제 밤새도록 술만 마셨어."

"돼지, 빨리 대책을 강구해 봐."

"난 이런 거 잘 못한단 말이야."

"주문하신 아이스크림 나왔습니다."

멋있는 오빠가 우리 앞에 군침이 넘어갈 만큼 예쁘고 맛있어 보이는 아이스크림을 놓고 갔다. 순간 눈이 마주친 돼지와 나, 동시에 입을 열었다.

"우선 먹고 생각하자."

난 내 것을 다 먹고 돼지 아이스크림에 눈독을 들였다. 하지만 아이스크림 돼지라는 별명이 괜히 붙은 게 아니었다.

"그만 처먹고 생각이나 해!"

"하나 더 시켜줄까?"

나와 돼지는 하나씩 더 시켜 만남의 목적도 잊은 채 오로지 먹는 것에만 몰두했다. 그리고 신나게 쇼핑을 하고 집으로 돌아오던 중, '산이와 로하 합체시키기' 작전이 생각났다. 인사를 하고 돌아서는 돼지의 목덜미를 잡았다.

"캑—!! 사람 살려~"

"우리 오늘 왜 만났지?"

"맞다!"

정말 우리가 잘해낼 수 있을까?

우리 집 앞 공원에서 2차 회의에 들어갔다.

"윽!! 악!! 간지러워."

"얌전히 안 있을래? 너 때문에 정신 사나워서 생각들이 다 사라지잖아!!"

모기에 물렸다고 야단법석을 떠는 돼지의 허벅지를 쫙 소리 나게 때렸다.

"돼지야, 제발 아이디어 좀 내봐. 내가 아이스크림 사줄게."

"그거야!! 좋은 생각이 떠올랐어."

"뭔데?"

"여름 하면 뭐가 생각나?"

"땀, 끈적거림, 에어컨, 그리고… 바다. 어? 그럼 너?"

"그래! 어때?"

"귀여운 자식."

난 돼지의 얼굴에 침을 묻혀가며 뽀뽀를 했다. 그러다 입에 해달라는 녀석을 실컷 팼다.

"피서는 뭐니 뭐니 해도 동해지~ 강릉 어때?"

"거기가 어디야? 서울이랑 가까워?"

참, 돼지는 우리 나라 지리 모르지.

"그럼 강릉으로 결정!! 언제 갈까?"

"3일 후."

"난 산이를 책임질 테니까 넌 로하 책임지고 5일에 서울역으로 나와. 표는 내가 끊을게. 오후 5시까지."

"OK!! 그럼 파이팅 한번 하자~ '산이와 로하 합체시키기' 작전의 성공을 위하여!!"

"파이팅!!"

돼지와 나의 마주친 손바닥 소리가 조용한 밤공기를 타고 멀리 퍼져 나갔다.

일이 있어 곤란하다는 산이를 3일 동안 쫓아다녀 간신히 OK 대답을 받아냈다. 돼지도 역경 속에서 맡은 일을 잘 성사시켰다.

만나기로 한 시간을 10분 초과해서 도착했더니 로하가 소리를 지르며 돌아가려는 게 보였다.

"아로하, 바다 구경 좋잖아."

"이따위 짓 네가 꾸몄냐?"

참았다! 참아야만 했다.

"타기나 해, 이 자식아!! 돼지야, 빨리 로하 팔 붙잡아."

난 로하를 끌고 기차에 올라타며 쓸쓸하게 웃는 산이에게 말했다.

"도망가면 죽~어!!"

로하를 억지로 옆에 앉혔지만 그놈의 주둥이까지 다물게 할 수는 없었다. 앞자리에 산이가 웃으며 앉자 입을 다물고 창밖으로 눈을 돌리는 아로하. 우선은 1단계 성공이다. 돼지야, 우리 꼭 성공하자. 돼지가 주먹을 불끈 쥐며 답을 해왔다.

처음으로 하는 기차 여행… 처음으로 가는 바다 여행… 처음으로 같이 가는 여름 여행……. 하지만 이 여행이 처음이자 마지막 추억이 될 줄은 몰랐다.

제12장
먹구름

우선 바다 바로 옆에 있는 방을 잡고 앉았다. 분위기를 바꾸는 데는 역시 알코올이 최고! 난 종이컵을 들어 올리고 말했다.
"우리의 첫 바다 여행을 기념하는 의미에서 건배~"
"건배~"
하지만 돼지만이 나에게 호응을 해줬다. 이러면 2단계 작전이 곤란한데.
"아로하, 네 입장만 생각하지 마. 네가 산이였다면 지금 심정이 어떻겠냐? 누구보다 산이에 대해 잘 아는 건 너잖아. 나갔다 돌아올 때까지 그대로면 로하 널 보면서 웃는 일 따위는 없을 거다. 산어래, 나가자."
"어? 어."

돼지가 날 끌고 모래사장으로 들어갔다. 난 발등 위를 덮여오는 모래를 걷어차며 돼지 옆에 서 바다를 바라봤다. 새까만 공간 속에서 파도의 하얀 물살만이 보였다 사라졌다를 반복했다. 귀를 가득 차지하는 파도 소리를 듣고 있자니 바다에 들어가고 싶은 충동이 일었다.

"잘되겠지?"

"일… 으… 까?"

"응?"

"나 일본으로 돌아갈까?"

"안 돼!! 가지 마."

내 눈빛이 애절했는지 놈이 손가락으로 내 이마를 튕겼다.

"가고 싶어도 못 가. 나 없으면 누가 너랑 놀아주냐?"

"그래. 그러니까 갈 생각 따위 하지 마."

"알았어. 여기 앉아봐. 내가 좋아하는 노래 들려줄게."

우린 한낮의 태양의 열기가 아직 남아 있는 모래 위에 편히 앉았다. 돼지가 노래를 부르기 시작했는데 무슨 노래인지 감이 안 왔다. 듣다 보니 곧 그게 일본 노래라는 걸 알게 됐다. 노래가 끝났지만 눈을 뜨기가 싫다. 지금 이대로의 느낌이 너무 좋았다.

잠시 후 로하의 목소리에 번쩍 눈이 떠졌다. 언제 왔는지 내 옆에 앉아 부드러운 저음으로 노래하고 있는 로하. 난 로하의 옆모습을 보며 노래를 감상했다. 잠시 후 노래가 끝나자, 난 박수로 노래에 대한 답을 했다.

"노래 잘하네? 여자들이 아주 뿅 가겠다."

"그래서 너도 그런 눈으로 쳐다보는 거냐?"

"응!"

밤이라 잘 보이지는 않았지만 고개를 돌리는 것으로 미루어 부끄러워하는 게 틀림없다.

"산이랑 화해했어? 너희 사이에 어떤 일들이 있었는지는 잘 모르지만 네가 심했다고 생각해."

"훗, 나 나쁜 놈인 거 이제 알았어?"

"그게 자랑이냐?! 돼지랑 나랑 너희 둘 화해시키려고 얼마나 고민했는 줄 알아?"

"헛수고했다."

"화해 안 할 거야? 자존심 때문에 그래? 그깟 자존심이 그렇게 대단해?"

로하는 모래 한 움큼을 쥐고 조금씩 밑으로 흘려보내고 있었다.

"산이 자식이랑 난 아무렇지도 않은데 너희 왜 오버냐?"

"아무렇지 않다니. 싸웠잖아."

"보이는 게 전부가 아니라는 거 몰라?"

그럼 그 싸움은 우정 싸움? 아, 어찌 되었든 결과는 좋은 거란 소리네.

"줄곧 참 예쁘구나… 안아주고 싶다… 그렇게 생각했었어."

"뭘?"

"널 안게 된 후 난 다시 행복해지고 싶어졌다."

로하가 지금 나한테 고백하는 건가? 좋아한다고? 날 좋아한다고 말하는 거야?

"말해 두겠는데, 이렇게 오래 참은 건 처음이다. 눈 감아봐."

로하와의 두 번째 입맞춤. 바람결에 날리는 로하의 머리카락이 내 얼굴을 간지럽혔다. 파도 소리만 가득한 분위기가 괜히 마음을 설레게 만들었다.

"사람은 살아서는 누군가를 기억하다가 죽어서는 누군가의 기억에 남는 존재라는데 나도 그런 사람이 될 수 있을까?"

"당연하지! 그런 걸 왜 걱정해?"

"슬프면 눈에서 눈물이 나오잖아. 그러면 반짝거리는데 너는 그게 무엇 때문이라고 생각해?"

오늘따라 알 수 없는 말들만 하는 로하를 가만히 쳐다봤다. 내 대답을 바라고 한 질문이 아니었는지 로하가 다시 입을 열었다.

"난 내 눈에서 별들이 반짝거리는 거라고 생각해. 그러면 하나도 안 슬퍼지거든."

로하는 가끔 알 수 없는 얼굴을 한다. 마치 여기에 없는 듯한.

산이와 돼지가 있는 방으로 돌아가는 길에 로하가 내 앞에 쭈그려 앉았다.

"업혀."

"싫어, 나 무거워."

"다시는 업어줄 일 없으니까 해준다고 할 때 업혀라."

"무거워도 난 몰라."

날 업고 들어 올린 것까지는 좋았는데, 거칠어지는 이 숨소리는 뭐냐? 그래도 로하의 등에 업힌 이 느낌, 평생 기억하고 싶을 만큼 편하고 좋았다.

다음날 우린 바닷가로 나가서 수영과 해수욕을 즐겼다. 물을 많이 먹어서 배가 탱탱해지고 태양에 얼굴이 탔지만 즐거운 여름 여행이었다. 로하와의 관계가 발전된 계기가 되기도 했고.

일상으로 돌아오자 하루하루는 그야말로 지옥이었다. 보충 수업까지 했으면 아마 난 탈수증으로 벌써 쓰러졌을 것이다.

개학을 일주일 앞두고 돼지와 데이트를 즐겼다. 공짜로 영화 보여주고 먹을 것도 사준다는데 거부할 수 있어야지~ 데이트를 마치고 돼지네 집으로 가던 길에 검은색 차 두 대가 우리 앞에 섰다. 차 안에서 4명의 건장한 남자들이 나오자 돼지가 소리쳤다.

"산어래, 도망가!!"

하지만 나는 물론이고 돼지도 그 남자들에게 붙잡혀 각각 다른 차에 태워졌다. 소리를 질렀지만 입이 막혀서 속으로 웅얼거리는 것밖에 되질 않았다. 난 지금 이 상황이 심각하다는 걸 깨달았다.

얼마 후 외진 곳에 정지한 차. 창고 같은 곳으로 날 끌고 가더니 바닥에 던졌다. 내 앞에는 이미 돼지 녀석이 묶인 채 어떤 남자에게 붙잡혀 있었다.

"이데야, 이 사람들 누구야? 우릴 왜 끌고 온 거야?"

"쟤는 상관없으니까 풀어줘!!"

돼지가 소리치는 곳을 바라봤다. 높은 사람으로 보이는 남자가 의자에 앉아 있었고, 그 주위에 많은 남자들이 서 있었다.

"산어래 맞나?"

앉아 있는 남자가 나에게 말했다.

"누구세요? 왜 우릴 이곳으로 끌고 왔죠?"

"숙녀를 거칠게 다뤄서 미안하다. 아로하라고 알지?"

어떻게 저 남자가 로하를?

"저놈 살리고 싶으면 로하를 이곳으로 데리고 와."

"너도 로하도 여기 오면 나한테 먼저 죽는다!! 오면 죽여 버릴 거야!!"

돼지가 소리치자 옆에 있던 남자가 각목으로 돼지의 어깨를 내려쳤다. 둔탁한 소리와 함께 앞으로 쓰러지는 돼지 모습에 몸이 떨려왔다. 이건 우리들 사이에서 흔히 일어나는 그런 싸움이 아니야. 위험해. 이데가 위험해. 죽을지도 몰라!!

"로하란 놈을 데리고 오는 시간이 늦어질수록 이놈의 목숨이 위험하다는 걸 명심해라."

난 바닥에 쓰러져 고통스러워하는 이데를 쳐다보고 밖으로 뛰어나왔다. 로하가 이곳에 와도 위험하지만 오지 않으면 이데는 죽을 것이다. 정신을 차리려 애쓰며 로하에게 전화를 했다.

[고객 전화기가 꺼져 있어 음성 사서함으로……]

제길, 이렇게 중요한 순간에!! 이번에는 산이에게 전화를 걸었다.

"산이야, 지금 어디야? 큰일 났어!"

[왜 그래? 무슨 일이야?]

"로하, 로하를 찾아야 해. 로하 어디 있어?"

[진정해. 목소리가 많이 떨리는데?]

"이데가 잡혀 있어!! 그래서 로하 찾아야 돼!!"

산이는 꼼짝 말고 기다리라는 말을 마지막으로 전화를 끊었다. 얼마 되지 않아 내 앞에 나타난 산이.

"이데가 잡혀 있다니? 자세히 말해 봐."

"방금 전에 돼지랑 놀다가 집에 가는 길에 우리 앞에 검은 차가 서더니 어떤 창고로 끌고 왔어. 그런데 그 사람들이 로하를 데리고 오지 않으면 이데를……."

"로하 핸드폰 안 돼?"

"아!!"

번뜩 십 원이 떠올라 다래에게 십 원의 연락처를 알아냈다.

[여보세요?]

"나 다래 누나야. 알지?"

[어? 누나가 내 번호는…….]

"있잖아, 로하 어디 있는지 알아?"

[아마 로하 형…….]

나와 산이는 십 원이 말해준 곳으로 출발했다.

사람의 발길이 뜸한 곳이었기에 로하를 찾는 건 쉬웠다. 앉아서 멍하니 바다를 바라보고 있는 녀석의 모습에 울컥하고 화가 치밀어 올랐다. 난 한걸음에 녀석에게 달려가 소리쳤다.

"너 한가하게 이럴 때야? 돼지가 죽게 생겼단 말이야!!"

"뭐? 이데가 왜?!"

"이상한 남자들한테 잡혀 있어. 그 남자가 너 데리고 오지 않으면 돼지 죽인다고 그랬어. 돼지 죽는다고!"

"거기 어디야?"

지금처럼 로하의 몸과 눈동자가 흔들리는 건 처음이다. 하지만 로하가 가지 않으면 돼지가 죽는다. 이데야, 무서워도 조금만 참아. 내가 로하 데리고 가니까 걱정 마.

이데가 잡혀 있는 창고에 아까의 2배는 더 많아 보이는 남자들이 우리를 기다리고 있었다. 이데, 많이 맞았는지 피를 흘리며 쓰러져 있었다.

"오랜만이야. 안 그런가, 로하 군?"

"닥쳐!! 우리 형을 죽인… 형을……."

"덕분에 넌 살았잖아. 나한테 감사 인사라도 해야지."

"이 개새끼!! 죽여 버리겠어!!"

그 남자에게 달려 나가려는 로하를 산이가 간신히 붙잡았다. 로하 형을 죽인 게 저 남자라고? 로하가 저 남자를 어떤 눈으로 보고 있는지 궁금하지만 또다시 흔들리는 눈동자를 하고 있을까 봐 쳐다보기가 겁이 난다. 그때 돼지가 감은 눈을 뜨더니 일어로 말했다. 그리고 로하 형을 죽였다는 남자가 일어로 대답했다.

"제기랄!! 너희 빨리 도망가!! 이 미친 자식이 우리를 다 죽일 셈이야!!"

"내 싸움 실력 모르냐?"

"아로하, 그냥 가. 이건 명령이 아니라 부탁이야. 제발."

"네 눈앞에서 꺼지지 말라며. 약속 지킨다고 했다."

낮게 한숨을 토해내는 돼지가 보일락 말락 미소 지었다. 난 계속해서 이데가 날 봐주기를 바랬다. 하지만 놈은 내 쪽으로는 단 한 번도 고개를 돌리지 않았다. 우리 앞으로 걸어오기 시작한 남자들을 견제하면서 로하가 작게 말했다.

"너희는 아무 도움도 안 되니까 나가 있어. 경찰에는 연락하지 마."

"무슨 소리야? 나도 여기에 있을 거야."

"산어래, 고집 피우지 마. 나가서 위험하다 싶으면 그때 경찰에 신고해."

"싫어! 안 갈 거야!! 돼지가 저렇게 쓰러져 있는데 너 혼자 어떻게……."

이를 악물고 참으려 했지만 엉망이 된 돼지의 얼굴을 보자 기다렸다는 듯이 눈물이 흘러내렸다.

"반산, 내가 셋까지 세면 어래 데리고 나가. 어떻게 해서든 끌고 나가."

"……."

"나도 부탁이란 거 해보자."

"알았어."

"이데랑 같이 조금 있다 나간다. 기다려. 밖에서 기다리라고. 그럼 센다. 하나… 둘… 셋."

로하가 그 남자들을 향해 몸을 날렸다. 스무 명이 넘는 남자들과 로하의 싸움. 난 끌려가지 않으려고 발버둥 치며 버텼지만 내 몸은 금방 쉽게 끌려갔다. 안 돼. 돼지가 피 흘리고 있어. 빨리 병원에 가지 않으면 죽을지도 몰라. 그리고 로하는 혼자 싸우잖아. 안 돼…….

"안 돼—!!"

밖에서는 안에서 나는 소리가 하나도 들리지 않았다. 지금 로하는 죽을힘을 다해 싸울 텐데. 돼지는 아파서 끙끙대고 있을 텐데. 이상하게 내 귀에는 아무 소리도 안 들려. 거짓말같이 나에게는 아무 소리도 들리지가 않아.

"산이야, 제발 보내줘."

"로하랑 이데, 괜찮아. 난 믿어."

"넌 왜 싸움을 못하는 거야!! 이럴 때 왜 싸움을 못해서 로하랑 돼지 구하지 못하는 거야!! 왜… 으흐흑."

난 죄없는 산이를 탓하며 오열을 터뜨렸다. 아무것도 할 수 없는 한심한 내 자신에 대한 화풀이를 산이에게 하고 있다. 미안해… 미안해, 산이야……. 산이 품에서 울다 지쳐 깜빡 기절을 했었나 보다. 누군가 날 깨우는 소리가 들렸다.

"어래야, 일어나 봐."

"으응?"

"로하가 나오고 있어."

뭐?! 난 자리에서 벌떡 일어나 비틀거리며 창고에서 나오는 로하에게 달려갔다. 얼굴이 엉망진창이다. 온통 피투성이였다.

"괜찮아? 많이 다쳤어? 아프지는 않아?"

로하는 대답 대신 피로 물든 손으로 내 머리를 쓸어 내렸다. 난 눈물을 감추려고 로하를 안았다. 그런데 돼지는 왜 안 보이지?

"로하야, 돼지는? 이데도 괜찮지?"

로하가 오른쪽 팔로 내 머리를 감싸 쥐었다.

"말해 봐, 어서!! 돼지 기절해서 네 힘으로는 도저히 끌고 나올 수 없어서 혼자 나온 거야? 그럼 내가 갔다 올게. 나 힘세잖아."

"산어래!!"

"내가 얼른 돼지 끌고 나올 테니까 기다려."

난 로하의 손을 뿌리치고 창고로 뛰어갔다. 잘 열리지 않는 철문을 열고 우선 눈을 감았다. 알 수 없는 냄새가 코를 자극하기 시작했다. 흐르는 눈물을 닦고 천천히 눈을 떴다. 눈물 때문에 잘 보이지는 않았지만 바닥에는 수십 명의 남자들이 피를 흘리며 쓰러져 있었다. 돼지를 찾으려 발걸음을 옮겼지만 이내 몸에 힘이 빠지고 날 부르는 소리가 머리를 울리며 지나갔다.

"어래야!!"

나, 돼지 데리고 밖으로 나가야 하는데… 그래서 로하랑 산이한테 돼지 병원 데려가자고 말해야 하는데. 우리 돼지 많이 아파서 내가 호 해줘야 하는데…….

긴 잠을 잔 듯한 느낌에 눈을 떴다. 온통 하얗게 칠해진 천장과 벽이 보이고, 내 손을 잡고 날 바라보고 있는 로하가 보였다.

"여기가 어디야?"

"병원."

"돼지는? 돼지는 어디 있어?"

"산어래, 너 3일 동안 깨어나지 않았어."

"돼지!! 아이스크림 돼지 이데는!!"

아무 말 없이 날 바라보는 로하의 눈이 빨갛다. 왜 그런 눈으로 날 쳐다보는 거야? 왜 그런 슬프고 가슴 아픈 눈으로 날 쳐다보는 거야, 왜!!

나 돼지한테 못해준 거 많아. 돼지한테 할 말도 많고, 듣고 싶은 말도 많단 말이야. 돼지, 너 언제까지나 나랑 로하 옆에 있을 거라고 했잖아. 로하에게는 죽지 말라고 했으면서… 그랬으면서… 용서하지 않을 거야. 너 절대로 용서하지 않을 거야!!

다음날 퇴원을 하고 이데 녀석이 잠들어 있는 곳을 찾았다. 돼지야, 보고 싶은 돼지야? 불러도 대답없는 이 나쁜 놈아! 거기 어때? 여긴 여름이라서 이렇게 더운데 거긴 추울 것 같아. 참! 우리 엄마는 만났어? 나와는 달리 아주 예뻐. 그리고 우리 엄마, 애교 많은 사람 좋아하니까 분명히 널 아주 많이 좋아하실 거야. 우리 엄마 외롭지 않게 네가 많이… 많이……. 밤새도록 울어 눈물이 마른 줄 알았는데 또다시 눈물이 떨어졌다. 옆에 있던 로하가 내 손을 잡았다.

"네가 너무 마음 아파하면 이데가 미안할 거다."

그렇니, 돼지야? 로하 말이 맞아? 나 마음 아픈 거 싫어? 그래도 아픈 건 아픈 거야. 돼지, 너 정말 나빠. 우리 엄마보다 더 나빠…….

다시는 기억하고 싶지 않은 방학이 끝났다. 순미가 멍하니 하늘만 바라보는 내게 물었다.

"어래야, 방학 동안 무슨 일 있었어?"

"아니."

자꾸만 내게 괜찮냐고 묻는 사람들. 귀찮다. 수업을 마치고 집으로 가서 쉬려는데 로하가 내 손을 잡고 어딘가로 가기 시작했다.

"나 쉬고 싶어."

로하가 말없이 날 끌고 간 곳은 동물원이었다. 돼지가 항상 입에 달고 다니던 말.

"동물원에 가면 동물들 엄청 많겠다~ 그치? 우리 언제 한번 동물원에 꼭 같이 가자, 어래야~"

웃으면서 얘기하던 돼지의 얼굴이 떠올랐다. 그렇게 오고 싶어했는데… 내가 귀찮아해서 좋아하던 동물원에 와보지도 못하고. 내 눈에 눈물이 맺히는 걸 봤는지 로하가 일부러 크게 소리쳤다.
"저기 봐봐. 호랑이가 쉬하고 있어! 어? 침팬지는 털 골라주고 있네?"
로하야, 넌 아무렇지 않은 거야? 돼지가 없어도 괜찮은 거야? 난 가슴이 찢어질 듯 아파서 숨 쉬기조차 힘든데. 나도 웃고 싶어. 돼지랑 같이 웃고 싶어. 하지만 이젠 돼지가 없잖아. 그때 7살 정도 되어 보이는 남자아이와 아이의 엄마가 내 옆을 지나갔다.
"엄마, 나 아이스크림 사줘."
"안 된다니까 왜 자꾸 그래!"
"시러~ 시러~ 나 초코 아이스크림 먹고 싶단 말이야."
꼬마는 아이스크림 가게 앞에서 떼를 쓰며 울기 시작했다. 난 그곳으로 걸어가 아이스크림을 사서 꼬마에게 내밀었다.
"자, 선물."
"와~ 내가 좋아하는 초코 아이스크림이다."
"저기……."
"제 친구가 생각나서요. 그 녀석도 아이스크림을 아주 많이 좋아했거든요."
어느새 로하가 내 옆에 서 있었다.
"가자."
우린 말 한마디 나누지 않고 집으로 돌아왔다.
"오늘 고마워. 내일 보자."
"언제까지 그렇게 죽을 듯한 얼굴만 할 거야? 제발 정신 차려."
"나 제정신이야."
"제정신? 지금 그 모습이 제정신이라고?"
"하지만 안 되는걸. 마음이 따라주지 않는 걸 나보고 어쩌란 말이야!!"
"제길!! 그래, 어디 한번 이데 그 자식만 그리워하면서 살아봐!"
나는 집으로 들어오자마자 내 방으로 들어와 누웠다. 손을 뻗자 돼지가 사준 불쌍한 표정의 돼지 인형이 손에 잡혔다. 난 그 인형을 안고 두 눈을 감았다.

"돼지야, 저기 봐봐. 저 돼지 인형!! 너랑 너무~ 너무~ 똑같다!! 혹시 네 동생 아니야?"
"어? 내 동생이 왜 저기 있지? 잠깐만 기다려. 가서 잡아와야겠다."
잠시 후 환하게 웃으며 내게 돼지 인형을 내미는 녀석.
"네가 좀 데리고 있어. 나랑 있으면 자꾸 도망가니까."

또다시 울다 지쳐 잠이 들었다가 새벽에 깨어났다. 엄마가 내 이름을 부르는 소리가 들렸기 때문이다.

"어래야, 엄마 목이 아파. 많이 아파."
아니야! 우리 엄마는 3년 전에 죽었어. 저리 가!! 저리 가란 말이야!!
"왜 그러니, 어래야? 엄마야."
양손으로 귀를 막고 다래 방으로 뛰어들어 가 불을 켰다. 떠지지 않는 눈을 억지로 뜨려는 다래가 보였다.
"무슨 일이야?"
"다래야, 무서워."
"왜 그래? 나쁜 꿈이라도 꿨어?"
"엄마가 자꾸 날 불러. 목이 아프다면서 날 불러."
"진정하고 여기에 앉아봐."
다래가 떨고 있는 내 어깨를 감싸며 침대에 앉혔다.
"요즘 무슨 일 있지?"
"아니, 없어. 아무 일도 없어."
돼지, 안 죽었어. 내 마음, 내 머리가 이렇게 기억하고 있잖아. 내가 기억하는 한 돼지는 살아 있어. 돼지야, 나 마지막으로 울게. 오늘만 울고 내일부터는 울지 않을게. 너처럼 웃고만 다닐게. 그러니까 내가 운다고 나 미워하지 마. 다래가 걱정할까 봐 자는 척하다가 다래가 잠이 든 걸 확인하고 일어났다. 4시간 후에 아침을 차려놓고 집을 나왔다. 먹구름이 가득한 게 오늘은 비가 올 것만 같다.

새벽 6시에 도착한 교실에는 아무도 없었다. 책상에 앉아 턱을 괴고 조금씩 떨어지는 빗방울을 바라봤다. 신기하다. 돼지야, 너도 지금 보고 있니? 내가 오늘부터 울지 않는다고 하니까 이렇게 비가 오네? 있잖아,

내가 흘릴 눈물, 대신 흘려줘서 하늘한테 고맙다고 했어. 나 착하지? 하늘은 착한 사람을 좋아해서 먼저 데리고 간다는데, 그럼 이제 나도 데려 가겠다. 그랬으면 좋겠다. 나도 얼른 데리고 갔으면 좋겠다. 조용한 탓에 문이 삐그덕거리는 소리가 평소보다 크게 들렸다. 앞문을 열고 들어오는 사천이가 보였다. 난 다시 밖으로 눈을 돌렸다. 하늘은 더 굵어진 빗방울을 떨어뜨리기 시작했다. 내 옆에 앉는 사천이가 느껴졌지만 얼굴을 돌리지는 않았다.

"비 많이 온다. 하늘도 무슨 슬픈 일 있나?"

"……"

"내가 외로울 때마다 부르는 노래가 있는데 한번 들어볼래?"

잠시 후, 빗소리와 함께 사천이의 구슬픈 음성이 들려왔다.

"얼어붙은 달그림자 물결 위에 자고 한겨울의 거센 파도 모으는 작은 섬. 생각하라 저 등대를 지키는 사람의 거룩하고 아름다운 사랑의 마음을 모질게도 비바람이 저 바다를 덮어 산을 이룬 거센 파도 천지를 흔든다. 이 밤에도……"

노래가 끝나고 잠시 침묵이 흘렀다. 내 손을 힘껏 잡는 사천이가 느껴졌다.

"만약… 내가 죽어도 이렇게 울어줄 거야?"

내 눈에 금세 눈물이 맺혔다.

"그 딴 소리 하지 마!! 지금 내가 어떤지 몰라서 이러는 거야?"

"그래서 내가 그랬잖아. 만약이라고."

"만약이라도 죽지 마. 죽지 마."

"그럼 울지 마. 그런 표정 짓지 마. 미칠 것 같아. 나도 마음이 아파서 미칠 것 같아."

알았어. 울지 않을게. 그러니까 사천이 너도 다시는 그런 소리 하지 마.

돼지가 죽은 후로 돼지네 집 근처에는 얼씬도 하지 않았다. 하지만 오늘은 학교에 나오지 않은 로하를 찾아가기 위해 돼지네 집으로 발걸음을 옮겼다. 빌라 앞에서 숨을 한 번 크게 들이켰다. 돼지 목소리가 귓가에 쟁쟁하게 들리는 것 같았다. 난 그 소리를 떨쳐 버리려고 머리를 흔들었다. 반쯤 열린 문을 지나 집으로 들어갔다. 돼지야, 나 왔어. 나 안 반겨 줄 거야? 치~ 치사하다. 너 또 아이스크림 혼자 먹느라고 나 온 것도 모르고 있는 거지? 돼지를 찾기 위해 이곳저곳을 뒤졌다. 그러다 방에서 들려오는 로하 목소리에 정신이 들었다.

"꼭 그렇게 가야만 했냐? 인사라도 하고 갔어야지. 너 이제 용서받긴 틀렸어."

약간씩 떨리는 로하의 목소리.

"어래가 너 많이 보고 싶어한다? 질투날 정도로 많이."

그만! 그만 해, 로하야. 난 다리에 힘이 풀려 바닥에 그만 주저앉아 버렸다.

"넌 이제 내 곁에 없는데 말이야. 어래 녀석이 자꾸 너 잘 있냐고 물어. 난 대답 못하니까 네가 대답해. 더 이상 울지 않게 네가 어떻게든 대답해 줘."

돼지야, 로하 또 흔들리는 거 아니지? 그러면 안 되잖아. 이젠 너도 없는데 나 혼자 어떡해. 나 혼자 어떻게 하라는 거야!! 네가 아무리 외로워도 로하는 안 돼. 로하는 데리고 가지 마. 돼지가 없는 집은 무척이나 허전했다. 로하, 밥이나 제대로 먹었을까? 냉장고를 열었다. 텅 빈 냉장고에는 카레와 라면, 달걀만 덩그러니 놓여 있었다. 이번에는 냉동실 문을 열었다. 아직도 많이 남아 있는 30만 원어치 아이스크림. 울며 카드를 긁던 돼지의 얼굴이 자꾸만 어른거렸다. 너 이거 다 못 먹고 가버렸네? 억울해서 어떡하니? 거기엔 네가 좋아하는 아이스크림 같은 거 없을 텐데, 너 이제 어떡해? 그러게 여기에 있지, 왜 거기 가서 고생이냐? 바보 돼지.

숨 쉬기 힘들 정도로 숨이 가빠왔다. 서둘러 집을 빠져나왔다.

얼마나 멀리 갔을까? 하얗게 두 눈을 감네. 모든 게 잊혀졌을까? 모든 걸 견뎌낼 수 있을까? 어떻게 잊을 수 있을까?

제13장
네 마리 고양이의 꿈

 시간은 돼지를 잊으라는 듯 빠르게 흘러주었다. 어느덧 돼지가 우리 곁을 떠난 지도 두 달이 넘었다. 돼지 생각도 나고 돼지와의 추억에서 헤어나지 못할 때도 많았지만 조금씩 웃음을 되찾아갔다. 비록 로하에게만 보여주는 웃음이었지만.
 한 주가 시작되는 월요일 아침, 난 일주일 이상 비어 있는 사천이 책상에서 눈을 떼지 못했다. 연락도 안 되고 무슨 일이 있는 건 아닌지. 돼지 일이 있은 후로는 조그만 일에도 신경이 많이 예민해졌다.
 또다시 일주일이 흐르고 11월 7일, 첫눈이 왔다. 눈은 새벽부터 내리기 시작해 아침이 되자 제법 쌓였다. 학교 가기 전, 펑펑 눈이 내리는 하늘을 올려다봤다. 돼지야, 선물 고마워. 나 오늘 이상한 꿈 꿔서 맘이 싱

숭생숭하거든. 고양이 4마리가 자동차에 치여 죽는 꿈이었는데 신기하게도 고양이가 죽은 자리에 피가 한 방울도 없었다. 너무나 강렬하고 소름 끼치는 꿈이었다. 걸을 때마다 발 밑에서 나는 뽀드득 뽀드득 눈 밟는 소리에 기분이 좋아졌다. 돼지가 있었으면 온 동네를 뛰어다니면서 강아지처럼 좋아했을 텐데. 눈싸움하자고 했겠지? 음, 눈사람도 만들자고 떼썼을 거야. 아빠 눈사람, 엄마 눈사람, 아기 눈사람……. 돼지가 있으면 이렇게 즐거운 첫눈을 맞이했을 텐데.

학교 운동장에는 이리저리 뛰어다니며 소리 지르는 아이들이 많았다. 교실로 들어가니 반 아이들도 들뜬 표정이었다. 순미가 언 손을 녹이며 내 앞에 나타났다.

"이제 와? 너도 눈싸움할래?"

"아니."

"작년엔 자기가 제일 먼저 난리쳤으면서. 그럼 눈사람이라도 만들자."

"추워서 싫어."

"내가 순순히 물러설 것 같아? 애들아, 들자!!"

난 순미와 반 아이들에게 들려 운동장으로 나오게 됐다.

"자, 우리 세상에서 제일 큰 눈사람 만들자."

"좋아~"

아이들은 노래까지 불러가며 눈덩이를 뭉치기 시작했다.

"어래야, 뭐 해? 너도 빨리 만들어."

그래, 오늘만큼은 모든 걸 잊고 놀아보자. 1시간 내내 5명이서 만든 눈사람은 정말 거대했다. 하지만 눈사람의 머리는 몸통의 1/10도 되지 않았다. 그 무거운 걸 들어 올릴 힘이 없었기 때문에. 그래서 우린 눈사람의 이름을 이렇게 써놓고 교실로 들어왔다. 머리에 혹 난 감자. 그리고 난 그 옆에 조그맣게 만든 돼지 눈사람을 놓고 이렇게 썼다. 감자 꼬시러 가는 돼지.

1교시는 담임의 수업이었다.

"2주 동안 사천이가 결석이다. 누구 아는 사람 없어?"

"……."

"그럼 친한 사람은?"

조용해진 교실 안.

"아무도 사천이가 안 나오는 이유를 모른다고? 산어래!"

"네?"

"예전에 네가 사천이랑 친했던 것 같은데 사천이 왜 결석이야?"

"저도 잘……."

"사천이네 집 어딘지 알지? 오늘 한번 갔다 와봐."

"네."

학교에서 나오자마자 사천이네 집으로 향해 걸어가고 있는데, 뒤에서 로하가 뛰어와 나란히 걷기 시작했다.

"아로하."

"너 혼자 보내면 안심이 안 돼서."

"사천이 만나면 이상한 소리 하지 마."

"장담은 못한다."

"그럼 가지 마."

"그냥 가고 싶다."

로하가 먼저 사천이를 찾다니, 그럼 이젠…….

사천이네 집 앞에서 녀석을 기다린 지 2시간째. 손도 발도 모두 꽁꽁 얼었다. 우유랑 신문이 쌓여 있는 걸 보니 오랫동안 집을 비운 것 같다.

"안 올 것 같은데 그만 가자."

난 다시 한 번 사천이네 현관문을 쳐다보고 발길을 돌렸다.

집으로 돌아와 가방을 내려놓고 교복을 벗으려 하는데 요란하게 쿵쾅거리는 소리가 들렸다. 그리고 다급하게 날 부르는 소리가 들려왔다.

"산어래!! 나와!!"

방문을 열고 나와 보니 다래가 거친 숨을 몰아쉬며 현관에 서 있었다.

"왜 그래? 뛰어왔어?"

"그 자식 어디에 있어?"

"누구?"

"그 사천이란 놈!! 어디 있어!! 어디 있냐고!!"

버럭 소리를 지르는 다래 때문에 머리가 깨질 듯이 아파왔다.

"머리 울리니까 소리 지르지 마. 사천이는 왜?"

"그 자식보고 빨리 피하라고 그래. 도망가라고 말해!!"

난 멍하니 다래의 눈을 응시했다. 초조해 보이고 두려움에 떨고 있는 눈동자.

"그게 무슨 소리야? 피하라니? 도망가라니?"

"설명할 시간이 없어. 그냥 그렇게만 말해."

"다래야!!"

문을 닫고 나가는 다래를 불렀지만 차가운 바깥 공기만 불어왔다. 코트를 집으려는데 놓쳤다. 몇 번을 시도해도 손이 떨려 코트가 잡히질 않았다. 난 코트 입는 걸 포기하고 밖으로 나왔다.

점심 때 잠깐 그쳤던 눈이 다시 내리고 있었다. 저녁 6시가 조금 넘었는데도 많이 어두워져 있었다. 어디부터 가야 하지? 어두워서 모르겠어. 나 어디로 가야 하는 거야!!

무작정 달리기 시작했다. 미끄러운 눈길에 넘어져 발목을 삐끗했다. 안 돼. 나 사천이한테 가야 돼. 다래가 도망가라고 전하랬단 말이야!! 이 말 전하지 못하면 사천이한테 무슨 일이 생길지도 모른단 말이야!! 자꾸만 돼지와 사천이의 얼굴이 겹쳐 왔다. 절뚝거리는 다리로 다시 뛰어갔다. 앞에 횡단보도가 보였다. 건너려고 몇 발자국 움직이는데 빵 하는 경적소리와 함께 내 몸이 뒤로 넘어갔다. 그리고 누군가의 가슴에 묻혀 그의 심장 소리가 내 귀로 전해져 왔다.

"죽고 싶어 환장했어?!"

"민요야."

"지금 빨간불이야. 빨간불에 건너면 어쩌겠다고!!"

난 민요의 말이 사실인지 확인하기 위해 도로로 눈을 돌렸다. 많은 차들이 찬바람을 일으키며 지나가고 있었다.

"너 사천이 어디 있는지 알지? 나 꼭 사천이 만나야 돼. 전해줄 말이 있어."

추위로 언 얼굴 위로 뜨거운 눈물이 흘러내렸다. 민요가 손을 잡아 날 일으켰다.

"너 사천이 어디 있는지 알잖아. 빨리 말해 줘!! 이 말 전하지 못하면 사천이에게 큰일 날지도 몰라."

"그래, 가자."

"사천이한테 가는 거야?"

반짝이는 눈으로 내 눈을 마주하며 천천히 고개를 끄덕이는 민요.

"싫어! 안 갈 거야. 너 혼자 가."

"가자."

"싫어!! 안 가!! 네가 가서 전해. 빨리 도망가라고 네가 말해. 그럼 나 안 가도 되지?"

또다시 한줄기의 눈물이 차가운 내 얼굴을 녹여왔다.

"같이 가자, 같이."

"사천이한테 가는데 그 눈물은 뭐야!! 왜 울어!! 왜 우는 거야!!"

난 미소 지으며 눈물을 흘리고 있는 민요에게 소리쳤다.

"대답해, 이 바보야!! 사천이가 너한테 울면서 나 데리고 오라고 했어? 내 앞에서 눈물 흘리라고 그랬어? 사천이가? 말해 봐, 이 자식아!!"

하늘에서는 더 많은 눈이 내리기 시작했다. 눈이 머리 위에 수북이 쌓일 때까지 난 민요에게 묻고 또 물었다. 하지만 놈은 글썽거리는 눈으로 날 바라보기만 할 뿐 아무 말도 하지 않았다.

민요 덕분에 버려진 사천이의 시신을 찾을 수 있었다는 경찰의 말. 민요가 가지 말라고 말렸지만 난 시체 보관실로 뛰어들어 갔다. 많은 시신들 중에서 사천이가 눈에 들어왔다. 얼굴을 보지 않아도 난 사천이라는 걸 알 수 있었다. 사천이에게 걸어가는데 자꾸 눈물이 앞을⋯ 내 걸음을 방해했다. 손등으로 눈을 비벼가며 녀석의 옆에 섰다. 눈을 감고 녀석을 덮고 있는 천을 걷었다. 사천아… 너 웃고 있니, 아니면 울고 있니? 많이 슬퍼하는 얼굴을 하고 있겠지? 내가 도망가라는 말을 전해주지 않아서 화내고 있을지도 모르겠다. 천천히 눈을 떴다. 아무 표정 없이 눈 감고 있는 녀석의 모습이 보인다. 죽기 직전에 피를 많이 흘렸다는 경찰의 말이 거짓말같이 사천이의 얼굴은 평온하고 깨끗했다. 조심스럽게 사천이 얼굴에 손을 가져다 댔다.

"사천아, 나야. 네가 좋아하는 산어래… 내가 왔는데 계속 잘 거야? 이 잠꾸러기야, 어서 일어나 봐."

사천이의 얼굴은 차갑고 딱딱했다.

"얼굴이 차가워. 어디 아파? 어디가 아픈 거야? 그럼 우리 병원에 가자. 눈 좀 떠봐."

사천이의 얼굴 위로 눈물이 뚝 하고 떨어졌다.

"나 지금 여기가 너무 아프다. 심장이 쓰리도록 아픈데, 이건 어떻게 하면 고칠 수 있는지 말해 줘."

난 사천이의 목소리를 잘 듣기 위해 내 귀를 사천이 입에 바짝 갖다 댔다.

"말하기 싫은 모양이네? 그럼 이건 어때? 잠자는 왕자는 공주의 키스를 받아야 깨어난다는 동화 알지? 내가 키스해 줄 테니까 눈떠야 해. 알았지?"

터져 버릴 것 같은 심장을 쥐어 잡고 보랏빛으로 변해 버린 녀석의 입술에 살짝 내 입술을 가져다 댔다. 차가운 얼굴과는 달리 입술은 따뜻했다. 나에게 항상 보여줬던 그 미소처럼 따뜻했다.

"자, 이젠 눈을 떠야지. 동화 속에서는 이렇게 키스해 주면 왕자가 깨어나서 공주랑 행복하게 산단 말이야. 넌 이런 동화 싫어? 알았어. 그럼 눈뜨고 싶을 때 떠. 대신 내가 하는 말 하나라도 놓치지 말고 들어야 해."

난 사천이 옆에 앉아 무슨 얘기를 할까 고민하다 입을 열었다.

"우리 처음 만났던 날 기억해? 내가 말 안 해서 넌 몰랐겠지만 나 그때 너를 보면서 이상한 애라고 생각했다? 몰랐지? 그렇다고 기분 상한 거 아니지? 근데 그때……."

넌 아마 이것도 모를 거야. 그때 로하의 눈, 반짝거렸어. 밤하늘의 별보다도 더 빛났어.

"사천, 이 바보 같은 자식아! 나한테 인사도 없이 그냥 가? 이러는 법이 어딨어!! 나한테만은 인사라도, 잘 지내라는 말이라도 하고 가야 하는 거 아니야? 너 이러려고 나한테 우산 줬어? 영원히 나 지켜준다면서 우산 줬잖아!! 이럴 거면서 왜 나한테 우산 줬어? 내 맘 아프라고?"

한쪽 가슴이 너무 아파왔다. 너무 쓰려왔다.

"나 너한테 용서받을 일 많단 말이야. 이렇게 그냥 가버리면 어떡해. 돼지도 너도 모두 가버리면 나보고 어떻게 살라고!!"

내 비명 소리에 남자 2명이 들어왔다.

"어떻게 들어오셨죠? 그만 나가주세요."

"아직 할 얘기 많단 말이에요. 방해하지 마세요!!"

"안 되겠군."

내 양 옆으로 다가온 남자들이 내 팔을 잡고 끌고 나가기 시작했다.

"사천!! 너 누구 맘대로 죽으랬어? 내 허락 받고 죽었어야지. 누구 맘대로 죽은 거야!! 이 나쁜 자식아, 차라리 나도 데리고 가! 혼자 쓸쓸해하지 말고 나도 데려가란 말이야!"

의자에 앉아 있는 민요가 보였다. 민요가 내게로 달려오자 날 끌고 나온 남자들이 사라졌다.

"괜찮아?"

"사천이가 눈을 안 떠. 나 좋아한다면서 내 얼굴 보려고 하지도 않아."

"산어래."

"내 잘못이야. 다 내 잘못이야. 내가 도망가라는 말을 전하지 못해서 사천이가 죽은 거야."

"네가 말했어도 이미 늦은 상황이었어. 네 잘못이 아니야."

그래, 내 잘못이 아니야… 내 잘못이 아니야… 내 잘못이 아니야—!!

11월 10일 토요일, 사천이를 하늘에 보내주는 날이 밝았다. 담임 선생님과 우리 반 친구들뿐인 너무나 초라하고 쓸쓸한 장례식. 모두 돌아가고 나와 민요만 남았다. 시계가 오후 4시를 가리키자 기다렸다는 듯이 비가 쏟아지기 시작했다. 우는 거야? 사천아, 너 우는 거야? 많은 사람들이 오지 않아서 슬픈 거야? 울지 마. 나랑 별왕이가 있잖아. 그때 검은색 정장을 입은 로하와 산이가 나타났다. 난 자리에서 일어나 로하를 노려보며 녀석 앞에 섰다.

"왜 왔어?! 사천이 죽은 게 너무 기뻐서 빈정거리려고 온 거야?! 가!! 넌 사천이 얼굴 볼 자격 없어!!"

"어래야."

로하 뒤에 있던 산이가 나와 로하를 번갈아 쳐다보며 말했다. 사천이가… 사천이가 누구 때문에 마음 아파하며 살았는데… 누구 때문에!!

"아로하, 빨리 사과해!! 사천이한테 빨리 사과해."

눈물 때문에 로하의 얼굴이 뿌옇게 보이기 시작했다.

"사천이 때리고 사천이한테 상처된 말 했던 거, 모두 사과해!! 사천이는 널 미워한 적 없단 말이야. 네가 못되게 굴어도 너 미워하지 않았어. 그런데 넌 뭐야, 넌 뭐냐구!! 이 나쁜 놈아!"

사천이의 아픈 마음이 자꾸 내 가슴을 찌르며 들어왔다. 말없이 날 안는 로하가 느껴졌다.

"으으… 윽… 어억… 으흐흑……."

사천이를 대신해 울고 또 울었다. 정신이 아득해질 때까지 울다가 결국 쓰러졌다.

웅얼거리는 소리에 눈을 떴다. 많이 운 탓에 눈이 부어서 앞이 잘 보이지 않았다. 난 아직 사천이의 장례식장에 있었다. 사천이의 사진과 국화꽃 앞에 로하가 무릎을 꿇고 있었다.

"너 날 용서하지 않겠지만… 나 또한 너 용서하지 않을 거다."

아로하…….

"너한테 용서 빌 기회조차 주지 않고 가다니. 너 너무한다는 생각 안 들어?"

사실은 너도 많이 힘들구나. 많이 슬픈 거구나. 이런 네 모습 사천이가 살아 있을 때 봤어야 하는데…….

"나도 네가 그러지 않았다는 거 알고 있었어. 네가 엄마 죽이지 않았다는 거 알고 있었어. 그런… 그런데도 난 왜 널 원망하고 미워하려고 했을까? 왜!!"

로하의 어깨가 조금씩 들썩이는 게 보였다.

"미안해. 용서받고 싶어. 그러니까 내 앞에 나타나. 씨발!! 가지 말라고!! 가지 마!! 가지 마, 이 새끼야!! 나만 두고 가지 마. 나 혼자 두고 가지 마. 제발."

사천이에게 늘 차가운 시선과 가슴 아픈 말로 상처를 줬던 로하가 지금 사천이를 애타게 부르며 사천이 앞에서 울고 있다.

하늘 끝에서 홀린 눈물

from. 사천

새벽에 화장실 가고 싶다는 생각에 잠에서 깼다. 옆에서 자고 있는 지일이 형을 깨웠다.

"형, 일어나 봐."

"음냐—"

"화장실 같이 가자."

하지만 아무리 흔들어도 일어나지 않았다. 그래, 사내대장부가 화장실 혼자 가는 게 뭐가 무섭다고. 난 귀신 따위 하나도 안 무섭다! 안 무섭다고! 마음 속으로 외치며 복도를 나섰지만 발을 옮길 때마다 들리는 삐그덕거리는 소리에 식은땀이 흘렀다. 후다닥 볼일을 마치고 나오는데 원장님 방에 불이 켜져 있었다. 이 새벽에 잠도 안 주무시고 뭐 하시지? 살금살금 발소리를 죽여 반쯤 열린 원장님 방을 들여다보았다. 원장님과 원장님 부인이 잠옷 차림으로 무언가를 보며 대화를 나누고 있었다.

"이 애들이면 충분하겠지?"

"그렇긴 하지만… 전 사천이가 걸리네요."

왜 내 이름이 나오는 거지? 난 원장님과는 달리 불안해하는 원장님 부인을 쳐다봤다.

"사천이는 다른 애들보다 총명하고 똑똑한데……."

"쓸데없는 소리 집어치워! 그놈 때문에 원래 받을 값에 2배는 껑충 뛰었는데."

심장이 마구 방망이질쳤다. 대충 들어도 무슨 얘기인지 알겠다. 제길, 며칠 전부터 내게 따뜻하게 대하던 원장의 가식적인 친절이 떠올랐다.

"애들 팔아 넘겼다는 거, 새어 나가지 않게 처리 잘해! 나머지 애들한테는 다른 집으로 갔다고 그러고. 아침에 이 애들 데리고 먼저 가 있어."

"알았어요."

머리보다 몸이 먼저 움직여 고아원을 나왔다.

정신을 차리고 달리는 것을 멈췄다. 아무 생각 없이 달리다 보니 전혀 모르는 곳에 도착해 있었다. 여기가 도대체 어디지? 음침하고 쾌쾌한 냄새가 진동하는 골목을 빠져나오기 위해 발을 움직였다. 그런데 그때 3개의 그림자가 날 덮쳐 왔다.

"너 누구 허락받고 이 구역에 들어온 거야?"

"이거 못 보던 놈인데? 너 어디에서 온 놈이냐?"

지금 말하는 2명은 나보다 4, 5살은 많아 보이는 형 같았고, 남은 1명은 내 또래로 보이는 남자 아이였다. 고아원에서 가장 친했던 지일이 형의 얘기가 머리 속을 빠르게 지나갔다.

"우리 같은 놈들이 여기 나가면 살아남기 위해 서로 뭉치지. 또 어쩔 수 없이 범죄를 저지르고. 우리 같은 인생, 달라질 건 없지만 그래도 재워주고 밥 주는 고아원에라도 있는 게 낫겠지? 안 그러냐, 사천?"

셋 중에서 가장 키가 큰 남자가 내 어깨를 덥석 잡았다.

"이 자식 봐라? 너 혹시 가출했냐?"

지금의 내 모습이 그렇게 보이나? 하긴 나이도 어린놈이 이 시간에 이런 곳에 있다는 건 뻔하지. 난 말없이 고개를 끄덕였다.

"상철아? 애 어때? 얼굴은 쓸 만하지 않냐?"

"괜찮네."

"형들, 설마……."

내 또래로 보이는 녀석이 놀란 듯 입을 다물지 못했다. 난 상황을 파악하기 위해 머리를 굴렸다. 날 해칠 사람들은 아니다. 그렇다면?

"네놈 얼굴이 널 살렸다. 자세한 건 가서 얘기하자. 천우성!"

"네?"

"이 자식 데리고 먼저 가 있어. 형들은 일 좀 보고 들어갈 거니까."

"네."

형들이 골목 사이로 사라지고 나와 우성이라는 아이만 남았다.

"운도 좋다? 난 천우성이야. 올해 12살. 넌?"

"나이는 너랑 같아. 이름은 사천."

"사천? 성은? 이름이 천이야?"

"성은 없어. 그냥 사천이라고 불러."

미안한 얼굴을 하던 녀석이 이내 밝게 웃으며 손을 내밀었다.

"우리 이름에 둘 다 천이라는 글자가 들어가네. 앞으로 잘 지내보자."

"그래."

마주잡은 우성이의 손은 작지만 단단했다.

우성이를 따라 도착한 곳은 좋아 보이는 일반 가정집. 우성이가 벨을 누르고 알아듣지 못할 말을 하자 굳게 닫혀 있던 철문이 열렸다. 들어서자 넓은 마당이 있었다. 소파에 앉아 TV를 보고 있던 남자가 우릴 한번 쳐다보고 다시 눈을 돌렸다.

"뭐야?"

"필구 형이."

"들어가 봐."

벌벌 떨며 꼼짝도 못하는 우성. 우성이가 내 팔을 잡고 방으로 들어가 문을 닫자마자 긴 숨을 토해냈다.

"무서워 죽는 줄 알았네."

"누군데?"

"대빵 형들보다 난 저 형이 더 무서워. 여기 앉아봐."

난 동그란 의자에 앉아 커다란 우성이의 눈을 주시했다. 동글동글하고 초롱초롱한 눈이 너무 귀여웠다.

"아까 제일 먼저 만났던 형들이 이 집에서 대빵이야. 물론 일하는 곳에서는 아니지만 이건 나중에 알게 될 거야."

궁금했지만 우선 우성이의 얘기를 듣기로 했다.

"널 데리고 가라고 했던 형이 양필구, 그 옆에 있던 형이 김상철, 그리고 방금 전에 만났던 형이 소리만. 필구 형이랑 상철이 형은 17살이고 리만이 형은 16살이야. 마지막으로 우리보다 1살 어린 태경주라는 놈이 있어."

총 5명이 이 큰 집에서 지낸다는 우성이의 말. 이젠 나까지 6명이다.

"내일 총회가 있어서 일찍 자야 되니까 자자."

"어? 어."

내가 침대에 눕자 녀석이 불을 끄고 내 옆에 누웠다.

"나 그동안 외로웠는데 친구가 생겨서 너무 기뻐. 그런데 네가 우리가 하는 일 알게 되면……."

들뜬 목소리에 이어 울먹이는 목소리가 들려왔다.

"어떤 일인데?"

"아주아주 나쁜 일이지만 살기 위해서는 어쩔 수 없어. 거리에서 추위에 떨며 밥 못 먹는 것보단 훨씬 낫지. 아마 내일 필구 형이 얘기해 줄 거야."

"그렇게 나쁜 짓이야?"

"응, 아주 많이 나빠. 그래도 나 싫어하면 안 돼. 알았지?"

"그래, 그만 자자."

긴장이 풀린 탓인지 옆에 있는 우성이가 편했던 탓인지 금방 잠이 들었다.

누군가가 날 흔드는 바람에 잠에서 깨어났다.

"우성아."

"나 어디 잠깐 갔다 올 테니까 어디 가지 말고 여기 꼭 있어. 알았지?"

"훗, 걱정 말고 다녀와."

"미리 씻고 준비하는 게 좋을 거야. 2시간 후에 형들이랑 오니까. 너 필구 형도 만나봐야 하잖아."

내가 알았다고 고개를 끄덕이고 나서야 녀석은 웃으며 방을 나갔다. 저런 순수한 놈이 도대체 어떤 나쁜 일을 한다는 건지.

우성이 말대로 정확히 2시간 후에 필구 형이 날 찾아왔다. 어제는 어두워서 잘 보이지 않던 얼굴이 자세하고 선명하게 보였다. 날카로운 인상. 위로 올라간 눈매 때문에 더 사나워 보이는 얼굴이었다.

"어두운 곳에서도 쓸 만했는데 밝은 곳에서 보니 네 얼굴이 아주 빛이 난다. 잠은 잘 잤냐?"

"네."

"멀쩡한 집 놔두고 왜 가출했어? 귀하게 자란 것 같은데."

"그냥……."

갑자기 주머니에서 손바닥만한 칼을 꺼내는 필구 형. 내 옆쪽으로 탁

하는 소리가 나서 눈을 돌렸다. 다트판 중앙에 정확히 꽂혀 있는 칼.

"고아원에서 나왔어요. 절 판다는 소리를 듣게 돼서……."

"너, 사람 죽여본 적 있어?"

즐거워하는 필구 형의 눈과 놀란 나의 눈이 마주쳤다. 필구 형이 다트에 꽂힌 칼을 뽑아 다시 던졌다. 이번에도 정확했다.

"경험이 없는 게 당연하지. 너 여기에서 나가면 갈 곳은 있어?"

"아니요."

"여기에 있으려면 훈련을 받아야 해. 넌 처음이라서 많이 힘들지도 몰라. 대신 일한 만큼의 대가는 두둑하지. 이거 내 집이거든."

난 놀라움에 입을 다물지 못했다. 겨우 17살인데 어떻게 이렇게 크고 좋은 집을 가질 수 있지?

"앞으로 지내다 보면 알 거다! 난 이 세계에 10살 때부터 뛰어들었거든. 7년이다. 7년 동안 내가 이룬 성과가 이거야."

난 지금 선택을 해야 한다. 이곳에 남을 것인지, 나갈 것인지.

"어떤 일을 하죠?"

"아까 내가 말했을 텐데? 매번 사람을 죽이는 건 아니지만 손에 피 묻히는 일이지. 너무 겁먹지는 마. 초짜인 너한테 사람 죽이라고 하지는 않을 테니."

어제 우성이가 말한 나쁜 짓이라는 게 그럼? 우성이도 사람을 죽여 봤을까?

"어떻게 할래? 너 정도면 얼굴도 되고 싸움은 연습하면 되니까."

"있을게요."

그때부터 난 훈련에 들어가갔다. 우선은 체력 훈련. 지하실에 마련된 훈련실은 그야말로 지옥이었다. 수백 번도 더 되뇌던 말. 죽고 싶어. 죽여 버리겠어. 하지만 나에게 선택이란 건 없었다. 이곳에 남겠다고 한 이상 명령에 따라야만 했다.

이곳에 온 지 1년이 넘었다. 오늘도 힘든 훈련을 마치고 방으로 돌아왔는데 우성이가 어두운 방에서 꼼짝도 않고 앉아 있었다. 불을 켜려고 스위치에 손을 대는 순간,

"켜지 마."

평소와는 다른 우성이의 행동에 조용히 녀석의 옆에 앉았다. 오늘 아주 중요한 일이 있다며 나갔었는데 잘못되기라도 했나?

"사천아, 나 있지."

"무슨 일이야?"

"내가 말이야. 이 손으로 사람을 죽였어."

심하게 떨고 있는 우성이의 왼손이 내 무릎에 놓여졌다.

"괜찮아, 네가 그러지 않으면 그 사람이 널 죽였을 거야. 넌 네 자신을 보호했을 뿐이야."

"아직도 몸을 관통해 들어가던 칼의 느낌이 생생해. 자꾸 그 아이의 죽어가던 눈동자가 생각나."

나도 언젠가는 거쳐야 할 일. 어떤 위로의 말도 해줄 수가 없어 녀석을 안았다. 뜨거운 눈물이 내 어깨를 적셔왔다. 우린 이럴 수밖에 없잖아. 부모에게, 사회에게 버림받은 우리잖아. 그들에게 보여주자. 아무리 우릴 짓밟아도 다시 일어설 수 있다는 걸……

그로부터 며칠 후, 새로운 아이가 왔다. 나이는 우성과 나와 같은 13살. 녀석은 자신을 신진이라고 소개했다. 진이는 자기 집이 따로 있어 같이 생활하지는 않았고 가끔 자고 가는 식이었다.

1년 동안의 체력 훈련 테스트를 만점으로 통과하고 다음 단계로 넘어갔다. 다음 단계는 실전 싸움 연습이었다. 상대는 진이. 하지만 난 진이의 상대가 되지 못했다. 나보다 키도 크고 몸도 좋았지만 제일 큰 이유는 역시 실력이었다. 연습이 끝나자마자 난 그대로 바닥에 누웠다.

"신진, 넌 왜 이런 일을 하는 거지?"

"글쎄? 너와 같은 이유겠지."

"나와 같은 이유? 너 내가 왜 이런 짓 하는지 안다는 거야?"

"우리 같은 놈들은 짓밟히지 않으려면 알아서 스스로 일어나야 하잖아."

그래, 누가 말 안 해줘도 우리 스스로가 잘 아는 사실이지. 그때 진이의 핸드폰이 울렸다.

"알았어, 일찍 갈 테니까 걱정하지 말구."

"또 죽고 못사는 동생이야?"

"내가 정금이한테 네 얘기 하니까 너 보고 싶어하더라. 언제 한번 우리 집에 와."

"동생을 나한테 뺏길 수도 있을 텐데?"

진이가 살벌한 눈으로 날 노려봤다.

"농담 두 번 했다간 살인나겠다. 눈에 힘 빼!!"

쉬는 날, 우성이와 함께 진이네 집을 찾았다. 진이의 동생 정금이는 아직 학교에서 돌아오지 않은 상태였다. 여자 만난다고 엄청 멋을 낸 우성이. 긴장으로 이마에 흐르는 땀이 안쓰러웠다.

"오빠~ 나 왔어."

드디어 고운 목소리가 들리고 문을 열며 들어오는 진이의 동생이 보였다. 낯선 남자 모습에 잔뜩 겁을 먹은 모습이었다.

"정금아, 오빠가 말했던 친구들이야. 이쪽은 우성이, 그리고 이쪽은 사천이."

"안녕하세요?"

"반가워. 진이한테 얘기 많이 들었어."

"아, 안녕?"

우성이 자식, 정말 긴장한 모양이다. 넷이서 함께한 저녁 식사. 처음으로 가족이 무엇인지 느꼈다. 따뜻하고, 편안하고, 즐겁고, 의지가 되는 것. 그것이 내가 평생 갖지 못할 가족이란 것이었다. 집으로 돌아오는 길, 내내 정금이에 대해서만 떠들어대는 우성.

"그렇게 좋냐?"

"응! 얼굴도 예쁘고, 마음씨도 착하고, 다 마음에 들어. 나 사랑에 빠졌나 봐."

"얼씨구~"

"내가 먼저 찜했으니까 넘보기 없기."

"난 여자한테 관심없어."

"진짜지? 나 도와줘야 돼! 자, 약속."

난 우성이가 내민 새끼손가락에 손가락을 걸었다. 항상 지금처럼만 행복할 수 있다면… 웃으며 편안할 수만 있다면…….

실전 연습 2개월째로 접어들었을 때 필구 형의 부름을 받았다.

"연습은 어때? 할 만하지?"

"네."

"자, 받아."

난 필구 형이 던진 잭나이프를 받아 들었다.

"이걸 왜?"

"그거 가지고 나한테 덤벼봐."

"네?"

"뭐 해? 어서 덤벼! 날 너희 엄마를 죽인 살인범이라고 생각하고 덤벼봐."

필구 형은 내 앞에서 이리저리 몸을 움직이면서 마주한 시선을 거두지 않았다. 한 번도 칼이란 거 휘둘러 본 경험이 없어서 필구 형에게 칼을 들이댔지만 바로 제압당했다.

"처음이라 하더라도 상대의 허점을 찾아서 찌르면 한방이야. 명치를 찾아 한방을 노리는 거지, 이렇게."

필구 형의 주먹이 눈 깜짝할 사이 내 배로 들어와 꽂혀 있었다. 주먹이 만약 칼이었다면 난……. 그날 밤, 나는 밤새도록 상대의 허점을 찾아 찌르는 연습을 했다. 그리고 필구 형이 나에게 그렇게 가르친 이유를 3일 후에 알게 되었다. 처음으로 연습이 아닌 실전에 나가게 된 것이다. 우성이가 옆에서 나의 긴장을 풀어주기 위해 노력했다. 몸이 자꾸 떨려서 자리에 서 있는 것조차 힘겨웠다. 서로 분주하게 몸을 오가며 싸우는 사이,

난 멍하니 구경만 했다. 빌어먹을!! 우리 쪽이 밀리는데 가만히 보고만 있는 내 모습에 화가 났다. 그때 우성이가 내 옆으로 쓰러졌다. 피가 흐르는 배를 움켜지고 괴로워하는 우성.

"우성아!! 괜찮아?"

"윽!! 아파 뒈질 것 같아. 넌? 넌 괜찮아?"

대답하려는 사이 발이 날아와 내 머리를 걷어찼다.

"컥—!!"

"사천아!!"

이마로 뜨거운 액체가 흘러내리는 게 느껴졌다. 몸을 일으키며 아직도 쓰러져 있는 우성이를 쳐다봤다. 그때 우성이를 향해 칼을 가지고 달려드는 남자가 보였다. 우성이에게 달려가며 소리쳤다.

"천우성!! 위험해!!"

막을 수 있었는데… 우성이가 칼에 찔리는 걸 막을 수 있었는데……. 난 바로 옆에서 날아온 주먹에 맞아 그 자리에 쓰러졌다. 안 돼, 우성아. 고통스러워하는 우성의 몸에 또 한 번 칼이 들어갔다. 하지만 난 아무것도 할 수 없었다. 우성이가 몸을 돌려 날 바라봤다. 뿌연 흙먼지 속에 우성이의 얼굴이 보였다 사라졌다를 반복했다. 그리고 난 마지막으로 우성이가 미소 짓고 눈감는 걸 볼 수 있었다.

"우, 우성아… 천우성!!"

소리를 지르며 벌떡 일어났다. 또 그 꿈인가? 우성이가 떠나고 한 달이란 시간이 지났지만 내 기억은 여전히 우성이가 죽은 그날에 머물러 있었다. 내가 그때 좀 더 빨리 달려갔더라면. 멍하니 있지 않고 싸움을 했더라면. 난 허전해진 침대 옆 자리를 손으로 쓸어봤다. 우성아, 미안해. 손에 피 묻히는 걸 누구보다 싫어한 너였는데. 그래서 넌 그날도 칼 대신 몸으로 싸웠잖아. 바보 같은 놈. 이 머저리, 병신.

우성이가 떠난 후로 이곳도 내겐 아무런 의미가 되지 않았다. 난 그날 밤 몰래 그곳을 나왔다. 그리고 우성이의 기억을 떨쳐 버리기 위해 처음으로 술이라는 걸 마셨다. 내 인생과 너무도 잘 어울리는 후미진 골목에서.

"여기에서 뭐 해?"

때 묻지 않은 순수함이 느껴지는 목소리. 난 천천히 고개를 들었다. 예쁘게 생긴 아이가 내 앞에 쪼그리고 앉아 있었다.

"괴로운 일이 있어서 술 마시는 거야? 많이 힘들어?"

이 녀석, 도대체 뭐지? 왜 내 앞에 나타나서 날 위로하는 거지?

"응, 많이 힘들어. 죽고 싶을 만큼."

"어떻게 하지? 난 우는 사람 싫은데."

"홋, 그래서 내가 싫어?"

내가 지금 무슨 소리를 지껄이는 거지?

"아니, 넌 울어도 예쁘니까 좋아."

"넌 누구야? 날 모르잖아."

"문민요!! 이젠 알잖아."

정말 희한한 놈이야. 정말 이상한 녀석이야.

"우리 집에 갈래? 오늘 형이 떠나서 외로운데."

"떠나? 어디로?"

난 우성이가 생각나 혹시나하고 물었다.

"치료받으러. 우리 형 많이 아프거든."

다행이다. 너희 형은 하늘로 떠난 게 아니라서. 계속해서 자기 집으로 가자는 민요를 뿌리치고 도망쳤다. 민요의 해맑은 웃음이 자꾸 날 괴롭혔기 때문이다. 웃고는 있지만 질책하는 듯한 눈빛. 언제까지 과거에 얽매여 살 거야? 현실을 외면하는 넌 겁쟁이야. 겁쟁이!!

정신없이 달리다가 나도 모르게 차도로 뛰어들었다.

끼익―!!

갑자기 급브레이크 소리가 들렸고, 내 몸이 붕 뜨더니 눈 깜짝할 사이 딱딱한 콘크리트 바닥으로 떨어졌다. 난 차에서 내리는 젊은 여자를 마지막으로 보고 눈을 감았다.

누군가와 통화를 하는 여자 목소리에 정신이 들었다.

"어? 깨어났구나. 다행이다."

나를 치인 그 차에서 내렸던 여자다.

"너한테 아무것도 없어서 부모님께 연락을 못 드렸는데 너희 집 전화번호 좀 말해 줄래?"

검은색이 너무 잘 어울리는 여자. 우수한 교육을 받고 자란 듯한 말투와 태도, 그리고 아름다운 얼굴. 무엇 하나 모자란 게 없어보였다.

"말을 못하니?"

"아니요."

"다행히 큰 상처는 없지만 늦은 시간까지 네가 집에 안 들어가면 부모님이……"

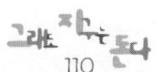

"저 고아예요. 돌아갈 집 같은 거 없으니까 걱정하지 마세요."

내 말이 다소 충격적이었는지 여자가 말을 잇지 못했다. 그때 그 여자의 핸드폰이 울렸다.

"로하니? 응. 엄마 이제 집에 들어갈 거야."

엄마? 그럼 자식까지 있는 유부녀? 20대 후반으로밖에 보이지 않는데. 핸드폰을 만지작거리던 여자가 조심스럽게 입을 열었다.

"갈 곳이 없니?"

"…네."

"그럼 이 아줌마가 조건 하나 제시해도 될까?"

아줌마와 비밀 계약을 맺고 그 아줌마를 따라 내가 살게 될 집으로 갔다.

그렇게 좋은 집은 난생처음이었다. 흰색과 녹색이 잘 어우러져 편안해 보이는 이층집. 현관문을 열고 들어서자 내 또래의 남자 아이가 달려나왔다.

"엄마, 왜 이렇게 늦었어?"

"미안해, 로하야."

"그런데 쟤는 누구야?"

아까 아줌마랑 통화한, 아줌마의 아들이 날 무섭게 노려봤다.

"앞으로 같이 살게 될 거야."

"뭐?"

"오셨어요?"

그때 이층에서 아주 잘생긴 형이 내려왔다.

"형!! 저런 거지 같은 애가 우리랑 같이 산대."

"로하야, 그런 말 하는 거 아니야! 어머니, 그 애 누구예요?"

"너희 아버지 핏줄이다. 아버지한테는 엄마가 알아서 말할 거니까 괜히 끼어들지 말거라."

"그 말을 어떻게 믿어요?"

"이 애 엄마라는 사람이 날 찾아왔어. 나도 지금 혼란스러우니 묻지 말아줘. 엄마는 그만 들어가서 쉬어야겠다."

만약 나도 모르는 상황이었다면 깜빡 속았을 정도로 아줌마의 연기는 완벽했다. 아줌마가 방으로 들어가자 잘생긴 형이 은테 안경을 벗고 웃으며 인사했다.

"반갑다, 난 큰아들 아로성이야. 그리고 이 녀석은 아로하. 비슷한 나이 같은데, 몇 살이야?"

"13살이요."

"로하랑 동갑이네? 로하, 친구 생겨서 좋겠다."

"누가?! 난 저딴 버려진 놈 같은 거 싫어!!"

"로하야."

소리를 지르고 이층으로 올라가는 녀석을 부르는 로성이 형.

"제 이름은 사천이에요. 앞으로 잘 부탁드립니다."

"로하가 원래는 저러지 않는데 갑작스러워서 그런가 봐. 이해해라."

"전 괜찮아요. 저기… 제 방은?"

"로하 옆방에 손님용으로 만들어진 방이 있는데 깨끗하니까 바로 사용해도 될 거야."

말할수록 이 사람은 정말 마음이 따뜻하다는 게 느껴졌다. 진심으로 사람을 대하는 것이 느껴졌다. 반면에 로하라는 놈은……. 그래도 그 녀석은 죽일 속셈인데 웃으면서 다가오는 사람보다는 솔직한 모습이니까.

내가 지내게 된 방은 고아원에서 8명씩 자던 방보다 훨씬 컸다. 로성이 형이 나가고 나는 침대에 누웠다. 아줌마와 거래를 하고 오늘부터 이 좋은 집에서 지내게 되었다. 그리고 다시 학교도 다닐 수 있게 되었다. 아직 아줌마가 원하는 것이 뭔지는 모르지만 나도 행복이란 걸 가져보고 싶다. 침대의 고운 감촉을 느끼며 이리저리 뒹굴고 있을 때, 로하라는 놈이 들어왔다.

"내 이름 알지?"

"난 사천이야. 잘 부탁해."

"좋아할 필요 없어!! 형이 부탁해서 온 거니까."

그래, 네 눈을 보면 알 수 있어. 투명해서 잘 보이거든. 자존심이 세고 상처받기 쉬운 타입이야. 한 번 상처받으면 그곳에서 빠져나오기 힘들 것 같은 녀석.

"웬만하면 나한테 말 걸지 마."

"난 너랑 친해지고 싶은데?"

"집어치워!! 누가 너 같은 놈이랑 친해지고 싶대? 난 너 같은 놈은 정말 싫어!!"

쾅 하는 소리와 함께 로하가 방을 나갔다. 아줌마의 조건을 괜히 받아들인 건 아닐까? 또다시 상처받는 건 아닐까? 가슴 한쪽이 저려오면서 왼쪽 뺨으로 한줄기 눈물이 흘러내렸다.
 며칠 후, 난 로하의 아버지를 만났다. 아줌마에게 무슨 얘기를 들었는지, 말 한마디만 하고 날 외면했다. 로하의 아버지는 일주일에 한두 번 집에 들어왔기에 마주칠 기회가 없었으므로 생활은 편했다. 로하는 오늘도 내게 심술을 부렸다.
 "너 누가 TV 보래? 일층에 내려오지 마!!"
 "네가 돌아다니면 바닥이 더러워지는 거 몰라? 방에서 꼼짝하지 마!!"
 난 정말 화장실에 가는 것을 제외하고는 방에서 꼼짝도 하지 않았다. 공부하느라 느끼지 못했는데 어느새 날이 저물어 있었다. 몇 시간 동안 움직이지 않고 앉아 있었더니 몸이 뻐근했다. 기지개를 켜려고 팔을 올리는 순간, 노크 소리가 들리고 교복 차림의 로성이 형이 들어왔다.
 "저녁도 안 먹고 공부하는 거야?"
 "시간 가는 줄 몰랐어요."
 "내려가서 밥 먹자."
 식탁에는 나와 로성이 형뿐이었다.
 "로하는 어디 있어요?"
 "몸이 안 좋은지 자고 있어."
 아까 나한테 그렇게 심술을 부리더니. 밥을 다 먹고 로하 방을 지나 내 방으로 가려는데 녀석의 방에서 이상한 소리가 들려왔다. 괴로운 듯한 신음 소리. 문을 열고 들어가 빠르게 침대로 걸어갔다. 로하가 손으로 옷을 비틀어 쥐며 식은땀을 흘리고 있었다.
 "야!! 너 왜 그래?"

"아흑—!!"

"아로하!! 정신 차려!!"

놈이 죽을지도 모른다는 생각에 로성이 형을 부르려고 일어섰다. 그런데 로하가 내 옷을 꽉 잡고 놓지 않았다.

"안아줘."

잠시 멍하니 있던 난 로하 옆에 누워 녀석을 안았다. 그런데 정말 신기하게도 로하는 점점 안정을 되찾아갔다. 난 고아원에서 잠을 못 자는 동생들에게 불러주던 노래를 부르기 시작했다.

"어두운 밤이 무서워도 아침이 오니까 더 이상 무서워 말고 눈물 흘리지 말고 편히 자거라. 내가 지켜줄 테니 아름다운 천사가 너의 곁에서 너의 귓가에 사랑을 노래하리. 천천히 눈을 감아라."

로하를 안정시키기 위해 부른 노래였는데 내가 깜빡 잠이 들어버렸다. 그리고 다음날, 난 비명 소리에 잠이 깼다.

"이 자식이 왜 내 옆에서 자고 있는 거야!!"

눈을 떠 내 앞에서 씩씩거리는 로하를 쳐다봤다.

"너 누가 내 방에 들어오래?"

"아, 난 내 방인 줄 알았는데. 미안."

"당장 나가!!"

어제 일을 기억 못하는 모양이네? 왠지 모를 섭섭한 감정이 밀려왔다.

학교에 간 로성이 형과 로하를 기다리며 집 주변을 구경했다. 내가 이곳에 온 지도 한 달이 넘었다. 필구 형이랑 상철이 형, 그리고 진이 녀석, 잘 지내고 있겠지? 날이 쌀쌀해 밖에 오래 있다간 감기에 걸릴 것 같아 집으로 발길을 돌리는데 익숙한 목소리가 들려왔다.

"날 미행하다니. 내가 누군지 모르냐?"

"왜 모르겠어? 잘나신 아로하를."

집과 얼마 떨어져 있지 않은 골목에 로하와 로하를 둘러싼 5명의 덩치 큰 중학생들이 보였다.

"네가 어제 내 동생을 아주 개 패듯 팼다며?"

"아~ 그 모자란 새끼?"

"이 건방진 놈."

중학생 놈이 팔을 뻗었지만 간단히 막아내는 로하. 제법 자세가 나온다.

"야!! 안 되겠다. 정신 좀 차리게 우리가 도와주자."

"오랜만에 몸 풀게 생겼네?"

"살살 해줄 테니까 너무 엄살 부리지 마라, 꼬마야."

"닥쳐!! 나이만 처먹은 것들이."

역시 아로하다. 하지만 한꺼번에 달려드는 중학생을 로하 혼자서 상대하기는 벅찼다. 맞고 있는 꼴을 그냥 보고만 있을 수도 없고. 기습을 싫어하는 나였지만 상황이 상황인 만큼, 뒤에서 그놈들을 공격했다.

"이 자식은 뭐야?"

"자기보다 어린 사람은 괴롭히는 게 아니지."

"너 이 자식이랑 친구냐?"

"그렇기도 하고, 아니기도 하고."

내 말에 바짝 열이 오른 놈들이 이젠 내게 달려들었다. 칼을 가지고 목숨까지 내놓는 싸움을 했던 나였기에 이런 싸움은 시시하게 끝났다. 멀찍이 나가떨어져 있는 로하 가방을 집어 들고 녀석을 일으켰다.

"살아 있냐?"

"누가 도와달랬어?"

"내 맘이야. 가자!! 가서 점심이나 먹자."

"잠깐!!"

뒤돌아보니 주머니를 뒤적이고 있는 로하가 보였다. 주머니에서 나온 건 다름 아닌 막대 사탕.

"받아."

"어?"

"받으라고!!"

"고마워."

"엄마가 그렇게 단 거 먹으면 이 상한다고 해서… 너 주는 거야."

그러면서 빨개지는 얼굴. 난 로하의 어깨에 팔을 두르고 달리기 시작했다.

"뭐야? 이거 안 놔? 나 넘어질 것 같단 말이야."

아로하 너 그거 아니? 지금 내 심장이 미치게 뛰고 있는 걸. 언제나 곁에 있어도 손에 닿지 않는 걸 가진 기분, 너 알아?

로성이 형이 시험 기간이라 귀가하는 시간이 늦어졌다. 그만큼 난 로하와 많은 시간을 같이할 수 있었다. 이곳에 오기로 결심하길 잘했다는 생각이 들 정도로 난 행복했다.

어느 날 밤, 빗소리에 잠이 깼다. 무슨 비가 이렇게 큰 소리를 내면서 내리는지. 몸을 뒤척이며 다시 잠을 청하려는데 빗소리와 함께 무언가 깨지는 소리가 들려왔다. 이게 무슨 소리지? 도둑이라도 든 건가? 난 재빨리 침대에서 내려와 문 앞에 섰다. 그리고 천천히 문을 열고 방에서 나왔다. 빗소리에 맞춰 조심스럽게 계단을 내려갔다. 몸을 최대한 벽에 밀착시키며 거실과 현관, 창문을 둘러봤다. 아무 이상 없었지만 경계를 늦추지 않고 주방 쪽으로 걸음을 옮겼다. 그때 여자의 짧은 비명 소리가 들려왔다. 난 서둘러 로하 부모님의 방으로 걸어갔다. 문이 닫혀 있었지만 가늘게 빛이 새어 나오고 있었다. 난 조심스럽게 문에 귀를 기울였다.

"그럼 이혼해!! 이혼하자고!!"

"이혼하자는 거 보니까 딴 놈이랑 눈 맞았나 보군. 어떤 새끼야?"

"생사람 잡지 마! 당신이야말로 지금까지 딴 여자랑 수십 번도 넘게 놀아났잖아!!"

"이년이 어디서!!"

"카악!!"

아저씨가 아줌마를 때리는 소리가 들려왔다. 난 귀를 막고 내 방으로 올라왔다. 이게 벌써 다섯 번째다. 난 왜 자꾸 그런 모습만 보게 되는지. 나에게 로하 부모님의 그런 모습만 보여주는 하늘이 원망스러웠다. 다음 날이면 아줌마는 또다시 아무렇지 않게, 다정하게 아저씨를 배웅하실 텐데. 로성이 형과 로하, 그리고 나를 보면서 웃으실 텐데…….

겨울이 가고 봄이 왔다. 그리고 나와 로하는 같은 중학교에 입학을 했다. 수업을 마치고 돌아와 TV를 보고 있는데 무척 화난 듯한 로하가 들어왔다. 내 옆에 앉아서도 로하는 좀처럼 흥분을 삭이지 못했다.

"무슨 열받는 일 있어?"

"아주 짜증나는 계집애가 있어."

"왜?"

"좋다고 달라붙는데 생각만 해도 재수없어."

"푸힛."

"왜 웃어?"

이 녀석, 안 어울리게 귀여울 때가 있다.

"우리 학교야? 몇 학년, 몇 반?"

"낸들 알아? 그년 때문에 기분 망쳤어. 이따가 너 혼자 나가."

"정말 안 나갈 거야? 은도가 또 집까지 찾아올 텐데."

"몰라!! 그럼 나 어디 나갔다고 그래."

도대체 그 여자애가 어떻게 했길래 로하가 저렇게까지 화를 내는 거지? 로하도 안 간다는데 나도 가지 말까?

하지만 이내 그 생각을 접고 로하 부모님 몰래 로하가 산 오토바이를 끌고 밖으로 나왔다. 빠르게 스쳐 가는 풍경 속에서 어떻게 그 아이만 선명하게 보일 수 있는 거지? 아무리 생각해도 이해가 되지 않았지만 오토바이에서 내려 그 아이에게로 걸어갔다. 녀석은 애완견 가게 앞에서 안에 있는 강아지들에게 인사를 하고 있었다.

"거기 있는 거 답답하지? 조금만 참아. 우리 형 알지러 다 나으면 내가 너희 모두 우리 집으로 데리고 갈게."

"혼자서 뭘 그렇게 중얼거려?"

"어?"

녀석이 구부렸던 다리를 펴고 뒤돌았다. 처음 봤을 때와는 다른 상처 투성이의 얼굴. 녀석과 어울리지 않는다.

"이젠 안 우네? 다행이다."

"너 얼굴이 왜 그래?"

"이거? 아무것도 아니야."

♪띨리리~♪

그때 녀석의 핸드폰이 울렸다.

"알았어. 지금 간다."

역시 감정없는 목소리. 하지만 내게 말할 땐 원래대로 돌아왔다.

"나 가봐야 해. 이제 안 우니까 편히 잘 수 있겠다."

"무슨 소리야?"

"난 누가 우는 모습 보면 잠이 안 오거든. 그럼 안녕."

"잠깐!!"

가려는 녀석을 잡고 녀석의 핸드폰에 내 전화 번호를 저장시켰다.

"연락해라."

"생각나면."

인파에 섞여도 놈의 노란 가방은 계속 내 눈에 머물렀다. 나의 행복도 끝을 향해 달려가고 있었다.

수업을 땡땡이친 로하의 가방을 챙겨 교문을 나오는데 어떤 남자가 내게 다가왔다.

"따라와라."

"누구세요?"

"아로하의 엄마가 널 찾는다."

가슴이 두근거리며 올 것이 왔다는 느낌이 들었다.

그 남자를 따라 아줌마가 기다리는 곳으로 갔다. 아줌마는 자리에 앉는 날 보며 미소 지었다.

"내가 얼마나 오늘을 기다렸는지 아무도 모를 거야."

난 아줌마의 시선을 피해 유리를 통해 보이는 바깥 풍경에 시선을 집중시켰다. 이렇게라도 하지 않으면 내가 무슨 말을 할지 몰랐기 때문이다.

"네가 지금 15살이니까 우리 집에 온 지 2년이 다 되어가는구나. 그동안 생활하는 데 불편한 점은 없었니?"

"없었어요."

"다행이구나. 이 아줌마가 왜 너를 불러냈는지 알지?"

내 고개가 저절로 끄덕여졌다.

"넌 그냥 나한테 반항하면서 밖으로 뛰어나가면 돼."

"무슨 소린지?"

"내가 먼저 집에 들어가 있을 테니 넌 30분 후에 들어와. 그리고 내가 잔소리 조금하면 소리치면서 밖으로 나가기만 하면 돼."

"그거면 되나요?"

"그리고 내가 차에 치이면 이 병원으로 전화해 줘."

난 아줌마가 내민 종이를 받아 들었다.

"그게 끝이야. 내 부탁 간단하지? 네가 그곳에서 나와도 널 후원해 줄 테니 그건 걱정하지 말고."

"꼭 이렇게까지 하셔야 해요? 로하랑 로성이 형은요?"

아줌마의 눈에 눈물이 맺혔다.

"넌 아직 어려서 어른들의 세상을 몰라. 이미 다른 여자가 생긴 남자와는……. 아무튼 넌 그냥 내가 하라는 대로 하기만 하면 돼. 물론 이 일을 누구에게도 말해선 안 되고. 그럼 먼저 가 있으마."

머리 속에서 2명의 내가 싸우기 시작했다. 2년 전 약속이다. 아줌마는 오늘을 위해 2년 전부터 준비하고 기다렸다.

시간을 지켜 집으로 들어갔다. 아줌마는 눈빛을 보내고 날 보자마자 입을 열었다.

"너 요즘 나쁜 아이들이랑 어울린다는 소문이 있던데?"

"상관하지 마세요!"

"너 지금 뭐라고 했니?"

"제길, 짜증나!!"

내 연기가 쓸 만했는지 아줌마는 물론이고 로하의 얼굴색까지 변했다. 이젠 밖으로 뛰어나가 아줌마가 차에 치인 후 전화만 하면 끝이다. 날 부르며 따라 나오는 소리가 들렸다. 그리고 뒤이어 쾅 하는 소리와 함께 아줌마의 비명 소리가 들렸다. 아줌마의 계획인 걸 알면서도 몸이 떨려왔다. 엄마를 부르며 울기 시작하는 로하를 애써 외면하며 병원으로 전화를 했다.

잠시 후, 집 앞으로 온 구급차를 타고 로하와 함께 병원으로 출발했다. 로하의 울부짖음이 자꾸 내 가슴속을 파고들었다. 아로하, 미안하다. 나 이제 너한테 용서받기 틀렸지? 지금이라도 사실대로 말하고 용서 빌면 나 용서해 줄 거니? 응급실로 들어간 로하 엄마. 안절부절못하는 로하가 로성이 형에게 연락을 했다. 이대로 도망쳐 버리고 싶다. 로하 얼굴도 보기 힘든데 로성이 형까지 오면. 로성이 형의 도착과 동시에 응급실에서 나오는 의사와 하얀 천으로 덮인 침대. 우린 그곳으로 뛰어갔다.

"선생님, 저희 어머니 괜찮으시죠?"

"……."

"이거 우리 엄마야? 엄마!!"

로하가 하얀 천을 들어 올리자 자는 듯한 아줌마의 얼굴이 나타났다.

"엄마!! 눈떠봐!! 나야, 로하!!"

"로하야."

맥박이 뛰는 이곳저곳을 만져 보던 로하가 엄마를 끌어안으며 소리쳤다.

"왜 아무 느낌도 안 나는 거야? 왜 숨을 안 쉬는 거야!!"

로성이 형이 로하를 붙잡고 있는 사이, 난 아줌마의 팔목을 한참 동안이나 잡고 있었다. 로하 말대로 아줌마의 심장은 멈춰 있었다.

며칠 후, 아줌마의 시신은 재가 되어 작은 섬 주변의 바다에 뿌려졌다. 자기가 죽으면 화장시켜 달라는 아줌마의 유언에 따라. 아저씨는 아줌마가 죽은 그날만 얼굴을 내밀었을 뿐, 오늘도 바쁘다는 핑계로 나타나지 않았다. 아내가 죽었는데 남편이란 자의 태도가 이럴 순 없는 거다. 바다에서 돌아온 그날 저녁, 로하가 내 방에 있는 물건들을 집어 던지며 소리쳤다.

"이 자식 때문에 엄마가 죽었어!! 이 자식만 우리 집에 안 왔어도 우리 엄마 안 죽었잖아!! 우리 엄마 살려놔!!"

난 멍하니 구경만 하고 로성이 형이 로하를 말렸다.

"그만 해! 사고였잖아. 사천이 잘못이 아니잖아!"

"꺼져!! 너 같은 새끼 꼴도 보기 싫으니까 꺼져!!"

눈물로 범벅이 된 얼굴로 날 향해 외친다.

"죽여 버리기 전에 당장 내 앞에서 꺼지라고!! 다시는 보고 싶지 않아!!"

끝내 쓰러지는 로하. 아줌마, 진짜로 죽었어. 나 때문에……. 난 당연히 살 줄 알았는데 나 때문에 죽었어. 아로하, 나 영원히 용서하지 마. 나도 내 자신 용서하지 않을 테니까…….

날 부르는 로성이 형의 목소리를 마지막으로 집에서 나왔다. 발이 가는 대로 걷다 보니 어느새 진이가 내 앞에 서 있었다.

"사천이? 너 사천이 맞지?"

아직은 날 반겨줄 사람이 있구나. 진이는 내게 아무것도 묻지 않았다. 진이네 집에서 잠시 안정을 찾은 난 그 길로 필구 형과 상철이 형에게 잘못을 빌었다. 형들 또한 아무 말 없이 날 받아주었다.

로하와 같은 반이었던 난, 일주일 후에 다시 학교로 돌아온 로하에게 죽지 않을 만큼 맞았다.

"그 면상, 꼴도 보기 싫다고 했지? 내일부터 내 눈에 띄면 정말로 죽여 버릴 거야."

나 어떻게 해야 너에게 용서받을 수 있을까? 날 죽여서 속이 편하다면 죽여도 좋아. 대신 나 용서하는 거 잊지 마. 다음날부터 난 까맣고 커다란 뿔테 안경을 쓰고 구석에 앉았다. 그리고 얼굴을 최대한 숙이고 지내기 시작했다.

겨울 방학을 며칠 앞둔 어느 날, 교문 앞에서 한 남자에게 쪽지를 받았다. 안에는 나와 만나고 싶다는 로하 엄마의 메시지가 있었다. 로하 엄마, 분명히 죽었는데… 내가 확인했는데…….

약속 시간보다 이른 시간이었지만 약속 장소로 달려갔다. 예전보다 밝아진 아줌마가 정말로 살아 있었다.

"놀랐지? 너 찾느라 이렇게 늦었다. 당연히 우리 집에 있을 줄 알았는데……."

"어떻게 된 거예요?"

"로하랑 로성이, 영리하거든. 완벽한 죽음을 위해 수를 좀 썼지. 넌 우리 집을 나갔으면 어디에서 지내는 거니?"

"예전에 같이 살던 형이 있어요."

"그러지 말고 이곳으로 가. 열쇠는 여기."

테이블 위에 약도가 그려진 종이와 열쇠가 놓여졌다.

"괜찮아요. 전 아줌마가 살아 있다는……."

"입 막음용이야. 안 받으면 곤란한 일이 생길 거야."

정말 달라진 아줌마의 표정. 로하에 대한 미안함과 죄책감을 잊게 해주는 행복한 표정.

"어린 너에게 감당하기 힘든 부탁을 해서 나 또한 마음이 편치 않아. 그런데 네가 내 성의를 무시하면 나 더욱 힘든 생활을 할 거야."

"평생 로하 앞에 나타나지 않으실 건가요?"

"난 이미 어머니로서 실격이야. 두 번씩이나 그 애들에게 상처를 주고 싶지 않아."

고등학교에 입학을 하고 1년을 무사히 넘겼다. 하지만 2학년이 되고 같은 반에 로하가 있다는 사실을 알았을 때, 예전의 죄책감이 밀려왔다.

고등학생이 되고 더 난폭해진 로하를 이해할 수 있었던 건 1학년 2학기 때였다. 우연히 알게 된 로성이 형의 죽음. 로성이 형의 죽음에 대해 내가 아는 것이라고는 형의 죽음이 로하와 관계가 있어 로하가 자기 자신을 괴롭히고 있다는 사실. 등교 길에 만난 로하는 날 끌고 가 짓밟기 시작했다.

"내 눈에 띄지 마!! 같은 반 된 것도 재수없어 죽겠는데 아침부터 내 앞에 나타나?"

형 때문에 많이 괴로워하는 게 느껴진다. 위로해 주고 싶은데 아직은 그럴 수 없겠지?

"너 못 봐주겠다."

갑자기 들려온 여자 음성. 로하가 날 때리는 걸 멈추고 우리 앞에 나타난 여자 쪽으로 걸어갔다. 그리고 여자에게 뭐라고 말하고 사라지는 로하.

"너 바보야? 왜 저딴 놈에게 맞고 반항도 안 해? 자!!"

내게 손을 내민 아이는 같은 반 산어래였다. 왠지 자꾸 시선이 가던 아이. 난 어래를 외면하고 교실로 향했다.

그날 점심 시간, 3년 동안 꼭꼭 감추고 있던 날 끄집어내는 사건이 벌어졌다. 내게 트집을 잡는 로하를 피해 교실을 나왔는데 어래가 날 잡고 다시 교실로 들어가 자리에 앉혔다.

"도망부터 가는 게 어딨어? 너 진짜 바보야? 저딴 놈 뭐가 무섭다고 그래? 내가 같이 싸워줄 테니까 다시는 이런 바보 같은 짓 하지 마."

어쩌면 난 이런 말 해주는 사람을 기다렸는지 몰라. 나 혼자 힘으로는 다시 로하 앞에 설 자신이 없으니까. 나도 모르게 어래를 때리려는 로하를 막았다.

"이제야 본래의 모습으로 돌아오겠다 이거냐?"

난 놀란 로하의 눈을 피해 서둘러 교실을 나왔다.

아로하, 너와 어래 보면서 나 다시 예전으로 돌아가고 싶다는 생각 많이 하게 됐다. 위태로운 네 녀석 잡아주고 싶고 어래가 날 보면서 미소 짓는 걸 보고 싶다. 나… 다시 돌아가도 되니?

아직까지도 로하의 시선을 마주할 때마다 힘이 들었지만, 내 모습으로 돌아온 것만으로도 만족을 느꼈다. 하지만 이젠 나 대신 어래에게 심술을 부리는 로하. 나랑 친하게 지내는 이유만으로 로하에게 당하는 어래를 그냥 두고 볼 수 없었다.

"아직도 그때 그대로군. 언제까지 그렇게 원망만 하며 살 생각이냐?"

"너 이 새끼!! 죽여 버린다."

감히 너희 엄마를 죽인 내가 이런 말을 하니까 참을 수 없지, 아로하? 아무리 그래도 날 믿어줄 생각 따원, 날 용서할 생각 따원 단 한 번도 안 해본 거냐?

"따라 나와. 말해 줄 게 있다."

로하의 팔을 뿌리치고 5동 뒤에 있는 나무로 향했다.

"아직까지 네가 날 용서하지 않은 거 알아. 하지만 예전에 내가 너에게 보여줬던 거, 다 내 진심이야."

"겨우 그 딴 소리 지껄이려고 나 불러냈냐?"

"너희 엄마."

죽지 않았다는 말이 목구멍까지 올라왔다.

"엄마가 내가 공부 잘한다고 좋아하고, 나한테 정말 잘해주던 거 알지? 그런 내가 아직도 너희 엄마 죽였다고 생각해? 그리고 로성이 형……."

"그만 해."

"날 짓밟고 싶으면 너 절대 쓰러지지 마. 나약한 모습 보이지 마. 아직도 날 원망할 생각이면 마음대로 해. 하지만 엄마는 항상 날 보면서도 널 찾았다."

그리고 아직까지 못난 널 좋아하신다. 언젠가 네 앞에 나타나실지 모르니 그런 얼굴로 있으면 안 돼. 널 위해서라면 나 망가질 수 있으니까 예전의 아로하로 돌아와라.

시간이 지나 어래와 함께하는 시간이 많아질수록 욕심이 났다. 갖고 싶은 거 하나 없던 나였는데. 어느 날 유학 중이던 정금이가 귀국하고 어래의 태도가 갑작스레 변하기 시작했다. 교실로 가던 중 어래와 마주쳤다.

"학교에 오자마자 널 보다니, 오늘 좋은 일이 있으려나?"

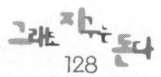

"……."

기쁜 마음에 달려갔는데 어래의 표정은 굳어 있었다. 그리고 들려온 가슴 아픈 한마디.

"나, 네가 곁에 있는 게 부담스러워."

"뭐라고?"

"네가 싫어!! 싫다고!! 그러니까 이제 우리……."

"진심이야?"

내 시선을 피하는 어래의 얼굴을 돌려 물었다. 믿을 수 없어. 갑자기 이렇게 변해 버리면.

"그래, 진심이야. 나 정말 네가 싫어. 귀찮다고."

어래의 얼굴 위로 굵은 눈물이 흘렀다. 난 그 눈물을 닦아주고 뒤돌았다.

"나 싫다는 사람이 웬 눈물이냐? 난 내가 사랑하는 사람이 우는 거 끝까지 못 본다. 먼저 갈게."

기다릴게. 네가 다시 내 곁으로 올 때까지 기다릴게. 그때는 나 버리지 마.

학교에 가고 싶지도 않고 어래 얼굴 볼 자신도 없어 자주 가는 술집에서 며칠을 샜다. 이곳에 있으면 모든 걸 잊을 수 있으니까. 아픈 마음도 어느새 사라져 버리니까. 어래를 잊기 위해 여러 여자들 사이에 있었지만 그럴수록 더욱더 생각날 뿐이었다. 그때 쥐고 있던 내 술병을 빼앗는 사람, 어래였다.

"가자."

"상관하지 마!"
"너야말로 왜 이래?"
"내가 뭐?"
"이러지 마. 학교에 다시 나오고 집에 들어가란 말이야."
어래의 눈물을 보자 가슴 한구석이 메어지는 느낌이다. 그래, 네 말이 맞아. 나 같은 놈, 누구 하나 신경 쓰지 않는 것 같아서. 어래 네가 동정심에라도 나한테 관심 가져 주고, 날 바라봐 주길 바래서 어리광 부렸나 봐. 너한테 상처 줄 생각 없었는데. 나 정말 못난 놈이다. 많이 삐뚤어졌어.

그날 이후로 어래와는 다시 예전처럼 지낼 수 있게 되었다. 어제 우리 구역을 넘보는 녀석들을 정리했더니 몸이 많이 피곤했다. 사람의 발길이 거의 없는 체육관 뒤쪽으로 가 햇볕이 잘 드는 곳에 누웠다. 깊은 잠에 들려는데 흥분한 어래 목소리가 들려왔다.

"그럼 나도 너 좋아하니까 키스받을 수 있겠다? 맞지?"
이거 분명히 어래 목소리 맞는데, 어래가 지금 누굴 좋아한다는 거야!!
서둘러 어래의 목소리가 들리는 곳으로 갔다. 흥분된 얼굴의 어래가 보였다. 그리고 어래 앞에 서 있는 산이라는 녀석과 그 둘 쪽으로 걸어가는 로하까지……

"내게도 키스해 줘."
로하가 들고 있던 우유를 바닥에 떨어뜨렸다. 지금까지의 로하의 여러 행동과 태도를 그냥 넘어가려고 했는데 자꾸 부정하고 싶은 일들이 퍼즐처럼 맞추어져 간다.

교실 안은 로하에게 고백하는 어래로 인해 술렁거렸다. 며칠 전만 해도 산이를 좋아한다고 했던 녀석이 지금은 로하를 좋아한다 말하고 있다. 로하가 나가자마자 어래를 끌고 복도로 나왔다.

"어떻게 된 거야?"

"……."

"어떻게 된 건지 말해!! 산이한테 차였다고 이젠 로하야?"

"미안해."

"무슨 일 있지? 그런 거지?"

제발 거짓말이라고 해. 네가 정말 로하를 좋아한다면… 그렇다면 나, 네 곁에 있을 수 없다는 거 알잖아.

"사천아, 부탁이 있어."

"말해."

"우리 당분간, 당분간만 모르는 사이로 지내자. 그래 줄 수 있지?"

산어래, 왜 항상 내가 원하는 말은 해주지 않는 거니? 네 눈을 보니까 차마 거절할 수가 없어. 사정이 있구나. 하지만 다시 내게 와야 해. 용서할 테니… 두 번씩이나 날 힘들게 했지만 용서할 테니 꼭 다시 돌아와.

여름이 온다는 걸 알리기라도 하듯 많은 비가 내렸다. 어래는 우산이 없는지 이틀 연속 비를 맞고 등교했다. 아직 아니라는 어래의 말을 접어두고 아침 일찍 어래 집으로 가 어래가 나오기만을 기다렸다. 10분 후, 까만 봉지를 쓰고 나오는 어래가 보였다. 오길 정말 잘했어. 뛰어가려는 어래 앞으로 가 우산을 씌워줬다.

"네가 여긴……."

"오늘은 비 맞지 말라고."

무슨 일로 얼굴을 붉히는지 모르겠지만 그 모습이 귀여워 나도 모르게 안을 뻔했다. 난 어제 집에 갈 때 산 우산을 내밀었다.

"싫어도 받아."

"오늘만 쓰고 돌려줄게."

"선물이야."

"그렇지만……."

"처음이자 마지막이야. 안 받을 거야?"

이렇게 말하면 어래 성격에 거절을 못한다.

"근데 선물에도 의미가 있는 거 알아?"

"의미? 그런 것도 있어?"

"우산에는 어떤 의미가 있을 것 같아?"

"글쎄?"

"어떤 경우라도 당신을 보호하겠습니다."

어래에게 내 마음이 전해지길 빌며 어래의 눈을 뚫어지게 쳐다봤다. 하지만 어래는 내가 준 우산을 펴더니 앞서 걸어가기 시작했다.

"다시 한 번 약속해 줘. 날 찾지 않기로. 내가 널 먼저 찾지 않는 이상, 날 찾아오지 마."

바닥으로 떨어지는 빗방울들이 내는 소리와 어래의 목소리가 뒤섞여 들려왔다. 이렇게까지 해서라도 로하를 붙잡아야 하니? 이렇게까지 해서라도 로하 곁에 있어야 하는 거야? 그럼 난? 나는? 난 어떻게 되든 상관없어? 바라는 게 없으면 옆에 있어도 괜찮을 줄 알았는데 아닌가 봐.
"먼저 가라."
"응?"
학교와 반대되는 곳으로 방향을 틀었다.
"야!! 어디 가? 학교 안 가?"
"……."
"사천―!!"
빗소리에 어래의 목소리가 잠길 때까지 걷고 또 걸었다. 비가 와서 다행이다. 우산으로 우는 얼굴을 가릴 수 있으니까. 바보 같은 모습 감출 수 있어서 참 다행이야.
수업 끝나고 바로 오라는 택수 형을 찾아갔다.
"너 학교 안 갔어?"
"네. 근데 전 왜 보자고 하셨어요?"
"언젠가는 상대할 녀석이다. 조심해야 할 놈이니까 알아둬."
난 형이 내민 사진을 받아 들었다.
이, 이건―!!
오늘도 내 발길이 멈춘 곳은 어래의 집 앞이었다. 다시는 오지 않기로 다짐을 했건만. 어래의 방엔 아직까지 불이 켜져 있지 않았다. 얼마를 기다렸는지 모르겠다. 얼굴 보는 건 포기하고 돌아서려 할 때 발자국 소리가 들려왔다. 어래와 로하가 다정한 모습으로 걸어오는 게 보였다. 둘의 마주 잡은 손에 자꾸만 시선이 갔다. 그리고 로하 품에 안기는 어래를 마지막으로 돌아섰다. 갑자기 가슴 한구석이 아려온다. 눈물이 날 것만 같다. 한참을 이렇게 네가 오기만을 기다리다 돌아서려는데, 로하 품에 안기는 너를 보게 되었어. 못다 한 내 사랑 로하와 이루기를 두 손 모아 빈다.

같은 곳에 있는 동생들의 성화에 못 이겨 불꽃 축제 구경을 갔다. 처음부터 이곳에 오기 싫었던 난 혼자 돌아다니며 사람들을 구경했다. 나만 빼고 모두 행복한 표정을 짓고 있다.

그러던 중 많은 사람들에게 끼어 이러지도 저러지도 못하는 어래가 보였다. 난 어래가 넘어지기 전에 달려가 어래의 팔을 잡아당겼다.

"어? 사천아?"

"사람 정말 많다. 우선 자리부터 옮기자."

어래의 손을 잡고 사람들이 얼마 모여 있지 않은 곳으로 갔다.

"사천이 너 혼자 온 거야?"

"아니, 친구들이랑. 넌?"

"나도."

거짓말이라는 거 뻔히 아는데. 나한테 속일 필요 없는데. 어래 넌 왜 자꾸만 내게서 뒷걸음질치려고만 하는 거야? 그때 빨간색 하트 모양의 불꽃이 터졌다. 난 아직까지 잡고 있던 어래의 손을 더욱 세게 잡았다. 산어래 너랑 있으면 그냥 행복해. 바보처럼 히죽거리게 되고 자꾸만 만져 보고 싶고, 잘해주고 싶고. 어래 네가 내 곁에 있었으면 좋겠어. 하지만 안 되겠지? 널 놓아줘야 한다는 거 너무도 잘 알고 있지만 언제나 그 혹시나 하는 마음에 자꾸만 널 잡게 돼.

난 또다시 어래에게 내 얘기를 했다. 뭔지 모를 불안감이 자꾸만 날 초조하게 만들었다. 그래서 무슨 얘기든 하고 싶었다. 그때 뒤에서 어래의 이름을 부르는 로하 목소리가 들려왔다.

"사천, 내 눈에 띄지 마. 내 물건에 손대지 마!!"

"어래야, 나 먼저 갈게. 부탁한다."

"으응."

"내 말 알아들었어? 제발 내 앞에서 꺼져 버려. 꺼지라고!!"

아로하, 언제쯤 내 진심을 알아줄래? 5년 후? 10년 후? 아니면 나 죽고 난 후? 너도 어래 많이 좋아하는구나? 내가 좋아하는 두 사람이니까 양보하는 거다. 하지만 다음에는… 다음에는 양보 같은 거 하지 않을 거야.

여름 방학이 끝나고 처음으로 마주한 어래는 소중한 무언가를 잃은 듯한 얼굴을 하고 있었다. 난 그 이유가 항상 로하 옆에 있던 이데의 죽음으로 인한 것임을 뒤늦게 알았다. 그 녀석 때문에 슬퍼하는 모습을 보고 있자니 화가 치밀어 올랐다. 밤을 새고 일찍 간 교실에는 슬픈 눈으로 창밖을 응시하고 있는 어래가 있었다. 들어올 때만 잠시 내게 눈을 돌린 어래는 다시 비가 쏟아지는 밖을 응시했다. 내가 옆에 앉아도 나 따윈 관심 밖이다.

"비 많이 온다. 하늘도 무슨 슬픈 일 있나?"

"……"

"내가 외로울 때마다 부르는 노래가 있는데 한번 들어볼래?"

내 마음이 조금이라도 어래 너에게 전해지길 바라며…

"얼어붙은 달그림자 물결 위에 자고 한겨울의 거센 파도 모으는 작은 섬. 생각하라, 저 등대를 지키는 사람의 거룩하고 아름다운 사랑의 마음을. 모질게도 비바람이 저 바다를 덮어 산을 이룬 거센 파도 천지를 흔든다. 이 밤에도 저 등대를 지키는 사람의 거룩한 손 정성 이어 바다를 비친다."

노래를 마치고 어래의 손을 꽉 하고 잡았다.
"만약 내가 죽어도… 이렇게 울어줄 거야?"
순식간에 어래의 눈에 눈물이 맺혔다.
"그 딴 소리 하지 마!! 지금 내가 어떤지 몰라서 그러는 거야?"
"그래서 내가 그랬잖아. 만약이라고."
"만약이라도 죽지 마. 죽지 마."
"그럼 울지 마. 그런 표정 짓지 마. 미칠 것 같아. 나도 마음이 아파서 미칠 것 같아."
하지만 정말 궁금해. 내가 죽어도 네가 이렇게 슬퍼할지… 그리워하며 날 위해 눈물 흘려줄지… 이것이 단순히 나의 생각으로만 그쳤더라면…….

학교에 갈 시간이 주어지지 않았다. 일주일을 넘게 제대로 쉬지 못하고 싸움만 해댔다. 아침에 일어나 보니 밖은 온통 하얗게 변해 있었다. 첫눈이네? 어래도 지금 보고 있겠지? 그러고 보니 2주 동안 학교에 가질 않았구나. 그때 현관문이 열리며 경주가 들어왔다. 눈에서 뒹굴었는지 온몸이 눈으로 범벅이 되어 있었다.
"사천이 형, 진이 형이 빨리 나오래."
"어린애들도 아니고."

"형은 너무 고지식해서 탈이야. 그러지 말고 같이 놀자."

난 겉옷 하나 걸치지 못하고 경주 손에 이끌려 밖으로 나가게 되었다. 하늘은 발목까지 올라오는 눈으론 양이 안 차는지 계속해서 많은 눈을 뿌리고 있었다. 잠시 멍해 있는 사이 눈 뭉치가 날아와 내 얼굴을 강타했다.

"으악!!"

"내 파워가 어떠신가, 천 장군?"

"진이 너 이 자식!!"

"장군의 실력을 보여주시지요."

진이 녀석, 기분이 좋은 모양이다. 그래, 네가 그렇게 좋아하니까 나까지 기분이 좋아진다. 오늘만큼은 피비린내가 진동하는 전쟁터 따윈 이 하얀 눈처럼 깨끗하게 지워 버리자. 추운 것도 모르고 6살짜리 어린아이들 마냥 눈 위에서 뒹굴었다. 즐겁게 놀고 난 후, 나와 진이는 추위를 달래기 위해 사우나를 찾았다.

"진, 넌 언제까지 여기에 있을 거야?"

"갑자기 그건 왜?"

"너한테만 말하는 건데 나 이번 일만 끝나면 나갈 거다."

"진심이야? 너 어떻게 될지 뻔히 알면서 그런 소리 해?"

내가 철이 없을 때 나간 건 용서가 됐지만 지금 나간다면? 그래도 그 아이를 그런 곳에서 마주치고 싶지 않다. 설사 마주친다 해도 둘 중에 한 명은 죽어야 한다는 사실을 서로 모를 리 없고.

"비록 우리 일이 용서받지 못할 일이라는 거 아는데 지금 나가면······."

"미안하다. 하지만 꼭 나가야 할 이유가 있어."

진이가 내 머리를 툭 치더니 일어섰다.

"떠난다고 내 곁에서까지 떠나지 마."

2주 넘게 비어 있던 집을 찾았다. 돌아오면 반겨주는 사람 하나 없어 항상 오기 싫었었는데.

제일 먼저 TV 위에 놓인 어래의 사진에 눈이 갔다. 표현하기 힘든 표정을 하고 있었는데 볼 때마다 웃음이 나는 사진이었다. 침대로 가 베개 밑에 숨겨놓은 일기장을 꺼냈다. 어래를 만난 순간부터 쓰기 시작한 일기. 날짜를 보니 안 쓴 지 한 달이 넘었다. 뒤적거리다 일기장의 마지막 장으로 넘어갔다. 맨 밑에 아주 조그맣게 쓰여 진 글씨가 발견됐다. 내가 썼는데도 무슨 글씨인지 모르겠다. 그래서 눈에 힘을 주고 시선을 고정시켰다.

널 갖고 싶다.

유치하다는 생각에 웃음이 났다. 일기장을 내려놓고 침대에 누웠다. 혼자라는 생각에 자꾸 눈시울이 뜨거워졌다. 이곳에 더 있다간 미쳐 버릴 것 같아 진이에게로 가려는데 전화가 왔다.

"여보세요?"

[형, 큰일 났어!]

"누구야? 경주니?"

[조투 새끼들이랑 벌써 붙었어. 빨리 좀 와. 여기 XXX인데 우리가…
윽!!]

전화가 끊어졌다. 우리가 친다는 걸 눈치 채고 기습한 건가? 난 오토바이를 타고 미끄러운 도로를 미친 듯이 달렸다. 경주가 말한 곳은 사람의 발길이 거의 없는 버려진 폐차장이었다.

오토바이에서 내려 이리저리 뛰어다녔다. 하지만 개미 한 마리조차 안 보이고 조용했다. 왜 아무도 없지? 내가 잘못 들었나? 경주에게 전화를 하려 핸드폰을 찾았지만 두고 왔는지 없었다. 그때 뽀드득 하고 눈 밟는 소리가 들려왔다. 그것도 하나가 아닌 수십 명의 발자국 소리가. 내 앞에 총 15명이 서 있다. 며칠 뒤에 치기로 한 조투 녀석들이었다. 난 어래의 동생 다래가 있는지를 먼저 살폈다. 어래야, 다행이야. 니 동생… 다행히 여기에 없어.

"이렇게 쉽게 속을 줄은 몰랐는걸?"

익숙한 얼굴을 한 녀석이 입을 열었다. 우리 쪽 놈, 고재영이었다.

"고재영, 배신이 뭘 의미하는지 알고 있겠지?"

"여기에서 살아나가지 못할 놈이 입은 살았네?"

"난 반드시 돌아간다."

"미친 자식, 네가 아무리 싸움에 타고났다고 하지만 이게 어린애 장난이 아니라는 것쯤은 알고 있을 텐데?"

그래, 어쩌면 저 자식 말대로 난 아무도 모르게 죽어갈지도 모른다. 하지만 난 꼭 가야 해. 꼭 살아서 돌아가야만 해. 녀석들이 점점 포위망을 좁혀오기 시작했다. 숨이 차 오르면서 온몸에 힘이 들어갔다. 먼저 공격이 들어왔다.

"죽어도 살아서 돌아갈 거야. 난 가야 해."

5명까지는 거뜬하게 해치울 수 있었다. 하지만 며칠 동안 싸움에 지쳐 쉬지 못한 몸과 움직임을 둔화시키는 눈으로 인해 난 금방 지쳐 버렸다. 이런 사실을 눈치 챈 놈들이 양쪽에서 들어왔다. 난 공격보단 방어에 신경을 썼다. 안 돼… 이대로 죽을 순 없어. 어래가 슬퍼할지도 몰라.

그때 푹하고 무언가가 내 배를 뚫고 들어왔다.

"크헉!!"

이번엔 옆구리에서 짜릿한 느낌이 전해졌다. 다리에 힘이 풀리면서 차가운 눈덩이와 얼굴이 맞닿았다. 그런데 놈들은 내 몸이 칼집인 줄 아나 보다. 짝이 안 맞는지 계속 넣었다 뺐다를 반복했다. 거친 바람이 불더니 눈이 내 얼굴 위로 떨어져 내리기 시작했다. 하얀 눈이 빨간색으로 물들어간다. 몸이 나른한 게 자꾸만 눈이 감기려 한다.

안 되는데… 나 로하랑 아직 친해지지 못했는데… 내가 아직도 엄마를 죽인 줄 안단 말이야. 용서 빌어야 한다고. 어래야, 미안해. 널 지켜준다고 했는데 그 약속 지키지 못하겠다. 나 이렇게 약속 안 지키는 놈 아닌데… 나 용서하지 마. 그리고 아무리 생각해 봐도 다행이야. 이 자리에 네 동생이 없다는 게 너무 다행이야. 나, 네 얼굴 보면서… 널 느끼며 말하고 싶은데 그게 안 되니까 이렇게라도 말할게. 근데 어쩌지? 웃는 니 얼굴 봐야 하는데 로하랑 행복해하는 얼굴 봐야 하는데 자꾸 졸려. 안 되겠다. 우선 조금만 자고 있을게. 나중에 깨워줘. 그리고 나 같은 놈 잊어. 아니야, 잊지 마. 잊으면 나 정말 많이 슬플 거야. 너 로하랑 행복하지 않으면 용서하지 않을 거다. 너랑 로하, 행복하지 않으면 나 다시 일어나서 너희 죽을 때까지 패고 다시 잠 잘 거야. 네가 무얼 하며 지내는지 나 이젠 보고 싶어도 볼 순 없지만 늘 잘 지내고 있길 바래. 매일매일 잘 지내라고 내 입으로 그렇게 말해 주고 싶은데… 매일매일 힘들지 말고 즐겁게 생활하라데… 매일매일 내가 널 많이 사랑한다고… 많이 사랑하고 있다고 말해 주고 싶은데… 늘 기도할고 말해 주고 싶은데… 매일매일 밥 잘 챙겨먹고 잘 자고 아프지 말라고 말해 주고 싶은게. 너와 로하 늘 행복하게만 해주세요… 라고. 너와 로하 늘 사랑하게만 해주세요… 라고.

마지막으로 물을게. 화내지 마. 나… 죽으면… 내가 죽으면 말이야… 날 위해서 울어줄 거지? 날 위해 눈물 흘려줄 거지……?

"사천아."

날 부르는 따뜻한 목소리가 들린다.

"엄마."

"사천아, 미안해."

"엄마."

사라져 간다. 잡으려 손을 뻗었지만 이미 멀어져 버린 후다.

"엄마—!!"

"사천아, 갖고 싶은 거 있으면 말해 봐. 엄마가 사줄게. 우리 사천이 뭐가 갖고 싶니?"

"…행복."

내 삶… 가도 가도 상처뿐인 삶이었다.

언제까지나 소중한 당신인데… 당신은 나에게서 너무도 멀리 있습니다. 지금 난 너무 힘이 드는데… 그래서 당신의 따뜻함이 너무도 필요한데… 나 이제 당신께 다가설 수가 없는데…….

제14장
아슬아슬한 녀석

사천이의 장례식이 있은 이틀 후, 집으로 뜻밖의 손님이 날 찾아왔다. 정금이도 많이 울었는지 눈과 얼굴이 부어 있었다. 따뜻한 차를 내어주고 정금이의 맞은편에 앉았다. 우린 서로 말이 없었다.

한참을 바닥만 보던 정금이가 고개를 들어 내 눈을 응시하며 입을 열었다.

"오빠, 웃는 얼굴로 갔죠? 언니가 오빠 얼굴 마지막으로 봤다면서요. 우리 사천이 오빠 행복한 얼굴이었죠?"

난 목이 메여 고개를 끄덕여 대답을 대신했다.

"다행이다. 만약 슬픈 얼굴이었으면……."

소리 죽여 우는 정금이. 사천이를 많이 좋아했으니 나만큼, 아니, 나

보다 더 슬프겠지?

"우리 오빠 지금 쫓기는 몸이에요. 그래서 제가 대신 왔어요."

"그래."

"오빠가 사천이 오빠 마지막으로 보내는 날 참석하지 못해서 정말 미안하대요."

정금이의 친오빠 신진. 사천이랑 많이 친했었지.

"그리고 오빠가 이거 전해달래요."

정금이가 파란색으로 된 일기장 같은 걸 탁자 위에 올려놨다.

"이게 뭐야?"

"저도 잘 몰라요. 오빠가 꼭 전해주라는 말만 하고 갔어요."

난 천천히 손을 뻗어 그것을 집어 들었다. 그리고 펼쳐 보았다. 안에는 삐뚤삐뚤하지만 크게 '사천이의 비밀 일기장! 훔쳐보면 어래에게 내 마음 전해주기' 라고 쓰여져 있었다. 나도 모르게 눈물이 났다.

"언니."

"어? 아니야, 아무것도. 넌 언제 들어가?"

"오늘 저녁 비행기예요."

난 정금이의 만류에도 불구하고 정류장까지 마중을 나왔다.

"조심해서 가. 공부 열심히 하고 몸도 건강하고."

"언니야말로 밥 굶지 마세요. 지금 모습, 며칠 굶은 사람처럼 보여요."

"고마워."

"저야말로 사천이 오빠 좋은 곳으로 보내줘서 고마워요. 그럼 저 가볼게요."

버스에 탄 정금이가 힘차게 손을 흔들었다. 너도 많이 힘들 텐데 나에게 용기를 주고 가는구나.

집으로 돌아와 정금이가 주고 간 사천이의 일기장을 처음부터 차근차근 읽어 내려갔다.

XX년 X월 X일.

자꾸 시선이 가는 아이가 있다. 슬픔 따윈 한 번도 겪어보지 않았는지 항상 웃는 얼굴이다. 나도 그 아이처럼 웃어봤으면…….

XX년 X월 X일.

그 아이의 이름을 알게 됐다. 산어래… 참 특이하고 예쁜 이름이다. 그런데 알 수 없는 불안감이 밀려온다.

XX년 X월 X일.

나에게 괴로움을 호소하는 로하에게서 어래가 날 구해줬다. 내게 손을 내밀었지만 거절했다. 아니, 무시했다. 나랑 연관되면 로하에게 미움을 받을지도 모르니까.

XX년 X월 X일.

예전의 내 모습으로 돌아왔지만 하나도 기쁘지 않다. 하지만 이해하려 한다. 로하니까… 그게 로하니까.

XX년 X월 X일.

아무것도 바라지 않았는데 어래는 내가 부담스럽다고 말했다. 부담이 되긴 싫었다. 어래 스스로가 날 찾을 때까지 기다리기로 했다. 하지만 어래의 눈은 항상 로하를 향해 있다. 처음으로 로하가 미웠다. 나, 이럴 자격 없는데…….

XX년 X월 X일.

바라보기만 하는 사랑에 지쳐만 간다. 그래도 둘의 행복한 모습을 볼 수 있다면……. 이게 과연 내 진심일까?

XX년 X월 X일

사랑해. 산어래… 어래야, 나 너 무지 사랑하나 봐. 지금 미치도록 보고 싶어…….

몇 십 페이지가 사랑한다는 말로 가득 차 있었다. 난 떨어진 눈물에 번져 가는 글씨를 손으로 문질렀다.

사천아, 네 맘 몰라주고 신경도 쓰지 않던 날 이렇게 좋아해 준 거야? 나 이런 사랑 받을 자격 없잖아. 한 번도 네게 잘해준 적 없는데 벌써 가면 어떡해. 넌 억울하지도 않아? 정말 억울하지도 않은 거냐고.

자꾸만 흘러내리는 눈물을 닦고 다음 장으로 넘겼다.

XX년 X월 X일.

요즘 자꾸 이상한 꿈을 꾼다. 잠자는 게 불안하고 두렵다. 빨리 로하에게 사실을 말하고 용서를 빌어야 하는데 다가갈 수가 없다. 이제는 내게서 너무 멀어져 갔다. 어떻게 하면 좋을까?

XX년 X월 X일.

항상 로하 옆에 있던 이데라는 녀석이 죽었다. 그놈 때문에 슬퍼하는 어래를 봤다. 과연 내가 죽어도 울어줄까? 나 같은 놈 죽든 말든 신경도 안 쓰겠지?

그래도 어래야, 나 너 많이 사랑하거든? 이 더러운 세상 너 때문에 살아간다.

너 그거 모르지? 넌 모르잖아.

XX년 X월 X일.

오늘 어래의 꿈을 꿨다. 나와 결혼해서 나 닮은 아들과 소풍가는 꿈. 차라리 현실을 등지고 꿈속으로 들어가고 싶다.

XX년 X월 X일.

우리가 죽여야 할, 어쩌면 내가 죽여야 할 놈들 중에 어래 동생이 있었다. 만약 그 아이와 마주친다면 난 어떤 선택을 해야 할까? 둘 중 한 명은 죽어야 할 텐데. 난 아마도 어래 동생을 향해 팔을 벌리겠지? 뜻대로 안 되어도 그래야겠지? 동생이 죽으면 어래가 아주 많이 슬퍼할 테니까.

하지만 내가 죽으면 어래는 웃을 수 있으니까… 행복할 수 있으니까.

난 일기장을 집어 던지고 베개에 얼굴을 묻고 소리 내어 울었다.

"바보 같은 녀석!! 이게 뭐야!! 내가 행복해? 내가 웃어? 너 지금 나 보면서 이 말 다시 할 수 있어?"

사천이의 웃는 얼굴이 자꾸만 떠올랐다. 웃는 얼굴만… 날 보며 환하게 웃는 얼굴만……. 나 지금 가슴이 미치도록 시려와. 심장이 뻥 뚫린 것 같아!! 허전해서 미칠 것 같아. 왜 죽었어!! 나 이렇게 아파할 줄 몰랐던 거야? 용서해 줄게. 며칠 동안 너 때문에 마음 아팠던 거 용서해 줄 테니까 다시 와. 돼지 손잡고 다시 내 옆으로 와. 나 슬퍼서 죽어버리기 전에 빨리…….

깜빡 잠이 들었나 보다. 일어나 보니 새벽 4시였다. 그때 현관에서 소리가 들렸다. 쿵쾅거리는 심장을 진정시키고 책상 옆에 놓아둔 야구 방망이를 집어 들었다. 천천히 문을 열고 거실로 나왔다. 거실에 벌렁 누워 있는 사람 형상이 달빛으로 인해 뚜렷하게 보였다.

"다래니?"

"으응."

긴장감이 한순간에 풀리면서 현기증이 밀려왔다.

"지금 들어온 거야? 방에 들어가서 자. 감기 걸려."

"나 2시간 후에 떠나."

"뭐?"

"한국에 있을 수 없어서 엄마, 아빠한테 가려고."

방망이를 내려놓고 다래에게 걸어가 녀석을 일으켜 세웠다.

"무슨 소리야? 알아듣게 설명해."

"네 친구 사건으로 그쪽이랑 우리 쪽 상황이 심각해. 내가 죽길 바라진 않지?"

"안 돼!! 절대로 안 돼!!"

"내가 여기 있으면 너까지 위험할지 몰라."

다래야, 그렇게 해야 할 정도로 큰일이니?

"밥 좀 잘 먹고, 난 나중에 돌아올 테니 걱정하지 마."

"으응."

엄마, 아빠에게 가는 거라 하지만 불안하다. 내 곁을 떠나는 건 사실이니까.

정확히 6시에 다래는 내게 조심하라는 말을 마지막으로 집을 나갔다. 다래야, 누나라는 말 안 해도 좋으니까 나 떠나지 마. 다시 돌아온다는 네 말 믿을 거야. 나 믿을 거야. 다래의 마지막 말이 자꾸만 내 귀를 울렸다.

"나 하마터면 네 친구 죽일 뻔했어. 하지만 그러지 않았으니까 나 미워하지 않을 거지?"

다래마저 떠나고 나니 내 곁엔 아무도 없는 느낌이 들었다. 위험할지 모른다는 다래의 말은 다행히 현실이 되지는 않았다. 난 무심히 흘러가는 시간 앞에… 세월 앞에 돼지와 사천이를 마음속에서 보내는 연습을 했다. 하지만 로하 옆에는 산이만 있고, 비어 있는 사천이의 책상을 볼 때면 애써 꼭꼭 감춰둔 감정들이 고개를 내밀었다. 예전엔 눈 오는 날이 정말 좋았는데 이제는 싫다. 사천이를 내게서 빼앗아간 눈 오는 날 따윈 정말이지 싫다.

수업을 마치고 눈에 미끄러지지 않으려 조심조심 내려오는데 누군가 내 팔을 잡았다.

"산이야."

"넘어질까 봐 불안하다."

"괜찮아. 그런데 로하는 오늘 왜 학교에 안 나온 거야?"

"그것 때문에 너랑 얘기 좀 하고 싶어."

교문을 빠져나오자 함박눈이 내리기 시작했다. 누군가가 그랬던 것 같다. 원하는 것보다 원치 않는 것이 더 잘 이루어지는 법이라고.

"어래야, 많이 힘든 거 알지만 로하가 불안해. 로하 역시 사천이 떠나고 많이 힘들어해."

"괜찮지? 로하 괜찮은 거지?"

"모르겠어. 그러니까 너도 신경 써서 봐줘. 그리고……."

땅만 보고 걷던 난 고개를 들어 산이를 쳐다봤다.

"내일모레 26일. 로하 생일이야."

"생일? 큰일 날 뻔했다. 네가 안 가르쳐 줬으면 로하 녀석 생일 안 챙겨줬다고 난리칠 뻔했네."

"그날만큼은 웃자. 웃으면서 축하해 주자."

"당연하지! 선물은 뭐가 좋을까?"

그러고 보니 나 로하가 뭘 좋아하는지 모르잖아. 딸기 사탕을 좋아한다는 것 말고는 아무것도 모르잖아.

산이와 먼저 만나기로 한 로하 생일 날, 난 약속 시간보다 한 시간 일찍 나와 로하 생일 선물을 사러갔다. 무슨 선물을 살까 고민하던 내 눈에 멋지게 디스플레이되어 있는 마네킹이 들어왔다. 난 매장 안으로 들어가 아이보리 스웨터와 그와 한 쌍인 목도리와 장갑을 사 산이와 만나기로 한 약속 장소로 향했다.

"어래야~"

잠시 후, 내 이름을 부르며 어떤 여자와 함께 걸어오는 산이. 그 여자와 인사를 나누고 우린 호프집으로 들어갔다.

여자가 화장실에 갔다 온다 하고 자리를 비운 사이 산이가 내게 말했다.

"우리 셋만 있으면 썰렁할 것 같아서 같이 왔어. 저 누나 재미있거든."

"여자 친구 아니야?"

"아니야. 그나저나 로하 온다고 한 거 맞지?"

"응. 분명히 온다고 했어."

"근데 벌써 30분이나 지났다."

아로하, 설마 안 오는 건 아니겠지. 산이와 같이 온 언니가 자리에 앉고 15분이나 지나서야 로하가 도착했다.

"귀찮게 왜 불러냈어?"

"젊은 사람이 이런 걸 귀찮아하다니. 안녕? 난 김소연이야."

로하는 간단히 인사를 하고 내 옆에 앉았다. 난 케이크를 테이블 위에 올려놓고 초를 꽂았다. 그리고 산이가 초에 불을 붙이고 생일 축하 노래를 시작했다.

"생일 축하합니다~ 생일 축하합니다~ 사랑하는 아로하~ 생일 축하합니다~"

난 가만히 촛불을 응시하고 있는 로하의 옆구리를 찌르며 말했다.

"뭐 해? 초 안 꺼? 빨리 호~ 불고 소원 빌어야지."

아로하, 우리 오늘만큼은 웃자. 나도 이렇게 웃고 있잖아. 응?

로하가 불을 끄고 우린 박수를 쳤다. 산이가 작게 포장된 상자를 로하에게 내밀었다.

"생일 축하한다. 풀어봐."

산이의 선물은 용도를 알 수 없는 열쇠뿐이었다.

"이게 뭐냐?"

"너 오토바이 갖고 싶어했잖아."

"필요없어."

"안 받으면 나 계속 그곳에 다닐 수밖에 없어."

"너 이 자식!"

반산, 너 로하 다룰 줄 아는구나. 그런데 오토바이라니. 무지 비쌀 텐데. 그에 비해 내 선물은 너무 초라하다.

"불뚝, 넌 선물 없어?"

"미안. 다음에 사줄게."

"네 뒤에 있는 그 보따리는 뭐냐?"

난 얼른 종이 가방을 숨기며 말했다.

"친구한테 빌린 옷이야."

로하는 더 이상 묻지 않고 술을 들이켰다. 밤 11시가 조금 넘어 우린 밖으로 나왔다. 산이는 그 언니를 데려다 준다며 먼저 갔다. 나 또한 로하에게 내일 보자는 인사를 하고 뒤돌았다.

"잠깐."

로하는 다가오더니 내가 들고 있던 종이 가방을 빼앗았다.

"선물 고맙다."

"그거 네 선물 아니……."

"너 거짓말에 약한 거 몰랐냐? 선물에 대한 보답 해줄 테니 눈이나 감아."

사람들이 많은 거리. 난 크게 숨을 들여 마시고 눈을 감았다. 알싸한 위스키의 향과 따뜻한 로하의 숨결이 입술에 와 닿았다.

"마지막이다. 이제 더 이상 내게 접근하지 마."

감겨 있던 눈이 번쩍 떠졌다.

"갑자기……."

"잊을 거다."

무표정하게 뒤돌아서는 로하를 붙잡고 싶은데 발이 떨어지지 않는다. 소리치고 싶은데 목소리가 나오질 않는다. 난 결국 그렇게 바보같이 로하의 뒷모습만 멍하니 바라봐야 했다.

다음날 로하의 자리는 비어 있었다. 추웠지만 쉬는 시간에 산이를 옥상으로 불렀다.

"어젠 잘 들어갔어?"

"산이야."

"왜? 무슨 일 있어?"

눈물이 떨어져 내렸다.

"왜 그래, 어래야?"

"로하가 나보고 더 이상 접근하지 말래. 마지막이래. 그런데 난 아무 말도 못했어. 어떡해. 산이야, 나 이제 어떡해."

산이의 품은 참으로 따뜻했다.

"울지 마. 오늘 수업 마치고 나랑 로하한테 가보자."

수업이 끝나고 로하네 집에 왔다. 하지만 아무리 초인종을 눌러도 대답이 없다. 경비 아저씨에게 부탁해 어렵게 문을 열고 들어간 집은 텅 비어 있었다. 난 우선 청소를 하고 슈퍼에서 간단히 재료를 사 와 음식을 만들었다. 밤 9시가 되어도 돌아오지 않는 로하. 산이는 급한 약속이 있다며 8시쯤 가고 없었다. 허전함을 달래려 TV를 켜놓고 이곳저곳을 뒤적이던 난 몇 장의 사진을 발견했다. 로하와 돼지의 사진. 사진 찍을 때조차 가만히 있지 못하고 돼지 놈의 시선은 모두 다른 곳을 향해 있었다. 로하의 목을 조르거나 로하의 머리에 뿔을 달고. 그런 천진난만한 모습에 웃음이 났다. 하지만 나는 이내 울음을 터뜨렸다. 7장의 모든 사진에는 녀석의 분신이라고 할 수 있는 아이스크림이 녀석 손에 고이 들려 있었다. 이 돼지야, 아이스크림이 그렇게 좋냐? 네 아이스크림 뺏어 먹지 않을 테니까 다시 올래? 나 혼자 로하 지킬 힘 없으니까 돌아와.

시계가 10시 5분을 가리키는 순간 현관문이 열리며 로하가 들어왔다. 난 방으로 들어가려는 로하를 잡았다.

"어제 내가 한 말 잊었어?"

"난 싫어. 네가 뭐라 해도 네 옆에 있을 거야."

"훗. 너 이데 자식 다시 내 옆에 데려다놓을 수 있어? 사천이는?"

"아로하."

"할 수 없지? 가. 그리고 다시는 나 찾아오지 마."

로하는 내 팔을 거칠게 뿌리치고는 방으로 들어갔다.

낡은 앨범 속의 흑백사진처럼 눈 감으면 내 앞에 떠오르는 추억. 이젠 다시 돌아갈 수 없겠지? 돼지야… 사천아… 다시 돌아갈 수 없잖아. 그렇게 되어버렸잖아. 다시는……

다음날 산이가 로하에게 가자고 했지만 거절했다. 나와 멀어지려는 로하를 보는 게 겁이 났다. 이번엔 어떤 말로 날 상처 줄지 두려웠다.

그렇게 또 일주일이라는 시간이 흘렀다. 오늘은 산이 녀석까지 결석이다. 점점 빨라지는 심장 박동을 진정 시키느라 수업에 열중할 수 없었다. 순미와 엽쌍걸이 기분 전환하러 노래방에 가자는 걸 몸이 피곤하다며 빠져나왔다. 난 교문 앞에 서 있는 산이를 보자마자 녀석에게 뛰어갔다.

"어떻게 된 거야? 왜 안 나온 거야?"

"같이 갈 데가 있어."

"어디?"

"로하한테."

산이가 날 데리고 간 곳은 병원이었다. 삼층으로 올라가 307호로 들어가는 산이를 말없이 따라 들어갔다. 창백한 얼굴의 로하가 침대에 누워 밖을 내다보고 있었다. 눈물이 나려는 걸 참았다. 이를 악물고 참았다.

"그럼 난 가볼게. 어래야, 부탁해."

말을 하면 눈물이 쏟아질 것 같아 고개만 끄덕였다. 난 내게 눈길 한번 주지 않는 로하에게로 걸어갔다. 제발 꿈이라면 지금이라도 깨게 해달라고 기도했다. 그리고 무슨 말을 할까 고민하다 입을 열었다.

"오늘 무지 춥다. 여기도 약간 추운 것 같은데 넌 어때?"

"……."

"밖에 무슨 구경거리라도 있어? 계속 창밖만 쳐다보네?"

"……."

로하야, 아무 말이라도 좋으니까 제발 네 목소리를 들려줘. 나한테 마음 아픈 소리 해도 좋으니까 뭐라고 말 좀 해봐.

"네가 대신 혼 좀 내줘라."

"으응?"

"이데랑 사천이 말이야. 네가 좀 혼내줘. 나 아픈 만큼 때려줘."

"로하야……."

로하의 시선은 여전히 삭막한 겨울 풍경에 머물러 있었다.

"꿈에서조차 내게 나타나지 않는 놈들이니까 아주 많이 야단쳐야 해."

"응, 내가 혼내줄게. 로하 마음 풀릴 때까지 내가 때려줄게."

"사천이 나 용서하지 않겠지? 그럴 거야… 그래야지."

"아니야, 사천이 너 아주 많이 좋아해."

"어디까지 갔을까? 지금이라도 가면 붙잡을 수 있을까?"

"그게 무슨 소리야?"

"붙잡아도 다시 그냥 갈지도 몰라. 또다시 나만 놔두고 가버릴지 몰라."

"그만 해."

로하의 눈물을, 자존심 강한 녀석의 눈물을 누구에게도 보이고 싶지 않아 녀석을 안았다. 아로하, 너마저 떠나면 나도 갈 거야. 나도 너 따라… 돼지 따라… 사천이 따라 갈 거야. 차라리 우리도 갈까? 그냥 가버릴까? 그게 더 편할 것 같아. 약 먹고 잠이 든 로하를 보고 나서야 안심하고 집으로 올 수 있었다. 집으로 오기 전 간호사 언니에게 들은 로하 얘기에 내 가슴이 다시 한 번 내려앉았다.

"수면제 먹고 자살 기도 했어요. 조금만 늦었으면 목숨을 잃었을 거예요."

다시 한 번 말하지만 아로하, 나한테서 떠날 생각 하지 마. 정말 용서하지 않을 거야. 돼지보다… 사천이보다 널 제일 많이 원망하고 미워할 거야. 그리고 가려면… 정말 날 떠날 생각이면 혼자 가지 마. 혼자 가면 외로울 테니까 우리 손 잡고 같이 가자.

제15장
하늘을 날다

    로하가 2주 이상을 입원해야 했기에 난 매일같이 병실을 찾았다. 월요일 아침, 이상한 꿈 때문에 밥맛도 없고 한쪽 가슴이 이상하게 춥게 느껴졌다. 평소와 마찬가지로 수업을 마치고 곧바로 로하에게 달려갔다. 내가 들어가자 로하는 무언가를 적고 있다가 급하게 숨겼다.
    "뭐길래 그렇게 숨겨?"
    "아무것도 아니야."
    "나한테 편지 썼을 리는 없고, 혹시 일기?"
    말 안 해줄 거란 거 알면서도 왜 이렇게 마음이 아픈 걸까.
    "방금 전에 의사 선생님 만나고 왔는데 요번 주에 퇴원해도 된대. 다행이야, 그치?"

"……."

또 말이 없다. 왜 이렇게 변해 버렸을까? 너 거만하고 할 말 다 하는 그런 놈이었잖아.

"로하야, 어디 가고 싶은 곳 없어? 퇴원하면 놀러가자."

"놀이 동산."

"뭐 타고 싶은데? 난 회전목마가 제일 좋더라."

"산어래."

"응?"

"산이 좋아했지?"

사실대로 말해도 되겠지? 이젠 다 지난 일이니까.

"조금, 아주 조금."

"그런데 왜 거짓말했어?"

"일부러 그런 건 아니야. 그리고 정말 조금 좋아했는걸?"

로하… 마치 내가 왜 거짓말을 했는지 아는 것처럼… 내가 산이를 좋아했다는 걸 알고도 모르는 척했다는 것처럼 말한다.

"난… 난 좋아했어?"

"갑자기 무슨 소리야? 너, 심심하구나?"

"됐어. 나 쉬고 싶으니까 그만 가."

왜 로하 앞에선 솔직하지 못한 걸까? 좋아하는데… 좋아한다는 이 한마디가 로하에겐 왜 어려운지 모르겠다. 오늘따라 로하 옆에 있고 싶었다. 하지만 같이 있고 싶다는 말은 입 안에서만 맴돌았다.

"저기 내일……."

생일이 뭐 별건가? 또 말하면 선물을 바라는 것 같기도 하고. 가기 전에 내일이 내 생일이라고 말하려다 접었다. 난 로하의 시선을 이리저리 피하며 말했다.

"내일은 맛있는 도시락 싸올게. 좋은 꿈꾸고 내일 보자."

"잠깐 이리 와봐."

문고리를 돌리려던 난 몸을 돌려 로하에게 걸어갔다. 녀석이 내 손을 잡더니 손바닥 위에 반지 하나를 올려놨다.

"이건……."

"네 단짝 친구 꺼다."

돼지 오른쪽 중지에 항상 껴져 있던 반지다.

"이데는 나보다 네가 가지고 있는 걸 더 원할 거야."

"하지만……."

"그리고 만약 이데 자식을 꿈속에서라도 만나면 전해줘. 미안하다고……."

로하는 마치 떠날 사람처럼 말을 하고 있었다.

"싫어!! 그 말 안 들은 걸로 할래. 간다!"

"너한테도 미안해. 예전에 끝내 버렸어야 하는 건데……."

"그만!! 듣고 싶지 않아. 내일까지 재미있는 얘기 10개 준비해 놔. 이건 벌이야."

뒤돌아서려 할 때 로하가 내 팔을 잡아당겨 날 안았다. 거칠어진 로하의 입술이 내 입술에 살며시 닿았다 떨어졌다.

"이건 잊어달라는 부탁에서 하는 거야."

난 흐르는 눈물을 손등으로 문지르고 다시 로하에게 천천히 키스했다. 나 잊을 수 없어. 내가 어떻게 잊을 수 있겠니. 너의 이 따뜻한 온기와 부드러운 입맞춤을…….

"이건 잊지 말라는 뜻에서 한 거야. 그럼 내일 봐."

난 서둘러 병실을 나왔다.

다음날 아침 난 어제와 같은 꿈으로 인해 한숨도 이루지 못했다. 아무도 없는 로하 병실 침대 위에 놓여진 검은색 장미 한 송이. 오늘은 그 옆에 빨간 장미도 놓여져 있었다.

교실로 들어섰을 때 산이의 빈자리가 신경 쓰였지만 일부러 외면했다. 점심 시간, 밥을 먹고 있는데 앞문이 큰 소리를 내며 열렸다. 추운 날씨임에도 불구하고 땀을 비 오듯 흘리는 산이가 보였다. 숨을 제대로 쉬지 못하는 걸 보니 뛰어온 모양이다. 성큼성큼 걸어온 산이가 내 손을 잡고 교실을 나갔다.

"산이야, 무슨 일이야?"

"……."

"어디 가는 거야?"

잡은 산이의 손에 힘이 들어가기 시작했다.

"손 아프니까 놓고 얘기해."

산이는 건물 밖으로 나와서야 잡은 손을 놓았다.

"반산, 뭐야?"

"미안… 미안하다."

"뭐가?"

또다시 심장이 소용돌이치기 시작한다.

"로하… 로하 그 자식… 끝내 우릴 버렸어."

산이, 오늘 내 생일인 거 알고 있는 건가? 이제 보니 산이 연기 정말 잘하네? 난 웃으면서 산이의 등을 쳤다.

"저번처럼 장난하는 거지? 그렇지? 생일 깜짝 이벤트가 뭐 이렇게 시시해? 로하랑 산이 너희들 머리에서 나온 아이디어가 겨우 이거야?"

"어래야."

"내가 안 속아서 속상하지? 그래서 너 우는 거지? 사내 자식이 울면 쓰나. 이제 5교시 시작하겠다. 너도 그만 땡땡이치고 올라가자."

뒤돌아서 가려는 날 녀석이 끌어당겨 안았다. 은은한 장미 향이 퍼져 나왔다.

"다 내 잘못이야. 내가 오토바이만 사주지 않았어도 로하 그렇게 가지 않았을 텐데……."

"네가 아무리 그래도 나 안 속아. 벌써 들통났는데 왜 자꾸 그래? 오늘은 내 생일이니까 내가 한턱 쏠게. 로하, 외박될까?"

"미안해, 어래야."

그때 수업을 알리는 종이 울렸다. 난 산이 품에서 빠져나와 손을 흔들며 뛰어갔다.

"로하한테 가서 전해. 나 속이려면 머리 더 굴리라고. 수업 끝나자마자 갈 테니 기다려."

날 부르는 산이 목소리가 온 복도를 울리며 지나갔다.

이따 가서 로하 녀석 실컷 비웃어줘야지. 뭐 그래도 가슴 한구석이 약간은 아련한 게 재미있는 이벤트였어.

 난 순미에게 몇 대 맞은 후 병원에 올 수 있었다. 로하 때문에 맞았으니까 녀석한테 화풀이해야겠다.

 "로하야~ 나 왔어!!"

 크게 소리치면서 307호실로 들어갔다. 산이가 침대에 앉아 있었다.

 "어? 로하는? 화장실 갔어?"

 "어래야."

 "화장실에 안 갔어? 그럼 로하 어디 갔어? 응?"

 그때 로하를 담당하던 간호사 언니가 들어왔다.

 "이제 다른 환자 들어오니까 비워주세요."

 "그럼 우리 로하는요? 병실 옮겼어요?"

 "네?"

 "여기 다른 사람 들어온다는 건 로하가 다른 곳으로 가야 한다는 소리잖아요."

 간호사 언니가 날 보던 시선을 산이에게로 돌렸다.

 "죄송합니다. 아직 받아들이지 못해서……."

 "어차피 환자 물건도 없으니 되도록 빨리 비워주세요."

 난 간호사 언니가 나가자마자 산이를 내려다봤다.

 "저 간호사 이상해. 병실을 자기 마음대로 옮기다니."

 "가자."

 "로하한테 가는 거야?"

 "응."

"그래, 가자!! 빨리 가자. 나 로하한테 할 말 많거든."

산이를 따라 병원 지하로 내려갔다. 여기저기에서 울다 지친 목소리들이 들려왔다.

"산이야, 나 이런 곳 싫어. 빨리 로하한테 가자."

"지금 가고 있어."

어느 방으로 들어가기 전, 난 그 앞에 아로하라는 이름이 붙어 있는 걸 봤다.

"산이야, 이거 봐봐!! 여기 로하 이름이 있어. 근데 너 왜 아까부터 그런 얼굴을 하고 있는 거야? 얼굴 펴! 오늘 내 생일이란 말이야."

"알았어, 웃을게. 자, 됐지?"

"웃으니까 흉하다. 그냥 안 웃는 게 낫겠다."

안으로 들어가자 얼마 안 되는 사람들 속에서 십 원이 걸어나왔다.

"어? 십 원! 너 왜 여기 있는 거야? 너도 내 생일 축하해 주러 왔구나? 그런데 여기에서 내 생일 파티 하려고? 난 싫은데. 우리 다른 곳으로 가자."

"누나……."

"너 안 본 사이 멋있어졌다? 그나저나 로하 봤어? 산이가 자꾸 로하한테 간다면서 거짓말만 하고 있어."

"누나, 왜 그래?"

내 몸을 흔드는 십 원의 뒤편으로 로하 얼굴이 보였다. 난 십 원을 뿌리치고 달려가 로하의 얼굴을 꼭 안았다.

"찾았다. 드디어 찾았다. 나 숨바꼭질 같은 거 싫단 말이야. 다시는 이러지 마. 알았지?"

산이가 내 옆으로 와 로하와 내 사이를 갈라놓았다.

"산이 너 질투하는 거야? 그러게 내가 고백할 때 잡았어야지. 이젠 늦었어. 난 너보다 로하가 더 좋거든."

"제발 이러지 마. 너까지 이러면……."

산이의 고운 얼굴 위로 눈물이 쉬지 않고 떨어져 내렸다. 난 손을 뻗어 그 눈물을 닦아주었다.

"나 아직 고백도 못했는데 어쩌지? 좋아한다는 말 한마디가 아직도 내 목에 걸려 있는데… 이렇게 쉬운 말 한마디 못했어. 이대로는 안 돼. 이대로 보낼 수는 없어!!"

3일 후, 화장하기 위해 로하가 잠들어 있는 관이 밖으로 나왔다. 난 그곳으로 달려가 관을 열려고 애를 썼지만 꿈쩍도 하질 않았다.

"아로하, 어서 일어나!! 지금 깨어나지 않으면 너는 나도 못 보고, 산이도 못 봐. 그냥 무정하게 이렇게 떠나면 안 돼. 우리에게도 너에게 인사할 시간을 줘야 하잖아. 안 그래, 로하야? 내 말 안 들려?"

난 로하와 떨어지지 않으려고 관을 끌어안았지만 산이에게 붙들려 더 이상 로하에게 가지 못했다. 로하가 뜨거운 불길 속으로 들어가기 시작했다. 사랑한 거 같아. 로하야, 사랑해. 이렇게 쉬운데… 이렇게나 쉬운 말인데 왜 네게 못해준 걸까? 한 번만이라도 네게 말했다면 이렇게 마음 아플 일 없었을 텐데.

로하를 사천이 옆에 반… 돼지 옆에 반… 사이좋게 보내주고 돼지와 로하의 집으로 갔다.

"돼지야~ 아이스크림 사 왔어~"

…….

"아로하~ 딸기 사탕 먹어."

…….

"안 나올 거야? 나 혼자 다 먹는다? 그래도 되지?"

난 거실에 앉아 사 온 아이스크림을 먹기 시작했다. 혼자 먹으니까 많이 먹을 수 있어서 좋다.

"아이스크림 정말 끝내준다!! 쿠키가 아삭아삭 씹히네."

돼지 새끼, 정말 안 먹을 모양인가 보네.

"로하야~ 돼지 왕따시키고 우리끼리 먹자."

로하도 안 나오는 걸 보니 돼지랑 짰군. 치사한 놈들! 그래, 내가 이거 혼자서 다 먹을 거다! 나중에 후회해도 소용없어.

아이스크림을 다 먹고 집에 가기 위해 일어섰다.

"나 갈게. 내일 학교에서 보자. 참, 돼지 너 동물원 가고 싶다고 했지? 로하는 놀이 동산. 이번 주에 가자!! 어때? 좋지? 그럼 나 진짜 간다."

밖으로 나오자 어두운 밤하늘에서 비가 내리고 있었다. 누가 우는 거지? 돼지야, 네가 우는 거니? 아니면 사천이? 사천이도 아니면 로하? 아, 돼지 너구나? 나 혼자 아이스크림 먹었다고 우는 거구나. 미안, 내가 내일 다시 아이스크림 사가지고 올게. 그러니까 그만 울어.

빗방울이 얼굴에 세차게 부딪쳤다. 난 하늘을 올려다보며 있는 힘껏 소리쳤다.

"야!! 너희끼리 거기 있으니까 좋냐? 행복해? 나도 끼면 안 될까? 너희만 재미있는 거 억울해! 너희는 이제 내가 있는 곳으로 올 수 없으니까 내가 갈게. 내가 갈 테니까 조금만 기다려!"

우리 만나면 넷이서 행복하게 살자. 싸우지 말고, 미워하지 말고 웃으면서 지내자. 로하랑 사천이 화해했지? 내가 갈 때까지 화해 안 하고 있으면 내가 너희 둘 죽도록 패줄 거야. 명심해.

정신이 아득해지면서 점점 힘이 빠지기 시작했다. 나 지금 너희에게 가려나 봐. 기쁘지? 근데 산이가 걱정이다. 산이 혼자만 남게 되잖아. 많이 쓸쓸할 텐데. 그럼 우리가 가끔씩 놀러 오자. 그러면 되겠다. 눈이 감기면서 로하의 얼굴이… 돼지의 얼굴이… 사천이의 얼굴이 보였다. 참, 아로하! 너 맞을 준비해. 약속 어겼어. 혼자 가면 쓸쓸하니까 같이 가기로 했잖아. 사천이도 마찬가지야. 나 지켜준다고 했으면서 가버렸으니까. 그리고 돼지도 혼내줄래. 나 아주 많이 외롭고 힘들게 했으니까. 너희 모두 화 풀릴 때까지 때려줄 거야. 아주 많이 때려줄 거야…….

천천히 눈을 떴다. 앞이 뿌옇다.

"어래야, 정신이 들어?"

내가 정말 돼지랑 사천이랑 로하에게 온 건가?

"어래야?"

그런데 왜 산이 목소리가 들리지? 사물이 선명해지기 시작하면서 날 내려다보는 산이가 시야가 들어왔다.

"다행이야."

"여기가 어디야?"

"병원이야. 너 이틀 동안 깨어나지 않아서 내가 얼마나……."

"로하는? 사천이랑 돼지는?"

나는 벌떡 일어서며 소리쳤다.

"어래야."

"나 가기로 했단 말이야. 로하랑 돼지랑 사천이한테 가기로 했다고!! 보내줘. 응? 나 보내줘."

흔들리는 산이의 눈빛이 보인다.

"너 지금 나 미쳤다고 생각하지? 나 안 미쳤어!! 제정신이야!!"

"그러면 네 자신을 좀 돌봐. 지금 네 꼴이 어떤지 좀 보라고!!"

눈물 맺힌 눈으로 날 바라보던 산이가 병실을 나갔다. 도대체 그동안 무슨 일이 있었던 거지? 왜 내 곁에 로하도⋯ 사천이도⋯ 돼지도 없는 거야? 다들⋯ 어디로 사라졌지?

산이는 학교는 물론, 어디에도 가지 않고 내 옆에 있어주었다. 잠 잘 때조차 내 곁에 있었다. 잠이 들면 한 치 앞도 보이지 않는 곳에 나 혼자 서 있다. 그러면 알 수 없는 소리들이 내 귀를 괴롭힌다. 그래서 난 오늘도 잠들지 않으려고 필사적으로 눈을 떴다.

"어래야, 잠이 안 와?"

나 때문에 산이도 못 자고 있는 건가?

"이제 자려고. 너도 어서 자."

"난 곤히 잠든 너의 숨소리를 들어야 잠이 와."

아주 오랜만에 웃음이란 게 어떤 건지, 어떻게 미소 짓는지를 느꼈다. 바보 같은 녀석. 내가 가면 어쩌려고. 내가 네 곁을 떠나면 어쩌려고. 그랬니, 로하야? 너도 그래서 일부러 정 떼려고 나한테 마음에도 없는 소리 했니? 내가 너처럼 똑같이 산이에게 하면 산이 마음 무지 아프겠다. 나처럼 많이 아프겠다.

"우리 로하 놓아주자."

로하가 떠나고 나서 한 번도 로하 이름조차 꺼내지 않았던 산이였다.

"나도 아직 용서가 안 되지만 로하가 우리 이러고 있는 거 알면 화낼 거야."

하지만 산이야, 난 싫다. 잊을 수도 없고 놓아주고 싶지도 않아. 난 로하를 잊을 수가 없어. 사람들은 모두 시간이 지나면 잊혀질 거라고, 그렇게 잊으며 살아가는 거라고 위로하지만 시간이 지나면 지날수록 로하가 더욱 그리워져. 내가 눈감지 않는 한 난 영원히 이 자리에 머물러 있을 거야. 산이의 잔잔한 노래 덕분이었는지 꿈조차 꾸지 않고 편히 잠들 수 있었다.

이틀 후, 퇴원을 하고 집으로 돌아왔다. 집 안에 도는 적막함이 싫어 음악을 크게 틀어놓고 소파에 몸을 던졌다. 그리고 핸드폰을 꺼내 0번을 길게 눌렀다. 신호가 간다… 신호만 간다.

아로하, 너 정말 가버린 거야? 산이가 그러는데 3주라는 시간이 흘렀대. 난 여기 이렇게 있는데 넌 어디 있는 거야? 처음 만났을 때의 그 아슬아슬하던 널 끝내 놓치고 말았어. 잡고 싶었는데… 잡을 수 있었는데… 차라리 누군가가 날 죽여줬으면…….

난 주머니에서 면도칼을 꺼냈다. 네가 날 로하 곁으로 데려다줄래? 내가 본 로하의 마지막 모습이 떠오른다. 너무도 차가운 눈빛, 너무도 냉정한 말투. 그래, 싸늘한 눈빛마저도 너무 아름다운 너의 모습. 외로움이 너무 커져 나 혼자 감당할 수 없어서 너에게 가려 해. 내 삶은 너라는 존재와 너에 대한 사랑으로 숨을 쉬거든. 면도칼을 손목으로 가져가면서 눈을 감았다.

누군가 훌쩍거리는 소리가 들려오면서 뒤이어 왼쪽 손목에서 통증이 전해져 왔다.

"산어래, 가지 마. 너마저 날 버리지 마."

울지 마, 산이야. 나 여기 있잖아. 나 여기 있는데 왜 울어.

"이데랑 로하가 너 끝까지 지켜주라고 했단 말이야. 내가 있잖아. 너만 바라보는 내가 있잖아."

다시는 뜨고 싶지 않았던 눈을 떴다.

"어래야!!"

"남자가 질질 짜는 거 아니랬잖아. 너 이제 보니 울보구나?"

갈라져 나오는 내 목소리가 듣기 싫다.

"다시는 이런 짓 하지 마. 너 가족은 생각 안 해? 친구들은?"

아, 다래가 돌아온다고 했지. 난 기다린다고 약속했고. 그냥 갔으면 큰일 날 뻔했네. 나 영원히 다래에게 미움 살 뻔했어.

"오늘… 며칠이야?"

"1월 7일."

"날씨는?"

"눈 내리고 있어."

또다시 병원. 겨울이어서 눈 내리는 게 당연한데 왜 이렇게 하늘이 미운 걸까. 더 입원해야 한다는 의사와 산이를 뿌리치고 병원을 나왔다. 그리고 순미에게 전화를 했다.

[누구세요?]

"벌써 내 목소리를 잊어먹었냐? 나 어래다."

[전 그런 친구 없는데요. 전화 잘못 거신 것 같네요.]

"그럼 제가 지금 옥상에서 뛰어내린다고 최순미라는 아이에게 전해주세요."

[야!!]

난 울며불며 징징대는 순미를 한 시간 동안 달래야 했다.

"그만 울어."

[왜 전화했어?]

"나 소개팅 시켜줘."

[뭐?]

난 또다시 전화기를 귀에서 멀찌감치 떨어뜨려야 했다. 그리고 내일 5시에 만나기로 약속하고 전화를 끊었다. 단 한 순간만이라도 로하, 너를 잊고 싶어. 나 이해하지? 이해해줄 거지? 네가 나만 두고 갔으니까… 나 혼자만 여기 놔두고 갔으니까 할 말 없는 거야. 그런 거야, 알았지?

거울에 비친 내 모습이 낯설다. 로하에겐 이렇게 꾸민 모습 보여준 적 없는데. 아, 강새아 생일 파티 갈 때 꾸몄었지. 하지만 그때 로하는 술에 취해 다른 여자를 그리워하고 있었으니 나 따윈 눈에 들어오지도 않았을 거야. 로하야, 나 어때? 예뻐? 내가 다른 남자와 손 잡고 걸어도 질투하지 마. 넌 그럴 자격 없어. 알지?

난 순미와 내 앞에 앉아 있는 남자에게 인사를 했다.

"반가워. 난 산어래야."

"이름이 특이하다. 난 장우일."

"그럼 잘해봐. 어래야, 이따가 전화할게~"

순미는 윙크하곤 가게를 나갔다. 우일이는 십 원 녀석과 비슷한 외모를 가지고 있었지만 조용한 성격이었다.

"남자 친구 몇 번 사귀어봤어?"

"딱 한 번."

"에이, 거짓말."

"정말이야."

"얼마나 사귀었는데? 헤어진 건 언제야?"

나도 모르게 눈물이 흘렀나 보다. 우일이가 서둘러 화제를 다른 곳으로 돌렸다. 다른 사람 만나면 조금이라도 잊혀질 줄 알았는데 나 자꾸 로하 네 생각만 나. 너였으면 이런 말 하지 않았을 텐데라는 생각만 하게 돼.

그때 딸랑 하는 종소리가 들려왔다. 나도 모르게 출입문으로 눈을 돌렸다. 다정한 커플이 들어오고 있었다. 내가 지금 무슨 기대를 하는 거지? 로하가 들어올 리 없잖아. 예전에 소개팅할 때처럼 로하와 돼지가 와서 방해할 리 없는데 왜 자꾸 난 기대를 하는 거지?

로하야, 그거 알아? 나 정말 너 없는 세상에서 외로워 미치겠어. 외딴 섬에… 아무것도 없는 그런 외딴섬에 나 혼자 있는 것 같아. 너, 내 생각은 하는 거니? 하늘나라에서도 나 지켜봐 주고 있는 거지? 꼭 그래야 돼. 꼭.

한 시간 뒤, 그곳에서 나온 우리는 술집으로 향했다. 날이 금방 어두워지는 겨울이다 보니 가게 안은 사람들로 가득 차 있었다.

"술은 잘 마셔?"

"아니."

"보기와 많이 다르네? 말도 별로 없고."

예전엔 말이 많았다. 누구 때문에 이렇게 됐다라고 속 시원히 말하고 싶었다. 하지만 오늘만큼은 잊기로 했으니까. 서로 말이 없었기에 술잔을 부딪치는 일이 많았다. 소주 3병이 금세 비워지고 또 한 병이 나왔다. 한동안 고개를 숙이고 있던 우일이의 어깨가 들썩이기 시작했다.

"민정아, 최민정!"

"우일아?"

"민정이가 보고 싶어. 민정아… 사랑해."

좋아하는 여자가 있는데 소개팅을 나온 건가? 하긴 그럼 나도 할 말 없지.

"민정이 돌려줘. 응? 민정이 없으면 나 못살아."

녀석이 소리를 높여가며 민정이라는 여자를 찾았다.

"야, 정신 차려."

"민정이 올 때까지 안 나가!! 빨리 데리고 와!!"

옆 테이블에 있던 남자들이 우릴 노려봤다. 난 얼른 술값을 계산하고 우일이를 끌고 밖으로 나왔다.

"최민정!! 나 버리고 갔다 이거지? 다른 남자한테 갔다 이거지? 그래, 어디 잘살아봐!!"

내 이마는 추운 날씨에도 불구하고 땀으로 젖었다. 난 녀석을 바닥에 내려놓고 순미에게 전화를 걸었다.

"순미야, 우일이네 집 어디야?"

[왜? 벌써 헤어졌어?]

"취해서 뻗었어."

[도대체 얼마나 마셨길래 그 술고래가 취해?]

"지금 민정이라는 여자 찾고 난리났어. 아무튼 주소나 불러."

난 전화를 끊자마자 택시를 잡아 녀석을 태워 보냈다.

집으로 가는 길, 로하와 처음 만났던 옥상이 눈에 들어왔다. 아무도 없는 골목이었지만 누가 볼까 흐르는 눈물을 재빨리 닦았다. 그리고 달만 홀로 떠 있는 하늘을 쳐다봤다.

오늘 바람피운 거 용서해 줘, 로하야. 역시 난, 너 아니면 안 되나 봐. 너 아니면 안 되는데 넌 이제 없잖아. 그럼 나 어떻게 해야 하니?

제16장
아이스크림 돼지

3일 후, 로하가 떠난 지 정확히 한 달이 되는 1월 11일. 난 산이의 손에 이끌려 공항까지 오게 되었다. 여기엔 왜 왔냐는 내 물음에 산이는 아무 말도 하지 않았다. 입국한 사람들이 나오는 곳에서 다른 사람들과 같이 누군가를 기다리는 사람처럼 그곳에 서 있었다.

잠시 후, 문이 열리면서 자석에 이끌리듯 내 눈은 한 사람을 향해 움직이기 시작했다. 하얀색 털 벙거지 모자에 선글라스, 흰색 털 코트 안에 입은 빨간색 블라우스, 타이트한 까만색 가죽 바지에 빨간색 부츠, 그리고 왼손에 끌려오고 있는 보라색 가방.

눈을 감았다. 잘못 본 게 틀림없다. 하지만 내 앞에 선 녀석에게선 초콜릿 향이 강하게 났다. 이미 고여 있던 눈물들이 흘러내리기 시작했다.

내 얼굴을, 내 눈물을 쓰다듬는 손길이 느껴진다.

"얼굴이 왜 이 모양이야? 어디 피난 갔다 왔어?"

설마 이게 꿈은 아니지? 꿈이길 바랬던 사실들이 현실이듯, 현실이길 바라는 지금이 꿈은 아니지?

"나 안 보고 싶었어? 눈떠봐."

내 앞에 있다. 분명히 내 앞에 있어. 꿈이 아니야. 떨리는 눈꺼풀을 천천히 들어 올렸다. 바보같이 웃고 있는 얼굴이 보인다.

"왜… 왜 이제 나타났어. 한 달만 더 일찍 오지 왜 이렇게 늦게 왔어."

"매일 꿈속에 네가 나타나서 날 얼마나 때리던지 진짜 맞아 죽을까 봐 왔어."

"바보 새끼, 미워! 미워할 거야. 용서하지 않을 거야."

"미안."

돼지가 왼팔로 내 머리를 감싸 자신의 품에 안았다. 로하야, 너 지금 보고 있니? 죽었다고 믿었던 이데가 이렇게 살아 돌아왔어. 그런데 넌 어디 있는 거야? 너도 언젠가는 내 곁으로 다시 올 거지? 기다릴게. 돼지랑 산이랑 기다릴 테니 어서 돌아와.

돼지와 난 한 달 넘게 비어 있던 돼지의 집으로 향했다. 난 문을 열자마자 소리쳤다.

"로하야!! 돼지 왔어!! 기쁘지?"

내 뒤를 따라 들어오던 돼지 녀석이 내 머리를 쥐어박았다.

"왜 때려?"

"고성방가죄."

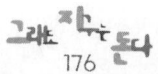

녀석은 가방을 내려놓고 이곳저곳을 둘러봤다. 추웠지만 창문을 활짝 열고 청소하기 위해 청소기를 들었다. 하지만 돼지는 소파에 가만히 앉아 있을 뿐이었다.

"돼지, 청소 안 해?"

"아웅~ 나 비행기를 슝~ 타고 와서 피곤한데."

"청소 안 하면 아이스크림 안 사준다?"

"30만 원어치 사줄 거야?"

"배 터져 죽을 때까지 먹게 해줄게."

"그럼 청소 시작~"

녀석은 먼지털이개를 집어 들고 구석구석에 쌓인 먼지를 털기 시작했다. 돼지야, 너 정말 돼지 맞지? 아이스크림이면 죽고 못사는 그 돼지 맞지? 코가 시큰거리더니 눈물이 나왔다. 난 돼지와 마주친 시선을 돌리고 다시 청소를 시작했다.

4시간 넘게 한 대청소 덕에 우린 침대에 대자로 뻗었다.

"돼지야, 네 이름이 뭐지?"

"내 이름 잊어먹었어?"

"응. 네가 내 곁을 너무 오래 비웠잖아."

"아이스크림 돼지 이데."

"너 이데 맞지? 로하 친구 이데 맞는 거지?"

옆에 누워 있던 녀석이 벌떡 일어서며 말했다.

"나 아슈크림 되게 먹고 싶어~ 두 달 넘게 못 먹었어."

"그래, 가자! 너만 가면 아이스크림 바가지로 퍼주는 곳으로 가자."

"응, 응!"
아이스크림 가게 직원이 바뀌었지만 양은 더 많았다. 제일 큰 통에 담겨진 아이스크림을 가운데에 두고 우린 마주 앉았다.
"네가 좋아하는 초코 맛만 가득하구나."
"너도 초코 맛 좋아하잖아."
"그래. 어서 먹어."
"너 먼저 먹어."
돼지가 아이스크림을 양보하다니. 일본 갔다 오더니 사람 됐구나. 난 숟가락으로 아이스크림을 듬뿍 퍼 돼지 앞으로 내밀었다.
"입 벌려."
"이럴 땐 애교있게 말해야지."
"어떻게?"
"자, 아~ 해봐잉~"
난 내밀었던 손을 거두고 녀석을 노려봤다.
"먹자."
"안 귀여워? 애교있지 않아?"
"솔직하게 대답할까?"
내 말에 미소로 답하는 녀석의 얼굴을 보니 상처받을 말을 할 수 있을 것 같다.
"쏠려. 어서 먹기나 해."
"치!"
토라진 표정이 귀엽다. 나 얼마 만에 웃어보는 거지? 얼마 만에 이런 편한 마음을 가져 보는지 모르겠다. 돼지가 왼손으로 어렵게 아이스크림을 먹고 있었다. 이번엔 아이스크림이 입으로 가기 전에 테이블에 떨어졌다.

"아까우니까 주워 먹어."

"응!"

"힘들게 왜 왼손으로 먹어? 또 흘리지 말고 오른손으로 먹어."

돼지가 웃으면서 날 바라봤다.

"아냐~ 난 왼손이 편해."

"너 왼손잡이 아니잖아."

"이제부터 양손잡이하면 되지."

그때 갑자기 돼지의 반지가 생각났다. 난 끼지 않고 늘 가지고 다니던 반지를 꺼냈다.

"돼지야, 오른손 줘봐."

"왜? 왼손은 안 되는 거야?"

"이거 다시 주인에게 돌려주려고 하는 거니까 빨리 오른손 내밀어."

반지를 보더니 돼지의 얼굴이 굳어졌다.

"로하가 내가 가지고 있는 게 더 나을 거라고. 로하는 이런 날 올 줄 알고 있었나 봐."

돼지가 돌아와서 기쁜데 난 왜 자꾸 눈물이 나는 거지?

"난 이제 필요없으니까 너 가져."

"싫어. 이게 있으면 꼭 네가 없는 것 같단 말이야. 빨리 손이나 내밀어."

한참을 망설이던 녀석이 내려놓았던 오른손을 테이블 위에 올려놓았다. 난 손을 뻗어 녀석의 손을 잡았다. 이데야… 놀란 눈으로 쳐다보는 날 향해 웃어주는 녀석의 얼굴 위로 눈물이 흐르고 있었다.

다 먹지 못한 아이스크림을 포장해 밖으로 나왔다. 날이 저물어가고 거리에는 사람들의 발길이 뜸해 있었다. 다음에 보자고 인사를 하고 돌아선 돼지의 뒤꽁무니를 졸졸 따라갔다.

"야!! 너희 집은 저쪽이잖아."

"헤헤~ 오늘 같이 자자~ 응?"

"그 말, 너무 야해."

"어차피 너도 나도 혼자 쓸쓸히 자는데 같이 자면 좋잖아. 그리고 내가 네 집에서 처음 자는 것도 아니고."

"나도 오늘은 잠이 안 올 것 같은데."

"그럼 출발~"

난 돼지의 왼손을 잡고 마구 흔들며 걸었다. 이렇게 내 옆에 있으면서도, 이렇게 손을 잡고 돼지의 존재를 느끼면서도, 난 아직도 믿기지 않는다. 한순간에 사라져 버릴 것만 같아서… 한순간에 또다시 내 곁을 떠날 것만 같아서…….

오늘도 내 발길은 돼지네로 향했다. 하지만 어딜 갔는지 문은 굳게 잠겨 있었다. 폰이 없으니 연락도 불가능하고. 갈 데도 없으면서 어딜 갔지? 집으로 돌아오는 길에 약속이나 한 듯 산이를 만났다.

"어? 산이야?"

"너한테 가는 중이었는데 잘됐다. 추운데 어디 좀 들어가자."

우리는 근처 커피숍으로 들어가 마주 앉았다. 가만히 내 얼굴을 응시하던 산이가 주머니에서 심하게 구겨진 종이를 꺼내어 내게 내밀었다.
"뭐야?"
"펼쳐 봐."
자칫 잘못하면 찢어질 것 같은 종이를 조심스레 펼쳐 보았다. 썼다 지웠다를 반복한 흔적이 역력한 그곳에 쓰여 있는 글을 보자마자 눈에서 굵은 눈물 방울이 쉬지 않고 떨어져 내렸다.

너도… 날 떠날까 봐 두려워.

입원했을 때 급하게 숨기던 게 이거였니, 로하야? 이거 쓰고, 그 다음 날 우리 곁을 떠날 생각을 했던 거야? 잔인한 놈. 매정한 녀석.
다음날 난 아침 일찍 돼지 놈을 찾아갔다. 반쯤 감겨 있는 눈으로 문을 열어주는 녀석에게 크게 소리쳤다.
"소풍 가자!!"
"소풍?"
놈은 쓰러질 듯 걸어가더니 소파에 몸을 던졌다.
"동물원 안 갈 거야?"
돼지의 눈이 번쩍하고 떠지는 걸 볼 수 있었다. 정말 가고 싶었던 거구나? 로하랑 같이 진작에 가는 거였는데.
"금방 씻을 테니까 혼자가면 안 돼."
"천천히 씻어."
"아니, 빨리 동물원 가야 해!"

로하와 단둘이 왔었던 동물원. 오늘은 돼지와 단둘이다. 이거 꼭 숨바꼭질하는 것 같네? 오늘 돼지랑 왔으니까 다음에 로하랑 또 올 수 있는 걸까?

동물들을 보며 신기해하고 좋아하는 돼지의 모습이 자꾸 로하와 겹쳐졌다. 생각 안 하려 애쓰면 애쓸수록 로하는 더욱 깊게 날 파고들어 왔다. 난 그만 다리에 힘이 풀려 그 자리에 주저앉았다. 아로하, 잘 있지? 행복하지? 나랑 돼지 뒤로하고 가니까 속 시원하지? 넌 행복하고 편안한데 난 왜 이렇게 힘들지? 내 마음은 왜 이렇게 찢어질 듯 아픈 거야!!

내 앞에 무릎을 굽히고 앉은 돼지가 내 얼굴을 감쌌다.

"잊으라는 소리 안 할 거야. 우리보다 먼저 간 새끼는 두고두고 기억하면서 용서하면 안 돼."

"으흐흐흑……."

"잊지 마. 보란 듯이 사는 거야. 그 새끼 없어도 우리 잘 먹고 잘사는 거 보여주는 거야."

그럴 거야. 그럴 생각이야. 먼저 간 거… 우리 두고 가버린 거 후회하게 만들 거야… 꼭 후회하게 만들 거야.

아가페(Agape)

from. 이데

며칠간 로하의 꿈을 꿨다. 세 달 전엔 꼭 돌아간다고 약속했는데 조금

늦어져도 괜찮겠지? 어래랑 산이가 있으니까. 어래를 생각하니 웃음이 절로 나왔다. 보기와는 다르게 마음도 여리고 쉽게 상처받는 녀석. 그리고 나루를 생각나게 하는 그 바보 같은 모습. 이런저런 생각들을 떨치기 위해 오랜만에 검도를 했다.

한국까지 쫓아와서 로성이 형을 죽이고, 다시 나와 로하까지 죽이려 했던 놈들의 우두머리, 즉 나의 아버지와 쌍 맥을 이루던 코지는 이미 죽고 없었다. 모든 걸 정리하고 보니 로하와의 약속이 한 달이나 늦었다. 하지만 로하 녀석, 집이고 휴대폰이고 받지를 않았다.

그래서 난 내 상황을 아는 또 다른 인물, 산이에게 연락을 취했다.

"잘 있었냐? 나 내일모레 한국 들어가."

"그래."

"로하 자식은 잘 있어? 어래는 내가 죽은 줄로 알고 있지? 괜찮아?"

"……"

원래도 말이 없는 녀석이지만 지금의 침묵은 예전과 다르다.

"무슨 일이야? 숨길 생각하지 말고 사실대로 말해."

"로하 여기에 없어."

"없다니? 무슨 소리야!!"

"한 달 전에……"

난 그만 들고 있던 수화기를 놓쳤다. 로하가… 로하가…….

"아로하!!"

한국으로 돌아가는 날, 엄마가 마지막으로 내 손을 잡았다.

"화수야, 다시 한 번 생각해 봐. 이제 여기 있어도 안전하니."

"가봐야 해. 안 가면 그 애 죽을지도 몰라."

"그래, 가서 그 아이……."

난 끝내 눈물 흘리는 엄마를 안았다.

"걱정 마, 내가 잘 보살필게."

"말할 거니?"

"알면 견디지 못할 거야. 그냥 모르는 척하려고. 그럼 갈게."

"몸 조심해."

마지막으로 웃어 보이고 비행기에 탑승했다.

잠시 후면 어래를 만난다. 죽은 줄로만 알았던 내가 나타나면 어떤 반응을 보일까? 어래를 생각하며 잠시 눈을 감았다. 저 멀리 한국이 보이고 곧 비행기에서 내려 출구 쪽으로 걸어갔다.

나라는 걸 한 번에 알 수 있게 튀는 옷을 입었는데, 역시나 날 보자마자 눈을 감는 어래가 보였다. 어래의 얼굴을 가까이에서 보고 하마터면 눈물을 쏟을 뻔했다.

"얼굴이 왜 이 모양이야? 어디 피난 갔다 왔어?"

그동안 많이 힘들었구나. 그래도 지금까지 나 기다려 줘서 고마워.

어래와 함께 집으로 와 청소를 하고 아이스크림을 먹으러 나왔다. 아이스크림을 먹는 도중 어래에게 오른손이 없다는 사실을 들켰다. 숨길 수 있을 때까지 숨기고 싶었는데. 하지만 어래는 말없이 내 눈물을 닦아주기만 할 뿐 이유는 묻지 않았다. 혼자 자는 게 싫다며 같이 자자는 어래를 못이기는 척 받아줬다. 아마 어래가 아니었으면 내가 어래를 잡았을 것이다.

어느 정도 술이 들어가자 얼굴이 붉어진 어래가 입을 열었다.
"미안해. 그리고 미안해……."
"뭐가?"
"첫 번째는 내가 너한테 하는 말이고, 두 번째는……."
잠시 입을 굳게 다문 어래가 다시 말을 이어갔다.
"로하가 전해달래."

정말 아로하 너란 자식, 용서하기 싫다. 울면서 로하와 사천이를 찾는 어래를 달래 재우고 나서 나 또한 잠이 들었다. 사천 너도 끝까지 마음에 안 들어. 누구보다 로하에 대해 잘 아는 녀석이었으면서.

다음날 어래가 차려놓은 밥을 먹고 로하를 찾아갔다. 녀석의 모습과 너무나 흡사한 바닷가. 아로하!! 내 목소리 들리지? 이제야 돌아온 날 용서해라. 널 잡아주지 못한 날 용서해. 하지만 이 바보 같은 자식아, 네가 옆에 있다면 널 맘껏 패고 싶다. 내가 어래 눈물 흘리게 하지 말랬잖아. 그리고 너도 어래 지켜주고 싶다고 했잖아. 기억 안 나? 그런데 왜 떠난 거야. 죽는 한이 있어도 어래 두고 먼저 떠나지 않기로 했잖아. 너 이렇게 약속 안 지키는 놈이었냐? 그랬어? 어래라면… 그 애라면 네가 맘 잡을 줄 알았는데.

"자꾸만 시선이 가고, 신경이 쓰여."
"어래 얘기야?"

"보고 있으면 나도 모르게 미소가 지어지고 지켜주고 싶어. 하지만 한편으로 겁이 나."

"마음 가는 대로 행동해. 모든 건 시간이 해결해 주니까 마음 가는 대로……."

어래를 만나면서, 아니, 만난 순간부터 달라지기 시작한 로하의 모습들이 떠올랐다. 그와 함께 로성이 형과 나루의 얼굴이 천천히 되살아났다. 로하 네가 떠나니까 나도 그곳으로 가고 싶은 거 알아? 나 때문에 로성이 형이랑 나루, 그렇게 됐는데… 나도 정말 죽고 싶을 만큼 괴로웠는데. 하지만 널 위해서 참았어. 널 잡기 위해 살기로 결심했었다고!! 그런데 너 내 마음 알면서도 간 거야? 한 달을 못 참아서 간 거야? 훗. 내가 독한 건가? 나 대신 다른 사람을 죽게 하고서도 이렇게 뻔뻔하게 사는 거 보면 나도 지독히 나쁜 놈이구나. 하지만 또다시 살아야 해. 어래를 지켜줘야 하니까. 이런 식으로 죄에 대한 대가를 받는 건지도 모르겠다. 죄책감으로 영원히 자신을 괴롭히는 벌.

완전한 어둠이 찾아온 후에야 집으로 돌아왔다. 이제는 텅 비어버린 옆 자리에 로하 녀석이 항상 끌어안고 자던 인형을 놓았다. 눈을 감자마자 꿈속으로 빨려 들어갔다. 로하를 만나기 전의 나로… 한국으로 오기 전의 내 모습으로 돌아갔다.

—야쿠자의 일인자로 불리우는 오가타 다스키가 오늘 검찰에 소환되었습니다.

제길!! 난 들고 있던 리모콘의 전원 버튼을 눌러 TV를 껐다. 안 그래도 적막한 집이 TV가 꺼지자 더욱 싸늘하게 변했다. 주방에서 과일을 가지고 나오던 엄마가 입을 열었다.

"왜 TV를 끄고 그래?"

난 소파에 앉아 TV를 켜려는 엄마의 손을 잡았다. 분명히 엄마는 또 충격을 받을 것이다.

"화수야, 왜 그래? 요즘 뉴스를 못 봐서 세상이 어떻게 돌아가는지 모르겠는데."

"안 돼!! 보지 마!! 보지 말라고!!"

내 행동이 이상했는지 엄마가 서둘러 전원 버튼을 눌렀다. 내 귀에 다시금 듣고 싶지 않았던 소식이 들려오기 시작했다.

―검찰은 다스키의 행적을 면밀히 살피고 처벌을 내릴 거라 밝혔습니다. 이상 NBK의 마요 기자였습니다.

두 달 이상 집에 들어오지도 않고 연락도 없더니만 저런 모습 보여주려고 그런 거야, 뭐야!! 옆으로 눈을 돌리니 엄마는 이미 정신을 잃고 쓰러져 있었다.

"엄마!! 정신 차려!!"

난 얼른 수화기를 들어 병원에 전화를 했다. 태어났을 때부터 반복되어 온 일이건만 나와 엄마는 전혀 면역이 되질 않았다.

병실에 누워 있는 엄마 곁엔 오로지 나뿐이다. 형제들과 친척들은 야쿠자인 아빠가 두려워서 우릴 가까이 하지 않은 지 10년도 넘었다. 빌어먹을!! 한핏줄인 형제마저 등을 돌리다니.

조용한 병실에서 내 핸드폰이 울렸다.

"여보세요?"

[이데, 지금 어디야?]

다급한 목소리의 아키였다. 아빠 밑에 있는 히야시의 아들. 내게 영원한 충성을 맹세한 똘마니들 중에 하나. 아빠의 자리를 탐내는, 인간의 더러운 욕망이 만들어낸 거짓 맹세.

"나 지금 전화받을 기분 아니니까 끊어."

[우리가 지고 있어. 지네파 녀석들이 갑자기……]

"뭐? 거기 어디야? 알았어. 내가 갈 때까지 그 자식들 잡아놔!"

내가 없는 틈을 이용했다 이건가?

"화수야, 어디 가는 거니? 혹시 싸움하러 가는 거야? 그런 거라면 안 된다!! 절대로 안 돼!!"

언제 깨어났는지 엄마가 내 옷을 잡아당기고 있었다. 알아, 엄마. 내가 아빠처럼 될까 봐 두려운 거지? 걱정 마. 난 내 몸을 지키러 가는 거니까.

"아니야, 친구 녀석이 병원에 입원했다고 해서. 금방 갔다 올게."

"화수야!!"

엄마의 외침을 뒤로하고 놈들이 있다는 곳으로 달려갔다.

도착한 곳의 상황은 우리의 패배였다. 병신 같은 자식들, 겨우 지네파 따위한테 지면서 최고의 야쿠자가 되겠다고?

지네파 녀석들은 여유를 부리며 날 기다리고 있었다.

"날 기다린 건가? 죽고 싶어서 안달이 난 모양이군."

"이데, 아까 너희 아빠 소식 들었다. 우리 아빠 말로는 이번에는 살아서 돌아오기 힘들 거라고 하던데?"

"닥쳐! 오늘로서 너희 지네파는 사멸이다."

난 5년 전에 아빠가 생일 선물로 준 팔뚝만한 칼을 꺼내 들었다. 접을 수 있게 만들어졌기 때문에 주머니에 충분히 들어갔다. 지네파 녀석들은 총 15명. 뒤쪽에 있던 몇 명이 내 칼을 보더니 뒷걸음질쳐 도망가기 시작했다. 아버지 빽만 믿고 설쳐 대는 역겨운 놈들.

"지금이라도 도망가고 싶은 놈들은 가라!! 일단 목숨은 살려줄 테니."

서로 눈치만 보던 놈들 중에 3명이 달아났다. 이것으로 이제 남은 인원은 총 7명.

"제길!! 또 도망가는 놈들은 나한테 죽는다!! 이데, 저 자식 아무것도 아니야. 저놈은 한 명이고 우린 일곱 명이야. 충분히 이길 수 있어."

죽기 직전의 발악이라고 해두지 뭐. 난 내 뒤에서 피를 흘린 채로 쓰러져 있는 놈들을 한번 쳐다보고 지네파를 향해 달려들었다. 녀석들이 힘없이 재미없게 나가떨어졌다. 그래, 바로 이 기분이야. 하하하~ 하하하하~

한참 동안 칼을 휘두른 것 같다. 정신을 차리고 둘러본 광경에 나조차 몸이 떨려왔다. 7명 모두 내 칼에 몸이 찢겨져 나가 피를 뿜어내고 있었다. 하… 이게 어떻게 된 거지? 내가… 이게 내가 한 거라고? 아니야. 그럴 리 없어. 난 아빠가 아니야. 난 아빠처럼 살지 않아. 아빠와 같은 짓은 하지 않을 거라고!! 내 나이 15살에… 사람을 죽였다.

안경 낀 게 마음에 들지 않아 학교 건물로 들어가려는 녀석을 잡아다가 팼다. 내 밑에 있는 놈들의 겁에 질린 표정에도 아랑곳하지 않고 마음 풀릴 때까지 주먹을 휘둘렀다.

"안경 벗고 다녀."

주먹에 묻은 피를 닦으며 그 녀석을 바닥에 던졌다.

"가자."

"소문대로 대단하군."

그곳을 벗어나려 할 때 한 여자애가 우리 앞에 나타났다.

"미쳐서 날뛰는 모습이 정말 꼴불견이야."

학교에서, 아니, 이 근방에서 날 모르는 게 있었나? 친절하게도 내 뒤에 있던 후지 녀석이 앞에 있는 여자애에 대해 말했다.

"난나루라고 우리와 같은 3학년이야. 악의 무리를 몰아내겠다며 설치고 다니는 한국 년이지."

그 아이를 보자마자 아무 생각도 할 수 없었다. 모든 걸 알고 있는 듯한 눈빛이 정말 마음에 들지 않았다.

"마음에 안 들어."

내 한국 말에 한순간이지만 그 아이의 얼굴이 꿈틀거리는 걸 볼 수 있었다. 그 아이 또한 한국 말을 내뱉었다.

"네 마음에 안 들면 모두 저렇게 되는 거야?"

"무슨 상관이지?"

"너 같은 놈들은 정신 좀 차려야 해."

"어떻게? 어디 해봐."

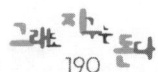

난 주머니에서 꺼낸 칼을 이리저리 휘두르며 말했다. 하지만 그 아이는 눈 하나 깜빡이지 않았다. 그런 태도가 내 이성의 끈을 끊어버렸다.

누군가 내 몸을 잡고 있는 걸 느꼈을 때 비로소 제정신으로 돌아왔다. 많은 피를 흘렸음에도 불구하고 모여든 아이들과 선생님의 부축을 뿌리치고 걷기 시작했다. 몇 달 전에 이 칼로… 내 손으로 죽인 녀석들이 눈 앞에 아른거렸다. 그리고 난 정신을 잃었다.

온갖 약품 냄새로 인해 눈이 떠졌다. 양호실이군. 내가 기절이란 걸 하다니.

"천하의 이데가 그 정도에 쓰러지나?"

아무도 없는 줄 알았던 양호실에서 여자 목소리가 들려왔다. 침대를 둘러싸고 있는 커튼이 사라지면서 마주하고 싶지 않은 눈빛을 가진 난나루가 나타났다.

"누워 있어야 하는 건 내가 아니던가?"

나도 모르게 나루의 시선을 피했다. 훗, 내게 양심이란 게 있었던가?

"네가 괜히 자책감 가질까 봐."

"내가? 나에 대해 아직 모르……."

"오가타 다스키의 아들 이데. 환상의 칼 솜씨를 자랑하는 널 모르면 간첩이지. 근데 네가 한국 말 한다는 건 좀 의외였어."

"엄마가 한국 사람이니까."

내가 왜 이 아이에게 이런 얘기를 하는지 모르겠다. 저 눈빛 때문인가?

"너의 괴로움을 남을 괴롭히는 것으로 풀지 마. 추해 보여."

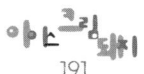

"뭐?"

"못 들었어? 다른 애들한테 괜한 화풀이 하지 말라고."

뒤돌아 가려는 그 아이를 잡았다. 난 내 모든 걸 아는 듯한 말을 하는 나루가 두렵기도 하고, 우스워 보이기도 했다.

"네가 나에 대해 뭘 알아? 웃기지도 않는군."

"네 눈을 보면 알 수 있거든. 많이 초조해 보여. 두려워하……"

"씨발."

더 이상 아무 말 못하도록 나루의 입을 입으로 막았다. 원래부터 나는 향인지, 아님 초콜릿을 먹었는지 그 아이에게서 초코 향이 가득 묻어 나왔다. 난 이번에 처음이 아닌 것처럼 보이기 위해 얼굴 표정에 신경을 썼다.

"함부로 지껄이지 마."

"너야말로 이런 쓸데없는 짓 안 하는 게 좋을 거야."

"내 앞에서 너처럼 당당한 사람은 처음이야. 내 여자 친구 해라."

기가 막히다는 웃음을 보이는 나루. 나도 지금만큼은 내 자신이 이해가 되지 않는다. 하지만 입이 저절로 움직이는 걸 어떻게 막을 방법이 없었다.

"꿈 깨."

"싫으시다? 그럼 이건 어때? 다시는 그 누구도 건드리지 않는다고 약속한다."

"그게 무슨……"

"조용히 살겠다고, 너만 옆에 있어준다면."

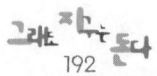

다음날 나루와 함께 등교했다. 소문은 삽시간에 퍼져 나가 누구 하나 우리에 대해 모르는 사람이 없을 정도가 됐다.

"이데, 정말이야? 다시는 싸움 안 할 거야?"

밑에 있는 놈들 중에 내가 제일 좋아하는 요부치가 소문을 들었는지 날 보자마자 묻기 시작했다.

"두 번 말하기 싫다. 그리고 이젠 나 찾아오지 마."

"이데야."

남자 새끼가 눈물은. 요부치의 우는 얼굴이 보기 싫어 교실을 나와 조용한 곳을 찾아가던 중 나루를 만났다.

"이제 수업 시작할 텐데 어디 가? 설마 땡땡이치려는 건 아니겠지?"

"너도 같이 수업 빠지자."

"안 돼!! 얼른 교실로 돌아가!!"

"키스해 주면."

"이 변태!!"

나루가 손바닥으로 내 등을 때렸는데 정말 아파서 눈물이 핑 돌았다. 미안한 표정으로 날 올려다보며 입을 여는 나루.

"오늘 약속있어?"

"없어."

"그럼 아이스크림 먹으러 가자."

"나 아이스크림 안 좋아해."

"내가 좋아해! 가는 거다? 그럼 수업 빼먹지 말고, 끝나면 정문에서 기다려."

손을 흔들며 자기 교실로 뛰어가는 나루 모습에 가슴이 마구 뛰는 이유는 뭐지?

정문 앞에 서 있던 난 지나가면서 날 쳐다보는 것들에게 소리쳤다.

"한 번만 더 이쪽으로 눈 돌리면 죽어."

나루를 기다린 지 10분 경과. 슬슬 짜증도 나고 화가 치밀어 오르려는데 뒤에서 날 쿡쿡 찌르며 배시시 웃고 있는 나루 얼굴이 보였다.

"나 기다리는 거 짜증나니까 앞으로 약속 잘 지켜."

"우리가 언제 시간 약속했어? 우리 반은 지금 끝났다고."

"이걸."

"대신 내가 아이스크림 쏜다~ 출발."

나루는 초코 아이스크림만 잔뜩 퍼가지고 와 맛있게 먹기 시작했다. 먹지 않고 가만히 있는 날 보더니 숟가락을 쥐어주며 말했다.

"아이스크림을 숭배하라!! 어서 먹어봐~ 진짜 맛있어."

"안 맛있으면?"

"그럼 어쩔 수 없지."

난 아이스크림을 크게 떠 입으로 가져왔다. 생각보다 맛이 좋았다.

"맛있지? 아이스크림 세계에 들어오신 걸 환영합니다."

"이리 와봐."

"왜?"

"글쎄, 빨리 가까이 와봐."

나루는 눈을 동그랗게 뜨고, 몸을 숙여 내게 가까이 다가왔다. 난 나루의 머리를 손으로 감싸고 천천히 입을 맞추었다. 가득 물고 있던 아이스크림이 입 안으로 순식간에 퍼져 나갔다. 처음 할 때보다 더 부드럽고, 더 깊은 초코 향이 내 후각을 마비시켜 왔다.

날 노리는 녀석들이 다시 생겨나기 시작했다. 아직 모습을 드러내지는 않았지만 풋내기는 아닌 듯했다.

마지막 수업을 남기고 있을 무렵, 나루가 날 찾아왔다.

"내가 그렇게 보고 싶었어?"

"할 얘기가 있어."

웃는 내 얼굴과는 다르게 나루의 얼굴은 많이 어두웠다. 우리는 아이들의 발길이 드문 옛 관사 쪽으로 장소를 옮겼다.

"무슨 얘긴데 여기까지 왔어?"

"잘 들어."

다른 곳에 시선을 둔 나루가 내 말을 가로챘다. 알 수 없는 긴장감으로 가슴이 뛰어왔다.

"미안해."

"무슨 소리야?"

"우리 아빠가 누군지 알아?"

갑자기 아빠 얘기는 왜 꺼내는 거지? 나루는 내 대답을 기다리지 않고 다시 말을 이어갔다.

"코지 후다까. 우리 아빠 이름이야."

"뭐?!"

"아빠의 명령으로 네게 접근했던 거야. 하지만 차마 널 죽일 수

는······."

코지 후다까. 아빠와 라이벌인 야쿠자의 살아 있는 전설. 내가 어렸을 때도 코지 후다까의 모략으로 죽을 뻔했었다는 엄마의 말이 떠올랐다. 그런데 나루가 코지의 딸이라니.

"난 입양되어져 키워진 딸이야. 내 의지 따윈 존중되지 않지."

"사랑해?"

"뭐?"

"날 사랑하냐고."

아무것도 믿고 싶지 않다. 아니, 모두 필요없다. 나에겐 몇 달 동안 내게 보여준 나루의 모습이 진실인지, 아닌지가 중요했다. 흔들리는 눈동자로 날 바라보던 나루가 고개를 돌렸다.

"말해!! 대답하라고!!"

나루 앞으로 걸어가 거칠게 나루의 얼굴을 잡았다.

"···사랑해."

"그럼 내 이름 불러봐."

"화수야."

"한 번 더."

"화수야."

"난 나루, 사랑해."

나루의 얼굴 위로 흘러내리는 눈물에 천천히 입을 가져다 댔다. 이렇게 바라볼 수만 있어도 좋은데··· 그저 옆에서 영원히 바라볼 수만 있어도··· 나루는 내 모든 걸 기억하려는 사람처럼 정성스럽게 입을 맞춰왔다. 잠시 후 입을 뗀 나루가 밝게 웃으며 말했다.

"오늘 아빠한테 말할 거야. 널 사랑한다고. 하지만 아빠는 내 말 따위 신경 쓰지 않을 테고 다른 사람을 시켜 널 죽이려 할 거야."

"괜찮아."

"아마 날 믿지 못해서 벌써 예전에 사람을 붙였을지도 모르겠다."

"넌 괜찮은 거야?"

"그럼~ 근데 우리 아빠, 자기가 목표로 한 건 절대 놓치는 법이 없어. 화수야, 여기는 위험하니까……."

난 다시 한 번 나루의 입을 막았다. 지금 내 앞에 있는데. 이렇게 입을 맞추고, 나루의 모든 걸 듣고, 보고, 느끼는데. 자꾸만 사라질 것만 같다. 난나루, 안 돼. 알지? 내 허락없이는 절대로 내 눈앞에서 사라지지 마. 예전에 약속한 거 잊지 않았지? 약속 지켜.

집으로 가기 전 나루가 좋아하는 초코 아이스크림을 먹었다. 먹지는 않고 자기 얼굴만 쳐다보는 내 시선이 부담스러웠는지 나루는 아이스크림을 한 숟가락 떠 내 앞으로 내밀었다.

"화수 너, 나 돼지 만들려고 그러지? 나 혼자 돼지 될 수는 없어!! 너도 먹어."

"푸힛~"

"어? 그 웃음은 뭐야? 비웃는 거야?"

"넌 돼지 안 되니까 걱정 말고 많이 먹어."

"싫어! 내 손 떨어지기 전에 어서 먹어."

나루야, 오늘따라 왜 니 얼굴만 보고 싶은 걸까? 아무것도 필요 없으니까 니 얼굴만, 니 웃음만 보고 싶어. 그냥 자꾸만 니 모습이 불안해.

이런 불안한 느낌들이 현실로 다가왔음을 느낀 건 나루를 집으로 데려다 줄 때였다. 어두워진 골목 사이로 10명이 넘는 남자들이 우리 앞을 가로막으며 나타났다. 내 뒤로 숨은 나루가 떨리는 목소리로 말했다.

"우리 아빠 밑에 있는 사람들이야. 화수야, 이제 어떡해?"

"걱정 마. 내가 놈들 상대하는 사이에 넌 도망쳐. 알았지?"

"싫어. 너랑 같이 있을 거야."

난 우리 쪽으로 점점 다가오는 놈들을 경계하며 주머니에서 칼을 꺼냈다.

"내 말 들어. 내가 누구 아들인지 잊었어? 네가 여기 있으면 방해만 될 뿐이야."

"화수야."

"우리가 자주 가던 카페에서 기다려. 아니면 내 친구 요부치네 집으로 가던지."

"……."

대답이 없다.

"걱정하지 마. 알았지? 나 믿지?"

"으응. 미안해, 나 때문에."

"너 자꾸 나 화나게 할래? 그 딴 소리 집어치워."

"알았어. 카페에서 기다릴게. 꼭 와야 해."

"사랑해, 나루야."

"나도 화수 많이 사랑해."

제길, 우린 다시 만날 건데 자꾸만 눈물이 난다. 그놈들 중 몇 명이 내게 달려오기 시작했다.

"나루야, 지금이야. 뛰어!"

나루를 뒤로하고 나 또한 놈들에게로 뛰어갔다. 그런데 갑자기 놈들이 방향을 틀어 나루를 향해 달려가기 시작했다. 설마……

"나루야!!"

나루에게 달려가던 난 나머지 놈들에게 가로막혔다. 2명의 놈들이 나루를 잡아 소리치지 못하도록 입을 막았다. 나루야, 조금만 기다려. 얼른 눈물을 닦고 날 막고 서 있는 놈들에게 칼을 휘둘렀다. 나와는 상대가 안 되는 놈들이었지만 죽을힘을 다해 싸웠다.

2명을 해치우고 나루에게 눈을 돌렸다. 나루의 뒤에서 나루의 몸을 잡고, 입을 막고 있는 놈. 그리고 가로등 불빛에 번쩍이는 칼을 들고 그 앞에 서 있는 놈.

"안 돼!!"

발버둥 치는 나루의 배에 큰 칼이 들어갔다. 천천히 머리와 팔이 늘어지는 나루가 보인다. 아니야. 저건 나루가 아니야. 아빠란 자가 자기 자식을 죽일 수는 없어. 갑자기 골목에서 익숙한 얼굴들이 나와 날 막고 있는 놈들과 싸우기 시작했다. 어두우면 좋으련만… 어두웠으면 보고 싶어도 보지 못했을 텐데……. 가로등 아래 붉은 피를 바닥 삼아 누워 있는 한 소녀가 있다. 항상 밝게 웃던 소녀였는데 지금은 고통스러운 얼굴을 하고 있다. 아이스크림 하나면 금방 표정이 바뀔 만큼 순수하고 귀여운 아이였는데… 작은 곤충의 생명까지도 소중히 여기던 아이였는데 지켜주지 못했다.

"화수야~ 이거 어때? 나랑 너무 똑같이 생겼다."
"화수야~ 나 아이스크림 먹고 싶은데."
"화수야~ 내일도 웃는 얼굴."
"화수야~ 나 살기로 결심하길 잘한 것 같아. 사실 너 만나기 전에는 몇 번이나 죽으려고 결심했었거든."
"화수야~ 영원히 나만 사랑하기다~ 바람피우면 죽~어."
"화수야… 화수야… 화수야……."

나루가 떠났다는 사실을 받아들이기도 전에 엄마가 내게 한국으로 가는 비행기 표를 내밀었다.
"5시 비행이야. 지금 출발하면……."
"내가 왜?"
"엄마 말 들어! 한국 가서 이 주소로 찾아가. 그리고 엄마가 연락할 때까지 이곳에 돌아올 생각 하지 말고."
난 엄마가 내 손에 쥐어준 종이를 펼쳤다. 주소와 낯설지 않은 이름 석 자.
"이 사람 누구야?"
"돈은 통장으로 보내줄게. 가서 우선 지낼 수 있는 집부터 구하고. 그 주소로 찾아가서 엄마는 잘 있다고……."
"누구냐니까!!"

"엄마 언니야."

"아~ 자기 대신 엄마를 이 지옥으로 보낸 사람?"

쫘악—!!

내 뺨을 때린 엄마가 눈물을 글썽였다.

"지금 출발하도록 해."

엄마는 정말 아무렇지 않은 거야? 쌍둥이 언니라는 사람을 대신해 이 낯선 나라로 시집 와서 하루하루를 불안 속에서 살아가는 게 행복해? 제기랄!! 엄마는 내가 갈 때까지 방에서 나오질 않았다. 나 또한 미련없이 집을 나와 공항으로 향했다. 어렸을 때 딱 한 번 가본 엄마의 나라 한국. 나루야, 미안하다. 하지만 나 영영 떠나는 거 아니야. 다시 올 거야. 꼭 다시 와서 복수할 거야. 너 아프게 했던 새끼들 잡아다가 다 죽여 버릴 거야. 그러니까 그때까지 날 좀 지켜줘.

한국에 온 지 2주일 정도가 흐른 것 같다. 엄마가 적어준 주소를 찾아 다녔지만 서울 길을 알 리 없던 난 제자리만 맴돌 뿐이었다. 오늘도 헛걸음을 하고 집으로 돌아가던 난, 갑자기 나타나 내 앞을 막아선 놈들을 쳐다봤다. 나루를 죽인, 나와 나루를 덮쳤던 놈들이었다. 내가 한국에 왔다는 건 어떻게 알고 따라왔지? 코지 후다까, 딸을 죽인 것으론 모자란다 이거냐? 절대 용서하지 않을 거야.

"쥐새끼 찾는데 아주 힘들었어."

"찾았으니 어디 죽여보시지."

"타국에서 맞는 죽음이 억울하지 않나?"

"그래, 너희 아주 억울할 거야."

긴장된 가슴을 간신히 진정시키며 말했다. 놈들과 한 번 붙어본 경험이 있기에 놈들의 실력은 말 안 해도 잘 알았다. 승산이 없다. 하지만 나루를 아프게 했던 네놈은 반드시 죽여 버린다. 난 왼쪽 맨 끝에 있는 놈을 노려보며 달려나갔다. 몇 번의 공격이 실패로 돌아가고, 다른 놈을 칠 것처럼 교묘하게 몸을 돌렸다 다시 그놈에게 칼을 들이댔다. 최대한 힘을 주어 깊게 넣었다. 따끈한 액체가 내 손을 적셔왔다. 잠시 그놈에게만 신경 쓰던 사이 뒤에서 공격이 들어왔다. 피했다고 생각했는데 왼쪽 팔이 후끈거렸다. 놈들이 날 중심으로 원을 만들었다. 한국이 아니라 일본이었다면 이깟 놈들 아무것도 아닌데!! 순식간에 왼쪽에 다시 한 번 아픔이 느껴졌고, 오른쪽 허벅지에도 푹 하고 날카로운 칼이 들어왔다.

"부모 잘못 만나서 어린 나이에 이런 꼴을 당하다니."

"후후, 동정심이라도 발동하신 건가?"

"날 원망하지는 마라."

내 심장을 겨누며 팔을 뒤로 뺀 녀석이 행동을 멈추고 내 뒤쪽을 쳐다봤다. 녀석이 눈을 돌린 사이 이때다 싶어 잽싸게 놈의 왼쪽 허벅지를 찔렀다.

"윽! 너 이 자식!"

하지만 그놈 또한 나머지 놈들과 같이 누군가에 의해 나가떨어졌다. 난 날 도와준 놈에게 부축되어져 일어섰다. 얼굴을 보아하니 내 또래인 듯싶었다.

"고마워."

"집이 어디야?"

"모르겠어."

"뭐?"

기가 막히다는 표정. 하지만 정말 기억이 나질 않는다.

"나 한국에 온 지 2주밖에 안 됐어."

"제길."

내가 부축되어져 간 곳은 녀석의 집이었다. 집으로 들어가자 놈과는 비슷하게 생겼지만 느낌이 전혀 다른 남자가 놀란 눈으로 우리에게 다가왔다.

"로하야, 무슨 일이야?"

"이 자식 치료나 해."

로하라는 놈은 안경 쓴 남자에게 날 내던지고 방으로 들어갔다.

"세상에! 이 피는 도대체!"

날 소파에 눕히고 사라졌던 남자가 가방 하나를 가지고 나왔다. 능숙한 솜씨로 봉합 수술을 했다. 타는 듯한 고통 속에서 로하 놈과 마주친 시선을 마지막으로 눈을 감았다.

눈을 떴을 때 제일 먼저 보인 건 깨끗한 느낌의 벽지였다. 그때 문이 열리며 내 상처를 치료해 준 남자가 들어왔다. 날 보더니 미소 지으며 입을 열었다.

"로하한테 대충 들었어. 로하 친구라고? 난 로하형 로성이야, 아로성."

"전 이데라고 합니다."

"이데?"

"혼혈아예요."

"그렇구나. 아무튼 다행이야."

뭐가 다행이라는 거지? 내가 궁금해할 거란 걸 알았는지 다시 말을 이어갔다.

"우선은 네 상처가 그리 크지 않다는 거, 그리고 로하가 마음을 다시 잡아가는 것 같아서. 그럼 더 쉬어."

로성이 형이 나가고 다시 난 혼자가 되었다. 마음을 다시 잡아간다? 처음 마주했던 녀석의 눈빛이 아직도 생생하다. 아무런 감정도 느껴지지 않던 눈동자.

또 한참을 잔 것 같다. 일어나 보니 날이 밝아 있었다. 아직도 따끔거리는 몸을 간신히 지탱해 방을 나왔다. 맛있는 냄새가 온 집 안에 가득 차 있었다. 그리고 주방에서 달그락거리는 소리와 함께 투덜거리는 목소리가 들려왔다. 힘겹게 걸어간 주방에는 로하 녀석이 야채를 썰고 있었다. 서툴면서도 진지한 모습에 웃음이 나왔다. 내 웃음소리를 들었는지 로하가 내 쪽으로 시선을 돌렸다.

"앉아."

난 의자에 앉아 녀석의 뒷모습을 지켜봤다.

"아, 뜨거!! 제길."

데었는지 낮은 비명 소리와 욕설이 나왔다.

"으, 제기랄."

또 뭐가 잘못되었는지 입에서는 계속해서 알 수 없는 말들이 쏟아져 나왔다. 그렇게 기다린 지 3시간 만에 음식이라는 것이 내 앞에 놓여졌다. 로하는 내 앞에 앉으며 퉁명스럽게 말했다.

"맛없어도 다 먹어."

"잘 먹을게."

형체를 알 수 없는 야채들이 가득 담겨져 있는 음식에 손을 뻗었다. 어떤 맛일지 두려웠지만 3시간 넘게 날 위해 만든 음식이고, 또 지금 내 앞에서 저렇게 눈 똑바로 뜨고 쳐다보니 안 먹을 수가 없었다. 하지만 모양과는 다르게 맛은 좋았다.

"맛있다!"

나의 이 한마디에 굳어져 있던 로하의 얼굴이 조금 풀렸다.

"당연하지. 누가 만든 건데."

"너도 먹어봐."

"그건 병신같이 싸움도 못하는 놈들이나 먹는 거야."

"진짜 맛있는데~"

한참을 고민하던 녀석이 수저를 들어 한 숟가락을 떠 입으로 가져갔다. 그리고는 눈 깜짝할 사이 그 많은 걸 혼자 다 먹어버렸다. 날 위해서 만든 거 아니었나?

난 지금 몇 시간째 로하 녀석을 조르고 있는 중이다.

"응? 보여줘~ 보여줘!"

"싫다니까!!"

"난 그냥 그 들이라는 애가 네가 말한 거랑 똑같은지 확인하고 싶을 뿐이야."

가끔 녀석은 술에 취하면 들이라는 여자에 대해 말하곤 했다.

"한 번만~ 딱 한 번만."

"그럼 약속 하나 하자."

"뭐든지!"

"보고 예쁘다고 눈독 들이지 마."

아~ 귀여운 자식. 이럴 때 보면 정말 어린애라니까.

"난 일본에 임자 있는 몸이야."

"그럼 준비해."

"알았어!"

난 초코 아이스크림을 먹으며 로하 뒤를 따라갔다. 어디 가냐는 내 물음에 그냥 따라오라는 말만 하는 로하. 그런데 녀석이 얼마 가지 않아 제자리에 멈춰 섰다. 로하는 무엇을 봤는지 가까스로 화를 억누르는 모습과 흔들리는 눈빛을 하고 있었다. 로하와 같은 곳으로 시선을 돌린 내 눈에 한 쌍의 남녀가 들어왔다. 말하지 않아도 난 그 여자가 들이라는 걸 한 번에 알 수 있었다. 외모가 흔치 않았던 이유도 있었지만, 항상 로하 녀석이 말했던 모습과 너무나도 똑같았기 때문이다. 밝은 표정이었지만 금방이라도 쓰러질 것 같은 몸, 허리까지 오는 긴 생머리에 핏기 하나 없는 얼굴. 근데 그녀 옆에 있는 저 남자는 누구지? 누구냐고 물으려던 내 입은 굳게 다물어졌다. 로하의 얼굴 위로 한 줄기의 눈물이 소리없이 흘러내리고 있었다. 그날, 로하는 몸을 가눌 수 없을 정도로 술을 마셨다. 그리고 로하의 입을 통해 내가 궁금해하던 사실들이 나오기 시작했다.

"그 자식이 내 모든 걸 빼앗아간다."

난 놈의 옆에서 가만히 듣기만 했다.

"우리 엄마도 모자라서 이젠 들이까지. 사천이 자식, 용서할 수가 없어."

한두 번 정도 로하가 내게 했던 얘기가 떠올랐다.

예전에 엄마가 집으로 데리고 온 놈이 있었는데, 그놈 때문에 자신의 엄마가 죽었다는 얘기. 그놈이 아까 들이랑 같이 있던 남자? 사천이라고?

울다 지쳐 잠든 로하를 소파에 눕히고 이불을 덮어주었다. 아로하, 이제 보니 너도 한심하다. 이대로 그 딴 놈한테 좋아하는 여자를 빼앗길 셈이야? 보고만 있을 거야? 이제 네 옆에는 내가 있다는 걸 기억해 둬.

그로부터 며칠 후, 들이의 사고 소식이 전해졌다. 로하와 함께 달려간 병원에는 들이의 오빠이자 로하의 친구인 산이와 사천이라는 놈이 있었다.

"들이… 들이 어딨어!!"

로하가 산이를 붙잡고 소리 높여 말했다. 산이는 바로 앞에 있는 중환자실을 가리켰다. 로하는 자신을 막는 간호사를 뿌리치고 안으로 들어갔다. 잠시 후, 의사가 우리에게 오더니 안타까운 목소리로 말했다.

"들이 학생 보호자 되시죠? 방금 전에 그만……."

"지금 뭐라고 하셨습니까?"

사천이만 빼고 나와 산이는 중환자실로 들어갔다. 침대에 얌전히 누워 있는 들이를 붙잡고 소리치는 로하가 보였다. 난 얼른 달려가 로하를 안았다. 네가 울면 나도 울고 싶어져. 나도 우리 나루 보고 싶어서 울고 싶어진단 말이야.

들이가 떠난 지 얼마 되지 않았는데 또 한 번 가슴 아픈 일이 일어났다. 의사가 꿈이었던 로성이 형. 의과 대학에 전교 수석으로 합격했다고 형보다 로하가 더 좋아했는데… 로하가 누구보다 좋아하고 따르던 로성이 형이 시체로 발견되었다. X 자로 찔려 있다는 경찰의 말에 일본에서 한국까지 날 쫓아온 놈들이 떠올랐다. 그놈들이 로하 정체를 알아버린 건가? 하지만 로성이 형은 왜? 아, 그랬었지? 그 새끼들은 사람을 가리면서 찌르지 않지…….

일주일째 로하를 찾아갔지만 놈은 걸어 잠근 방에서 꼼짝도 하질 않았다. 기다리겠다는 말을 마지막으로 하고 집을 나와 내 집으로 가던 중 핸드폰이 울렸다.

[그동안 잘 지내셨는가?]
"개자식들! 너희 목적은 나 하나뿐이잖아!! 왜 로성이 형을 죽였어?"
[실수였어. 아로하라는 자식인 줄 알았는데 말이야.]
"뭐?"
[이사를 갔더군. 언제까지 숨어 지낼 수 있는지 두고 보자고.]
전화가 끊겼다. 당장이라도 달려가 놈들의 숨통을 끊어놓고 싶었다. 하지만 아직은 때가 아니었다.

시간은 흘러 로하와 난 같은 고등학교에 입학하였다. 그리고 로성이 형이 죽은 지 1년이 되는 날, 로하가 사라졌다. 몇 달 전부터 집을 나와 내 집에서 함께 살기 시작한 로하가 돌아올 시간을 훨씬 넘겼는데도 돌아오지도 않고 연락도 되질 않았다. 초조하게 녀석을 기다리고 있는데 전화가 왔다.

[나 산인데 지금 당장 XX 병원으로 와.]

"무슨 일이야?"

[우선 와봐.]

불안한 느낌이 맞아떨어졌다. 손목을 그어 자살 기도했다는 산이의 말. 아침부터 불안했지만 괜찮다며 웃는 로하 녀석의 말을 믿는 게 아니었는데. 다행히 로하는 일주일 만에 일반 병실로 옮겨졌다. 난 움직이지 않고 로하 옆을 지키며 녀석의 정신이 돌아오기를 기다렸다. 석양이 병실 창가에 놓은 장미를 더욱 붉게 물들일 때 로하의 눈이 조금씩 떠졌다.

"로하야, 정신이 들어? 나 알아보겠어?"

"여긴……."

"이 나쁜 자식아!! 너 정말 나한테 이럴 거야? 너 죽으면… 너까지 죽어버리면 나 어떻게 살라고 이러는 거야!!"

"나 귀 안 먹었으니까 조용히 말해. 머리 울린다."

"지금 농담이 나와?"

"미안, 미안하다."

미안하다고 하면 내가 용서해 줄 것 같아? 하지만 이번 한 번만이다. 이번 한 번만 용서할 거야. 난 로하의 맘이 또다시 변해 버릴까 봐 항상 녀석의 옆에 붙어서 지내기 시작했다. 옥상에서 술 마시고 싶다는 로하를 말렸지만 혼자서라도 간다기에 산이와 난 로하를 따라나섰다. 알코올의 흡수로 인해 추운 날씨에도 불구하고 몸이 따뜻해져 왔다. 그때 옥상 문이 큰 소리를 내며 열리더니 여자 목소리가 들려왔다.

"지금 뭐 하는 짓이야? 그렇게 죽고 싶어? 죽고 싶으면 사람이 안 보이는 곳에 가서 죽든지!! 왜 사람 놀래키는 거야?"

지금 저 애가 뭐라고 하는 거지? 누가 죽는다고?

"푸하하하~ 하하하~ 쟤 뭐냐? 너희들 방금 한 말 들었지? 나보고 죽고 싶냐고 하는데 뭐라고 대답해야 하냐?"

로하는 어느 틈엔가 난간 위에 올라가 있었다.

언제 올라갔지? 저 애 말대로 로하가 죽으려고 올라갔던 건가?

"미친놈아, 그만 내려와!"

우리의 첫만남은 이렇게 이루어졌다. 이때까지만 해도 어래가 우리에게, 아니, 로하에게 큰 존재로 자리 잡게 될 줄은 몰랐다. 어래 또한 로하에게 상처를 줄지 몰랐기에 경계를 늦추지 않았다. 하지만 변하기 시작하는 로하가 보였다. 나와 산이를 제외하고 로하의 마음을 열게 한… 로하를 잡아줄 존재가 나타난 것이다.

화창한 일요일 아침 난 TV에 시선을 둔 로하 옆으로 다가갔다. 그리고 손가락으로 놈의 옆구리를 찔렀다.

"심심하면 불뚝이 불러서 놀아."

"어? 내가 어래 얘기 할 거라는 거 어떻게 알았어?"

"무슨 얘기?"

녀석이 다시 TV로 시선을 돌렸다.

"사실대로 말해."

"뭘?"

"너 어래 좋아하지?"

때마침 우유를 먹고 있던 로하가 내 말에 입에 든 우유를 모두 다 쏟아냈다.

"그게 무슨 소리야? 내가 그런 덜 떨어진 애를 왜 좋아해?"

"비밀로 할 테니까 나한테만 살짝."

"쓸데없는 소리 하지 마! 난 잠이나 더 자야겠다. 깨우면 죽어."

로하는 이미 붉어진 얼굴을 돌리며 서둘러 방으로 들어갔다. 아로하… 방금 전에 네가 보인 반응으로 더 확실해졌다.

오늘은 로하가 두 달에 한 번 집에 가는 날이다. 혼자 있어야 한다는 생각에 외로움을 달래려 오락을 하고 있는데 어래가 왔다. 로하는 어디 있냐고, 오늘 왜 안 들어오냐는 질문에 침묵을 지켰다. 얘기해 줘도 상관없는 일이었지만 그냥 말하고 싶지 않았다. 냉장고에서 아이스크림을 꺼내 온 어래가 내 옆에 앉았다.

"예전부터 궁금한 게 있었는데 물어봐도 돼?"

"물어봐."

"니 이름 이데잖아. 일본 이름 같은데 넌 일본인 같기도 하고, 우리 나라 사람 같기도 하고."

"혼혈아."

이때까진 어래의 질문에 별 신경을 쓰지 않았다.

"부모님은? 원래 한국에서 살았어?"

"일본, 그리고 일본에서 살다가 온 거야."

"그럼 한국엔 언제 온 거야? 혼자 왔어?"

"응. 근데 언제부터 나한테 관심이 많았어?"

"몰랐어? 나 너한테 아주 관심이 많아. 어떻게 혼자 한국에 올 생각을 다 했어? 무슨 이유라도 있는 거야?"

오락기를 내려놓고 어래에게 눈을 돌렸다. 한 번도 이런 질문들을 하지 않아 내겐 관심이 없는 줄 알았는데 갑자기 왜 이렇게 궁금해하는 걸까?

"찾을 사람이 있어서."

"누군데?"

"거기까진 알 필요 없잖아."

냉정한 내 대답에 섭섭해하는 어래가 보였다. 미안하다, 산어래. 나중에 말할 때가 올 거야. 조금만 기다려 줘.

"그럼 이건 대답해 줘! 처음 만난 날 내 목을 그은 이유가 뭐야?"

그건 네가 나루를 생각나게 했기 때문이야. 자신을 죽게 한, 날 원망하는 나루 모습 같았어. 그리고…

"로하 때문에 그랬어."

"로하? 로하가 왜?"

"로하한테 해서는 안 될 말을 네가 했어. 그때 당시 로하 많이 위태로웠단 말이야."

어래, 알고 있는 건가? 더 이상의 대답도, 질문도 없었다.

한국에 온 지 2년이 넘었다. 한국 생활에 적응하기 위해 노력하면서 엄마의 언니라는 사람을 찾기 위해 갖은 방법을 다 동원했다. 엄마가 내게 적어준 주소는 엄마가 일본으로 가기 전, 한국에 살았을 당시의 집 주소였다. 국적이 대한민국도 아니고 한국에 온 지 2년 정도밖에 되지 않은 나에게 이사한 사람을 찾기란 쉽지 않은 일이었다.

그러던 어느 날, 돈을 주고 샀던 사람에게서 연락이 왔다. 하지만 엄마의 언니라는 사람은 이미 죽고 없었다. 난 그 남자에게서 건네받은 서류들을 뒤적이다 그만 그걸 놓치고 말았다. 집으로 들어가자마자 어래가 내게 다가왔다.

"무슨 일 있어? 표정이 왜 그래?"

어래의 팔을 뿌리치고 방으로 들어가던 난, 다시 내 팔을 잡은 어래에게 차갑게 한마디 했다.

"놔, 그리고 돌아가. 당분간은 우리 집에 오지 말고 날 찾지도 마."

방으로 들어와 침대에 몸을 던졌다. 야쿠자인 아버지에게 자기 대신 엄마를 보낸 언니라는 사람의 딸이 어래라니… 잠시 후, 로하가 방으로 들어왔다. 내 눈물을 봤는지 로하 녀석이 내 옆으로 다가와 앉았다.

"사내 자식이 눈물은."

"내가 웃기는 얘기 하나 해줄까?"

그렇게 어래와 나의 비밀을 로하에게 털어놓았다. 내 얘기를 조용히 듣던 로하가 한마디 하며 방을 나갔다.

"힘들겠지만 그냥 네가 아는 어래로 생각해."

내가 아는 어래? 어래는 미워하고 싶어도 미워할 수 없는 아이지. 결국 그 사실들을 덮어두고 친구라는 이름으로 다시 어래에게 다가갔다.

개학이 얼마 남지 않아 어래와 함께 즐거운 하루를 보내고 집으로 돌아오던 중 2년 만에 놈들이 다시 내 앞에 나타났다.

"이데야, 이 사람들 누구야? 우릴 왜 끌고 온 거야?"

"쟤는 상관없으니까 풀어줘!"

난 불안에 떨고 있는 어래가 걱정되었다.

"산어래 맞나?"

놈들이 어래의 존재까지 알고 있다!

"누구세요? 왜 우릴 이곳으로 끌고 왔죠?"

"숙녀를 거칠게 다뤄서 미안하다. 아로하라고 알지? 저놈 살리고 싶으면 로하를 이곳으로 데리고 와."

"너도, 로하도 여기 오면 나한테 먼저 죽는다!! 오면 죽여 버릴 거야!!"

내 옆에 있던 놈이 들고 있던 각목으로 내 어깨를 내려쳤다.

"로하란 놈을 데리고 오는 시간이 늦어질수록 이놈의 목숨이 위험하다는 걸 명심해라."

정신을 차리고 보니 어래가 보이질 않았다. 어떻게 된 거지? 설마 로하를 데리러 간 건.

"여기에서 끝내자. 나만 죽이면 되잖아!! 내 친구들은 건드리지 마."

"우정이란 게 어떤 건지 구경 좀 해보자고. 어때? 재미있을 것 같지 않아?"

"미친 새끼."

몇 번을 걷어차이고 로하 목소리에 정신이 들었다. 난 일어로 일본에 있을 때부터 놈들을 이끌던 우두머리 녀석에게 일어로 말했다.

"날 어떻게 하든 좋아. 저 애들은 보내줘."

"진정한 친구란 생을 같이한다고 들었는데?"

"제기랄!! 너희 빨리 도망가!! 이 미친 자식이 우리를 다 죽일 셈이야!!"

"내 싸움 실력 모르냐?"

"아로하, 그냥 가. 이건 명령이 아니라 부탁이야. 제발."

"네 눈앞에서 꺼지지 말라며. 약속 지킨다고 했다."

이럴 땐 정말 미련한 놈이다. 그놈의 고집, 정말 당해낼 재간이 없다니까. 로하가 놈들을 향해 뛰어들었고, 울며 난리치는 어래를 끌고 밖으로 나가는 산이가 보였다.

어래야, 미안해. 로하 자식 부탁한다. 지금까지 로하와 어래, 산이가 다칠까 봐 얌전히 맞고만 있던 난 숨겨둔 칼로 손목을 묶은 끈을 끊고 옆에 있는 놈을 찔렀다. 죽을 각오를 하고 싸웠다. 그러다 우두머리 녀석과 1:1로 붙었다. 잠시 후 칼을 들고 있던 오른손에 허전한 느낌이 들면서 칼이 바닥에 떨어지는 소리가 들렸다. 2m 앞에 분신과도 같은 칼과 함께 나의 오른손이 보였다. 날 향해 달려오는 놈을 끝까지 바라보려 했지만 빌어먹을 눈이 의지와는 다르게 감겼다. 그때 신음 소리와 함께 내 앞에 무언가 쿵 하고 넘어지는 소리가 들렸다. 천천히 눈을 뜨고 바라본 곳엔 등에 칼이 꽂힌 채 쓰러져 있는 우두머리 녀석이 있었다. 거친 숨을 몰아쉬던 로하가 바닥에 주저앉았다.

"나 약속 지켰다."

"바보 같은 자식."

"그런데 너 오른손······."

로하가 피가 뚝뚝 떨어지는 내 오른쪽 손목을 안타깝게 바라봤다.

긴장 때문인지 아직은 고통이 느껴지지 않았다. 난 내 몸에서 떨어져 나가 뒹굴고 있는 나의 오른손 앞으로 걸어가 쪼그리고 앉았다. 그리곤 천천히 손을 발로 눌러 손가락에 끼워져 있는 반지를 뺐다.

"3개월 안에 돌아온다. 내가 올 때까지 이거 간직해 줘."

"꼭 가야 하냐?"

"어래에게 난 죽은 거야. 내가 올 때까지 그렇게 해줘."

"아직도 어래 보는 게 어려워?"

며칠 전에 돌아와도 좋다는 엄마의 연락을 받았다. 난 어래 때문이 아니라 나루 때문에 일본에 가야 했다.

"어래가 슬퍼할지 어떨지는 모르겠지만 잘 부탁해. 너, 내가 오기 전까지 어래 옆에 있어야 한다. 꼭!"

"3개월이라고 했지? 3개월이 지나면 난 없을 거다. 명심해."

"허튼소리 하지 마, 짜샤! 어래 울리면 나한테 죽을 줄 알아!!"

"그럼 가지 마."

로하는 마주친 내 시선을 외면하며 다시 낮게 중얼거렸다.

"딱 3개월이야. 약속 지켜······."

로하와 3개월이라는 약속을 하고 난 그렇게 죽은 걸로 한국을 떠났다. 하지만 난 그날 그런 약속한 걸 두고두고 후회할 수밖에 없었다. 그 딴 약속, 하는 게 아니었는데··· 차라리 1년 후에 온다고 할 걸··· 후회하고, 또 후회했다.

아름다운 男子

from. 반산

"선생님, 조퇴 좀 시켜주세요."
"산이구나? 무슨 일 있니?"
"몸이 안 좋아서요."
"그래? 그럼 가서 푹 쉬어."

난생처음으로 거짓말을 했다. 어젯밤부터 아파하고 고통스러워하는 들이가 걱정되어 더 이상 교실에 앉아 있을 수 없었다. 자꾸 안 좋은 느낌이 강하게 들어 서둘러 집으로 향했다. 혹시나 자고 있는데 깨우는 건 아닌가 하고 조심스럽게 발걸음을 옮겼다.

"죽기 싫으면 조용히 하는 게 좋을 거야. 어디 그동안 얼마나 성숙했나 볼까?"

"저리 가!! 싫어!!"

난 가방을 벗어 던진 채 가까이에 있는 벽돌을 집어 들고 집 안으로 들어갔다. 방 안에는 엄마의 전 애인이란 놈이 탐욕스런 눈빛으로 이미 반쯤 나체가 되어버린 들이를 깔고 있었다.

"이 짐승 같은 새끼!!"

빚 때문에 2년 전에 도망가서 다시는 오지 않을 줄 알았는데. 난 놈을 향해 달려들었다. 이리저리 잘도 피해 다니던 놈은 신발도 버려두고 도망쳤다.

"한 번만 더 오면 죽여 버릴 거야!! 다시 우리 들이 건드리면······."

더 이상 목이 메어 목소리가 나오질 않았다.

"오빠······."

난 들이의 목소리에 서둘러 눈물을 닦았다.

"미안해, 오빠."

"네가 뭐가 미안해. 나야말로 널 지켜주지 못해서 미안한걸."

"아니야. 난 괜찮아. 정말 괜찮아."

"오빠가 지켜줄게. 오빠가 돈 많이 벌어서 우리 들이 병도 고쳐 주고, 좋은 옷도 사주고, 맛있는 것도 많이 사줄게."

"으응."

난 들이가 편안히 잠들 수 있도록 노래를 불러줬다. 자면서도 깜짝깜짝 놀라는 들이 모습에 마음이 아파왔다. 들이야, 무슨 일을 하든 오빠가 꼭 돈 많이 벌어서 행복하게 해줄게. 내가 돈 많이 벌 때까지 내 옆에 있어야 돼. 알았지? 우리 행복하게 살자.

엄마는 한 달에 한두 번 정도 집에 들어올까 말까 했다. 그런데 며칠 전부터 험악하게 생긴 남자들이 엄마의 행방을 물으며 집으로 찾아왔다. 가뜩이나 조그만 일에도 가슴을 졸이는 들이었는데 그 남자들의 등장 때문에 건강이 더욱 악화됐다. 이런 얘기를 누구에게도 할 수 없었던 난 집에서 멀리 떨어져 있는 예쁜 정원이 있는 교회를 찾았다. 들어가려는데 안에서 큰 소리로 누군가가 말하는 소리가 들려왔다. 그래서 그냥 갈까 했는데 슬픈 목소리가 내 발목을 잡았다. 난 조심스럽게 안으로 들어가

맨 끝에 앉았다. 앞에서 두 번째 자리에 앉아 있는 검은색 단발 머리 소녀. 조용한 분위기 속에 소녀의 목소리가 잔잔하게 울려 퍼졌다.

"엄마가 보고 싶은데 어떻게 해야 하죠? 하지만 쉽게 날 버리고 가서 많이 미워요."

나도 모르게 가슴 한구석이 아려왔다.

"난 그런 고통쯤은 참을 수 있었는데. 내가 괜찮다고 했는데도 엄마는 하늘로 갔어요. 우리 엄마 나쁘죠?"

가늘게 떨고 있는 소녀의 어깨를 감싸주고 싶었다. 세상에서 나만 힘들고 나만 슬픈 줄 알았는데. 그때 갑자기 오토바이 소리가 나더니 안으로 들어오는 발소리가 들렸다. 난 급하게 밑으로 몸을 숨겼다. 내 또래의 남자가 들어와서는 그 소녀를 데리고 밖으로 나갔다. 잠깐이었지만 가까이에서 본 소녀의 눈은 많이 슬퍼 보였다.

그날 이후 난 하루도 빠짐없이 그 교회를 찾았다. 하지만 그 뒤로 소녀의 모습은 볼 수 없었다.

저녁밥을 차리고 있을 때 오늘따라 유난히 크게 울리는 전화벨에 가슴이 뛰었다.

"여보세요?"

[홍정연 씨 댁 맞습니까?]

"그런데요?"

[지금 홍정연 씨가 위독한 상황이니까 보호자께서는 빨리 XXX 병원으로 와주시길 바랍니다.]

들이가 날 부르는 소리에 정신이 들었다.

"왜 그래? 무슨 전화야?"

"친구가 병원에 입원했다고. 오빠 금방 갔다 올게. 문단속 잘하고 늦을지도 모르니까 기다리지 마."

"조심해서 다녀와."

엄마가 다친 걸 알면 들이가 충격받을지도 몰랐기에 비밀로 하고 병원으로 향했다. 내가 도착했을 땐 이미 수술이 진행되고 있었다. 5시간이라는 악몽 같은 시간이 흐르고 마스크를 벗으며 수술실에서 나오는 의사에게 뛰어갔다.

"저희 엄마, 무슨 일이에요? 무슨 일이길래 수술까지 한 거예요?"

"홍정연 씨 보호자 되십니까?"

"네."

"누군가에게 많이 맞은 것 같습니다. 온몸에 심한 멍이 들기도 하고, 몇 군데는 찢어지기까지……."

맞았다고? 도대체 엄마한테 무슨 일이 있었던 거지?

"하지만 이것보다 더 심각한 문제는 뇌 손상입니다."

"그게 무슨 소리예요?"

"머리를 심하게 다쳐서. 우선 간단한 1차 수술은 마친 상태인데 몇 번의 수술을 한다 하더라도 회복의 가능성은……."

그 다음부터는 기억이 나질 않았다. 일어나 보니 난 병원 침대에 누워 있었다. 일어나자마자 가장 먼저 들이가 생각났다. 연락을 안 했으니 밤새도록 날 기다린 건 아닌지. 서둘러 집으로 전화를 했다. 역시나 벨이 두 번을 넘어가지 않았다.

"들이야, 미안. 오빠 친구가 많이 다쳐서 연락할 시간이 없었어."

"친구는 괜찮아?"

"응, 밥 챙겨먹어. 오빠 되도록 빨리 들어갈게."

"알았어. 내가 기도할 테니까 오빠 친구한테 기운 내라고 전해줘."

항상 자신보다 남을 걱정하는 녀석. 하루하루 생계를 이어 나가기도 힘든 집에서 태어나 치료 한 번 받아보지 못한 채 고통받고 있는 불쌍한 녀석. 일주일 넘게 들이를 속여가며 병원을 방문했다. 오늘은 병원에서 빨리 수술비와 병원비를 내라는 독촉을 받았다. 하지만 우리에겐 지금 당장 낼 월세조차 없었다. 유일한 재산인 엄마의 가게는 깡패 놈들에게 빼앗긴 지 오래였다. 그리고 놈들이 가게세를 안 낸다고 엄마를 끌고 가 폭력을 사용한 탓에 엄마는 예전으로 돌아올 수 없게 되었다. 아무것도 없던 우리는 신고는 고사하고 치료비조차 받아낼 수 없었다.

병원을 나와 집으로 가는 대신 사람들이 많은 거리로 나왔다. 잊고 싶다. 자꾸만 내 숨통을 조여오는 이 세상을 벗어나고 싶다. 혼자 기분 좋을 만큼만 술을 마시고 다시 거리로 나왔다. 집으로 가기 위해 택시를 기다리고 있는데 내 앞에 고급스런 승용차 한 대가 섰다. 창문이 내려지고 운전석에 앉아 있던 여자가 나에게 말을 해왔다.

"어디까지 가니? 태워줄 테니까 타."

"누구시죠? 절 아세요?"

"나 이상한 사람 아니니까 타."

여자를 무시하고 택시 쪽으로 걸어가는데 차에서 내린 여자가 내 팔을 잡았다.

"그럼 잠시 얘기 좀 할 수 있을까?"

이 여자 누군데 나한테 이러는 거지?

"넌 정말 100점짜리야. 혹시 나랑 일해볼 생각 없어?"

"100점은 뭐고, 그 일이란 건 뭐죠?"

"내 명함이야. 생각있음 연락해. 아니, 꼭 해줬으면 좋겠어. 당장 큰돈이 필요하다면 말이야."

여자는 알 수 없는 말을 하곤 다시 차에 올라타더니 사라져 갔다. 난 여자에게서 건네받은 명함을 그냥 버리려다 내 눈을 사로잡는 글귀에 다시 한 번 천천히 살폈다.

보수 : 월 500 이상.

펼쳐 놓은 교과서 위에 어제 받은 명함을 올려놓았다. 낭떠러지에 있는 내게 이것은 뿌리칠 수 없는 유혹이었다. 당장 돈이 필요하다. 이번 주까지 병원에 천만 원을 내지 않으면 아직까지 의식불명인 엄마는 병원에서 쫓겨나게 된다. 큰돈을 벌 수만 있다면 사람 죽이는 일만 빼고는 무엇이든 하겠다고 결심을 하고 수업이 끝나자마자 그 여자에게 전화를 했다. 만나기로 한 약속 장소에게는 이미 그 여자가 도착해 있었다.

"연락 안 하면 어쩌나 걱정하고 있었는데. 사실 어제 널 납치할까 하는 생각도 했었어."

"네?"

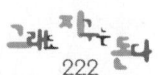

"그만큼 네가 맘에 들었다는 소리야. 이름이 뭐야? 나이는?"

"이름은 반산이고, 나이는 15살."

"이런, 생각보다 어리네? 키가 커서 고등학생은 된 줄 알았는데."

한참을 고민하던 여자가 다시 웃으며 말했다.

"에이, 상관없지! 근데 어떤 일이든 할 자신 있어?"

"살인만 아니면."

"좋아, 말로 하는 것보단 눈으로 보는 게 이해하기 쉬울 거야. 따라와."

난 여자의 차를 타고, 밤에만 활짝 꽃이 피는 곳으로 갔다. 미리 알고 있지 않으면 전혀 찾지 못할 것 같은 곳으로 가니 안으로 연결된 문이 보였다. 여자를 따라 들어간 곳은 신기하게 남자들만 있었다. 잘 차려입은 남자들은 이곳저곳을 분주하게 옮겨 다녔다. 여자가 날 데리고 들어간 곳엔 30대 초반의 한 남자가 카드를 만지작거리고 있었다.

"나 왔어."

"오랜만이다? 근데 뒤에 있는 녀석은 누구야?"

그 남자가 날 가리키며 말했다. 여자가 자기 옆에 날 앉히더니 내 소개를 시작했다.

"반산이고, 15살이야."

"뭐? 15살?"

"나도 나이가 걸리지만 이만한 얼굴을 어디에서 구경해? 이 근처, 아니, 강남을 다 뒤져도 이런 인물 안 나올걸?"

여자의 말에 남자가 눈을 가늘게 뜨며 날 이리저리 훑어보기 시작했다. 그러더니 옆에 놓인 가방에서 꺼낸 돈뭉치를 테이블 위에 올려놓고 입을 열었다.
"받아둬. 넌 이제부터 제하다. 나이는 열여덟! 내일 수업 끝나자마자 정문 앞에서 기다려."
내가 받은 돈은 자그마치 500만 원이나 되었다. 이제 500만 원만 더 모으면…….

유전인지 아무리 마셔도 술에 취하지 않는 체질 때문에 많은 돈을 벌 수 있었다. 일을 시작한 지 한 달도 되지 않았는데 장에게서 또다시 얼마의 돈을 받았다. 그리고 날 찾는 여자들이 늘어남에 따라 자연스레 버는 돈도 많았다. 새벽 2~3시까지 일을 했기 때문에 수업 시간에 자는 일이 많아졌다.
오늘도 밀려오는 잠을 주체하지 못한 채 수업 시간에도 잠을 잤다. 그런데 누군가가 내 몸을 흔드는 느낌에 힘들게 눈을 떠 고개를 드니 말 한 번 나누지 않은, 더구나 다른 반이어서 마주칠 기회가 없었던 아로하라는 녀석이 날 내려다보고 있었다.
"집에 안 가냐? 언제까지 퍼질러 잘 생각이야?"
로하의 말에 주위를 둘러보니 교실엔 나와 로하 녀석뿐이었다.
"집에 안 가냐고."
"아, 가야지."
무섭게 변한 로하의 얼굴에 서둘러 가방을 챙겨 자리에서 일어났다. 시계를 보니 20분 초과였다. 정신없이 가다 로하가 부르는 소리에 멈춰

섰다.

"집에 꿀단지라도 숨겨놨냐?"

"나한테 무슨 볼일있어?"

"가자."

"어딜?"

"너희 집."

로하는 내 팔을 잡아끌며 앞장서 걷기 시작했다. 갈색 대문 앞에 선 로하. 녀석은 정확히 우리 집을 알고 있었다.

"우리 집을 어떻게 알아?"

"들어가자."

로하 녀석은 대문을 열고 자기 마음대로 들어갔다. 내가 손을 뻗어 막으려 했지만 이미 방문은 열렸다. 책을 읽던 들이가 놀란 눈으로 나와 로하를 번갈아 바라봤다.

"오빠, 친구야? 안녕하세요?"

하지만 로하 녀석은 들이의 인사를 무시하고 다시 방문을 닫았다.

"잠깐 얘기 좀 하자."

난 대문 밖으로 나가는 녀석을 뒤따라갔다.

"너희 엄마 아프시냐?"

다행히 녀석과 마주보고 있지 않았기에 내 표정을 들키지 않을 수 있었다.

"그게 무슨 소리야?"

"거짓말할 생각이나 빠져나갈 생각 따윈 버려. 너희 엄마 병원에 입원해서, 그래서 돈이 필요해서 그런 곳에 나가는 거야?"

심장이 빠르게 뛰기 시작했다. 들이도 모르는 일인데, 어떻게 이 녀석은 아는 거지? 이 녀석과 말해 본 적도 없고 마주친 적도 없는데 어떻게.

"그 일 당장 그만둬. 그리고 너희 엄마 입원하고 계신 병원 우리 아빠 꺼니까 입원비 걱정이라면 안 해도 돼."

"아로하, 이러는 이유가 뭐야?"

"일 당장 때려치우라고 했다. 엄마나 잘 보살펴 드려."

"잠깐."

뒤도 안 돌아보고 가려는 녀석을 잡았다.

"나한테 베푸는 친절 고맙지만 사양한다. 오늘 일은 없었던 걸로 하자. 그리고 다시는 마주치는 일 없었… 윽!!"

갑자기 날아온 주먹에 얼굴을 정통으로 맞고 쓰러졌다. 얼굴이 얼얼해지면서 씁쓸한 피 맛이 느껴졌다.

"앞으로 넌 내 옆에 있을 거야. 내 옆에 있으면 내 말에 절대 복종이야."

"훗, 이제 보니 너 단단히 미쳤구나?"

"……"

"하긴 너처럼 잘나신 몸이 나 같은 놈……."

더 이상 말을 이어 나갈 수 없었다. 로하의 얼굴 위로 흘러내리는 눈물에 나도 모르게 마음이 아파왔기 때문이다. 울고 싶은 건 난데 왜 네가 우는 거지? 정말로 울고 싶은 건 난데 왜…….

시계는 벌써 10시를 향해 있었다. 로하 만난다고 4시쯤에 나간 들이가 연락도 없고, 핸드폰도 되질 않았다. 그때 전화벨이 크다 싶을 정도로 울렸다.

"여보세요?"

[오랜만이야, 제하.]

몇달 전에 내게 유혹의 손길을 내밀었던 여자.

[잘 지내?]

"네."

[아직도 돌아올 마음이 없는 거야?]

"그 얘기라면 끊을게요."

[매몰차긴. 단골 손님들이 널 애타게 찾고 있어.]

로하를 알게 되고, 로하와 친해지게 된 그날부터 난 녀석과 한 가지 약속을 했다. 다시는 그곳에 나가지 않기로. 엄마 병원비는 나중에 갚으라는 녀석의 협박 아닌 협박으로 더 이상 병원에 들어가는 돈은 필요하지 않았지만, 들이를 하루라도 빨리 치료받게 하고 싶은 마음은 갈수록 간절해졌다. 그래서 다잡은 마음이 흔들릴 때가 많았다. 더구나 가끔 이렇게 이 여자가 전화를 할 때면 유혹을 뿌리치는 게 더욱 힘들다.

[그럼 생각 바뀌면 전화해. 넌 언제라도 환영이야.]

전화를 끊고 생각에 잠겨 있는 사이 들이가 왔다.

"너 왜 이렇게 늦었어?"

"로하 오빠가 맛있는 거 먹자고 해서."

"다음부턴 늦게 다니지 마. 아무리……."

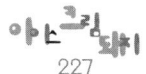

"또 잔소리~ 알았어. 이젠 늦지 않을게."

시간이 흘러 나와 로하는 한 학년이 올라가면서 중3이 되었다.

집에 도착하니 들이가 보이질 않았다. 요즘 다시 몸이 안 좋아지는 것 같은데 어딜 간 거지? 교복을 벗으며 반쯤 열려 있는 화장실 문을 닫으려 하는데 팔 하나가 보였다. 문을 열자 바닥에 쓰러져 있는 들이가 보였다.

"들이야!!"

들이를 업고 병원으로 달려갔다. 응급실로 들어간 지 1시간 정도가 흐르고, 날 찾는 간호사 목소리가 들려왔다. 난 간호사를 따라 어느 방으로 들어갔다.

"반들 양 보호자 되십니까?"

"네. 우리 들이 어떻게 된 거예요?"

"음, 부모님은 안 계신가요?"

"네."

몇달 전에 의식이 돌아온 엄마였지만 정신 이상이라는 판정을 받았다. 그래서 지금은 물론이고, 빨라야 10년 후에나 우리 곁에 올 수 있다고 했다.

"들이 양은 앞으로 길어야 두 달이 될 겁니다. 아마 환자 자신도 느끼고."

뭔가 내 머리를 강하게 울리고 지나갔다. 난 정신을 잃지 않기 위해 이를 악물었다.

"수술하면 살 수 있죠?"

"……."

"수술비요? 며칠 안으로 가져올 수 있으니까 우리 들이 꼭 수술시켜주세요!!"

병원을 나와 다시는 가지 않겠다고 결심한 곳으로 향했다. 가자마자 옷을 갈아입고 날 찾는 손님이 있다는 룸으로 들어갔다.

"어머, 제하다!! 이게 얼마 만이야?"

"네가 말한 애가 얘야? 끝내주는데?"

아무리 마셔도 취하지 않던 나였는데 4번째 룸을 나와 필름이 끊겼다.

속이 쓰려 눈을 떠보니 낯선 곳에 있었다. 그리고 내 옆에는 옷을 벗은 여자가 누워 있었다. 빌어먹을!! 난 서둘러 옷을 입고 들이가 있는 병원으로 갔다.

들이는 침대에 누워 벽에 걸린 달력을 보고 있었다.

"오빠, 오늘 학교 안 갔어?"

"몸은 괜찮아?"

"응. 근데 나 집에 가고 싶어. 병원에 있기 싫어."

"그럴까? 그래, 집에 가자."

집으로 가던 중 교복 가게 앞에서 걸음을 멈춘 들이. 한 쌍의 마네킹이 현일고 교복을 입고 있었다.

"오빠!! 나 소원 하나 들어주라~"

"겨우 하나? 더 없어?"

"오빠랑 로하 오빠, 현일 고등학교 간다고 그랬지?"

"응, 그건 왜?"

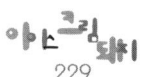

"나도 현일고 갈래!! 그러니까 교복 사줘."

"넌 아직 1년 반이나 있어야 되는데?"

"지금 사면 어때~ 입어보고 싶어서 그래. 응?"

한 번도 뭐가 갖고 싶다고 말한 적 없는 동생이었다. 뭐 갖고 싶냐는 질문에도 아무거나 다 좋다며 웃던 동생인데. 들이야, 너마저 인정하고 준비하고 있는 거야? 아니지? 그냥 나와 같은 학교 가고 싶은 거지?

집에 도착하자 들이가 소중한 물건 다루듯 교복을 벽에 걸었다.

"안 입어봐?"

"나중에 오빠랑 같이 등교할 때 입을래."

그래, 나랑 꼭 현일고 교복 입고 등교하기다. 약속했다.

로하 몰래 다시 그곳에 다닌 지도 2주가 넘었다. 오늘은 몸이 좋질 않아 10시 쯤에 나왔다. 대문 앞에 들이와 로하가 싫어하는 사천이라는 아이가 마주 보고 서 있었다. 난 담벼락에 숨어 둘의 대화를 엿들었다.

"니 부탁 들어줄 수 없어."

"왜?"

"나한테 왜 이런 부탁을 하는 건데?"

"나 때문에 로하 오빠가 아파하거나 힘들어하는 거 원치 않아."

들이가 저 녀석을 어떻게 아는 거지? 그리고 무슨 부탁을 하는 거지?

"너 로하 좋아하잖아."

"그래서 그러는 거야."

"후, 좋아. 나야 어차피 로하가 싫어하니까 미운 짓 하나 더 한다고 달라질 거 없겠지."

"고마워."

사천이의 모습이 완전히 사라질 때까지 지켜보다 집으로 들어왔다.

"저기, 들이야. 너 로하 친구 중에 아는 녀석 있어?"

"어? 아니."

대답해 주지 않을 거라고 예상했다. 나에게 말하지 못할 얘기가 뭐가 있다고…….

그러던 어느 날, 이데에게서 전화가 왔다.

[네 동생, 사천이 자식 만나고 다니는 거 알고 있어?]

"들이가?"

[네가 로하 친구라면 동생을 그 자식이랑 어울리게 두어선 안 되는 거 아냐?]

갑자기 며칠 전 들이와 사천이가 나눈 대화가 떠올랐다. 일부러 그러는 건가? 난 외출했다 들어오는 들이에게 조심스럽게 말을 걸었다.

"누구 만나고 오는 거야?"

"친구."

"사천이가 아니고?"

가방을 내려놓던 들이의 행동이 잠시 멈췄다.

"사천이가 로하랑 어떤 사이인지 모르는 거야? 너 로하……."

"사천이 오빠가 좋아졌어."

"너 사천이랑 만날 기회 없었잖아. 갑자기 왜?"

"좋아하면 안 돼? 좋아하는데 이유가 필요해?"

"며칠 전에 너랑 사천이가 하는 얘기 들었어. 네가 무슨 부탁 같은 걸······."

"아무 상관 없어!!"

처음으로 내게 소리를 지른 들이가 옷을 챙겨입고는 밖으로 뛰어나갔다.

"들이야!!"

하지만 내 목소리는 메아리만 칠 뿐 그날 밤 들이는 돌아오지 않았다. 그렇게 집을 나간 들이의 소식은 다음날 사천이의 전화 한 통으로 전해졌다.

[들이··· 교통 사고 났어.]

모아둔 돈을 모두 털어 외롭지 않게 들이를 보냈다. 그곳에선 아프지 말고, 여기 있을 때처럼 웃어. 그리고 이 못난 오빠를 용서해 줘.

들이와 함께 살던 집에서 더 이상 살 수가 없어 이사를 했다. 이사한 집에서 짐을 풀다 작년에 들이가 사달라고 졸랐던 현일고 교복이 나왔다. 그렇게 입고 싶어했는데. 이렇게 빨리 갈 거였으면 샀을 때 바로 입지 그랬어. 억울하지 않아? 바보 같은 녀석. 교복을 버릴까도 생각했지만 생각으로만 그쳤다.

그렇게 시간은 들이를 잊어버리라는 듯 빠르게 흘러갔다. 로하와의 약속을 깨고 그곳에 다시 나가게 된 지도 벌써 2년이 되어간다. 익숙함이란 정말 무섭다. 무덤덤이란 정말 무서운 것이다. 들이가 떠나고 사는 게 무의미해진 내 앞에 그토록 다시 만나고 싶었던 아이가 나타났다. 마주할 때마다 어래 곁에 있고 싶다는 생각이 간절해졌다. 하지만 어래를 만난 순간부터 달라지기 시작하는 로하의 모습이 보이기 시작했다. 어래

역시 로하를 향하는 시선이 많아졌다. 설마 설마 하던 생각들이 시간이 지날수록 맞추어져 갔다. 로하만 아니었으면… 로하만 아니면 내 마음 조금이라도… 하지만 로하의 마음을 안 순간부터 어래에 대한 내 마음을 확실하게 접기로 결심했다. 그리고 잊기 위해 단골 손님인 여자들과 따로 만나기도 했다. 이렇게 하면 잊을 것 같아서… 잊혀질 것 같아서…….

학교가 축제로 인해 한바탕 술렁거렸다. 관심없었지만 이데의 성화에 못 이겨 구경을 시작했다. 그때 갑자기 내 앞에 나타난 남자들이 날 끌고 무대 위로 올라갔다. 사회자가 내게 마이크를 내밀면서 질문을 했다.
"반산 군, 여자 친구 있습니까?"
"없는데."
"아니, 이런 미남에게 여자 친구가 없다니. 그럼 유정 양의 고백을 받으시겠습니까?"
"죄송합니다."
"혹시 좋아하는 여자가 있습니까?"
산어래… 그곳에 계속 있다가는 그만 말해 버릴 것 같아 급히 내려왔다. 대답한 것도 아니고, 들킨 것도 아닌데 심장이 방망이질해 댔다. 잊으려고 하면 할수록 어래에 대한 감정은 더욱 커져 갔다.
월요일 아침, 체육관 뒤로 나와 달라는 쪽지를 받았다. 그곳에는 줄곧 내 주위를 맴돌던 익숙한 얼굴의 여자가 있었다. 날 불러낸 이유, 나와의 키스를 원해서라고 고개를 숙이며 말하는 아이. 난 사랑을 할 수 없으니 날 사랑하는 사람에게 사랑을 주기로 했다. 아무 의미도, 아무 감정도 없는 입맞춤. 하지만 그 아이는 얼굴까지 붉힌다. 그 아이가 사라진 곳을 한동안 바라봤다. 그때 언제 나타났는지 내 앞에는 어래가 서 있었다.

"아니라고… 아닐 거라고 생각했는데…….."

"여긴 어떻게?"

"왜… 왜 아무 여자랑 키스하는 거야?"

설마 어래가 본 건…

"봤어?"

"왜 했어!! 도대체 몇 명이랑 한 거야?"

밑바닥까지 끌어다 감춘 감정들이 하나둘씩 올라오기 시작했다. 어래야, 지금 너의 태도… 내 마음대로 해석해도 되는 거니? 아니지? 내가 로하 친구니까 이러는 거지?

"나 원래 이런 놈이야."

"그럼 널 좋아하는 여자들이 키스해 달라고 하면 다 해줄 거야? 대답해 봐."

"내가 좋다는데 거부할 이유가 없지."

날 경멸하는 눈빛으로 바라보고 있는 어래. 확실히 내 마음을 정리하게 위해서라면 네가 싫어하는 말이라도 얼마든지 할 수 있어. 이렇게 해야 네가 내 곁을 떠나지. 이러면 날 미워하게 되겠지.

"그럼 나도 너 좋아하니까 키스받을 수 있겠다? 맞지?"

지금 내가 잘못 듣거나 꿈을 꾸는 건가?

"내게도 키스해 줘."

어래의 말에 내 시선은 어래의 입술로 향했다. 다른 여자와 키스할 때마다 이게 너라면, 만약 이게 너라면 얼마나 좋을까라고 생각했는데. 하지만 기쁜 것도 잠시 로하가 떨어뜨린 우유를 걷어차며 뒤돌아가는 게 보였다. 어래가 붙잡았지만 뿌리쳤다. 내 마음보단 로하의 마음이 중요해. 내겐 그러하니까… 그렇게 해야 하니까……

세 번 연속으로 룸을 돌다 잠시 쉬기 위해 밖으로 나왔다. 그때 당장 이데 집으로 오라는 로하의 전화가 왔다. 무슨 일로 이렇게 화가 났지? 장에게 급한 일이 있다고 하고 나왔다. 집에 도착했을 때 어래와 이데는 구석에 숨어 있었다. 난 심각하게 앉아 있는 로하에게 걸어갔다.

"로하, 무슨 일 때문에……."

"증인 있으니까 내가 묻는 말에 거짓말하면 각오해. 반산, 아직도 거기 다니냐?"

어떻게 알았지?

"너 벙어리야? 대답해."

"미안."

"내가 다시 그곳에 가면 반 죽여놓는다고 했지? 정신 바짝 차려."

눈 깜짝할 사이 몸이 붕 뜨며 바닥에 떨어졌다. 로하가 이러는 이유, 모르면 로하가 많이 원망스러웠겠지만 아니까, 내가 잘못했으니까 순순히 맞았다. 잠시 후 이데가 로하를 말리고 나섰다.

"그만 해. 산이가 다시 나간 데는 이유가 있을 거야."

"이유? 이유라. 반산, 말해 봐. 네 입으로 말해."

아로하, 넌 마음 편히 아무 걱정 없이 살아가도 되지만 난 아니다. 알잖아. 살기 위한 선택이라는 거. 하지만 내가 너에게 할 수 있는 말은 이 말밖에 없다.

"미안해. 정말 미안해."

"이 병신 같은 새끼야!! 누가 그 딴 소리 지껄이래? 다시는 네 얼굴 보기 싫으니까 꺼져."

보지 않아도, 묻지 않아도 안다. 로하는 지금 나로 인해 속상하고 마음이 아픈 것이다. 녀석 역시 자신에게 진실하지 못하니까. 우리 이런 면에선 닮았구나. 이데 집을 나와 얼마 걷지 않아 바닥에 주저앉았다. 이쪽으로 뛰어오는 발소리가 들렸다.

"산이야… 미안해, 나 때문에."

"너 때문이 아니야. 내가 약속을 어겼어."

"그게 아니야!! 난 네가 그런 곳에 다니는 거 오늘에서야 알았어. 그래서 믿기지 않아 돼지한테 확실한 답을 듣기 위해 말을 꺼낸 건데."

반산, 꼴 좋다. 이제 어래가 너한테 올 거란 작은 기대마저 접어야겠다. 그래, 차라리 알아버린 게 속 편하지. 이걸로 확실히 내 마음을 접을 수 있다면……

시간이 많은 방학을 이용해 매일 나가 쉬지 않고 일을 했다. 개학을 일주일 앞둔 어느 날, 이데가 잡혀 있다는 어래의 전화에 로하를 찾아 함께 이데가 잡혀 있다는 곳으로 달려갔다. 그곳엔 이데가 피를 흘리며 쓰러져 있었다.

"반산, 내가 셋까지 세면 어래 데리고 나가. 어떻게 해서든 끌고 나가."

"……."

"나도 부탁이란 거 해보자."

"알았어."

"이데랑 같이 조금 있다 나간다. 기다려. 밖에서 기다리라고. 그럼 센다. 하나… 둘… 셋."

아로하, 이데랑 꼭 같이 나와라. 너 나한테 부탁이라는 것까지 했어. 나온다는 약속까지 했어. 믿는다. 로하, 널 믿는다. 밖으로 끌고 나온 어래는 한참을 울다 나중에는 지쳐 정신을 잃었다.

얼마 후, 창고에서 쓰러질 듯 걸어나오는 로하가 보였다. 어래는 내가 깨우자마자 로하에게 달려가더니 갑자기 창고로 뛰어가기 시작했다. 그러고 보니 이데가 보이질 않는다! 나 역시 어래와 같이 창고로 뛰어갔다. 창고 안에는 차마 눈뜨고 볼 수 없는 잔인한 장면이 펼쳐져 있었다. 그때 내 앞에 있던 어래가 쓰러졌다.

병원으로 옮겨진 어래 곁에 로하와 함께 어색한 침묵을 지키며 있었다. 하지만 진동으로 해둔 핸드폰이 계속 울려대는 바람에 자리에서 일어섰다.

"나 약속이 있어서 먼저 가야겠다. 어래, 잘 부탁해."

혼수 상태에 빠져 정신을 차리지 못하는 어래 곁에 있고 싶었지만 로하가 있으니까. 몸을 돌려 병실을 빠져나오려는 순간 로하가 입을 열었다.

"이데……."

잠시 후, 로하의 입에서 이데가 죽지 않았다는 이야기가 나왔다. 그리고 어래에게는 이데가 돌아올 때까지 비밀로 해달라는 당부의 말까지 듣고 병실을 나왔다. 로하가 말해 주지 않았으면 나 역시 어래와 같이 이데가 죽었다고 믿었을 것이다.

하지만 두 달 후 들려온 사천이의 죽음은 짜여진 극본이 아니었다. 안 그래도 이데가 죽었다고 믿는 어래는 제정신이 아니었다. 로하 역시 사천이 떠나자 불안해하는 모습을 보였다. 그리고 절대 입 밖으로 꺼내지 않던 들이 얘기까지 하기 시작했다. 아로하, 너 다른 생각 하고 있는 거 아니지? 안 되는 거 알지? 널 위해서 어래까지 포기했는데… 널 위해서 살기로 했는데 무책임한 행동 하지 마.

로하가 결석한 어느 날, 난 어래를 따라 옥상으로 올라갔다.

"산이야."

"왜? 무슨 일 있어?"

어래가 눈물을 흘리기 시작했다. 어제 로하의 생일 파티를 하고, 로하랑 단둘이 있었을 텐데.

"왜 그래, 어래야?"

"로하가 나보고 더 이상 접근하지 말래. 마지막이래. 그런데 난 아무 말도 못했어. 어떡해. 산이야, 나 이제 어떡해."

"울지 마. 오늘 수업 마치고 나랑 로하한테 가보자."

하지만 집엔 있었던 흔적이 없다. 어래와 같이 로하가 오기를 기다리다가 약속이 있던 난, 어래 혼자 남겨두고 올 수밖에 없었다.

다음날 어래에게 오늘도 학교에 나오지 않은 로하에게 가자고 했지만 어래는 가기를 거부했다.

그리고 며칠 뒤 병원에서 전화가 왔다. 버스가 끊긴 시간이었기 때문에 택시를 타고 갔다. 병원이라면 이젠 정말 지긋지긋한데. 조심스럽게 문을 열고 들어갔다. 녀석에게 주먹을 날리고 싶은 걸 가까스로 참았다. 너 정말 왜 그래? 나랑 어래까지 죽게 만들 셈이야? 너 이러지 않기로 했잖아. 나보고 영원히 네 곁에 있으라고 했잖아!! 그러면… 너 이러면 안되잖아. 나로는 부족해? 어래로는 부족한 거야? 제발 우리 두고 떠날 생각, 지금이라도 버려.

나도 모르게 로하 옆에서 깜빡 잠이 들었다. 뭔가 들썩거리는 느낌에 잠이 깼다. 아무 표정 없는 로하 녀석과 눈이 마주쳤다.

"할 말 없어?"

"……"

"아로하, 너 나한테 할 말 많을 텐데."

로하는 마주한 내 시선을 피해 창밖으로 고개를 돌려 버렸다. 변했다. 변해도 너무 변했다.

"아로하, 무슨 말이라도 해. 소리 지르기 전에."

"오랜만에 들이 꿈 꿨다. 여전히 웃고 있더라."

힘없는 목소리. 너, 정말 내가 아는 아로하 맞아?

"사천이는 아직도 날 용서 안 했나 봐. 꿈에도 나타나질 않는 걸 보니."

"너 무슨 생각이야? 나랑 어래, 이데 두고 무슨 생각 하는 거야?"

"내 잘못이야. 다 나로 인해 시작됐어."

어래를 데리러 가기 위해 자리에서 일어서려는데 로하가 날 불러 세

왔다.

"나 원망 안 하지? 안 할 거지?"

"예전의 아로하로 돌아온다면."

"너라면 안심이야."

더 이상 마주할 자신이 없어 병실 밖으로 나왔다. 들이야, 로하를 지켜줘. 네가 좋아하는 사람이라고 데려가면 안 돼. 넌 그런 애 아니지? 오빠, 믿는다.

다음날 아침, 어젯밤 잠결에 로하의 전화를 받았던 일이 생각났다.

[자나?]

"음."

[나도 이제 자려고.]

"……."

[어래, 잘 챙겨줘야 해. 워낙에 덤벙거리잖아. 그 애 보고만 있어도 행복했는데… 듣고 있어?]

"으응."

[이제야 용서받을 수 있겠다. 내가 얼마나 미웠을까? 너도 그렇지? 지금이라도 용서해라.]

"으응."

[내 곁에 있어줘서 고마워. 날 떠나지 않아줘서 고마워. 내가 먼저 떠날 수 있어서 다행이야. 너 날 위해서라면 뭐든지 할 수 있지? 어래… 부탁한다.]

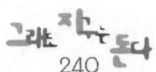

나의 이런 생각들은 전화벨 소리에 중단되었다.

[반산 군 계십니까?]

"전데 무슨 일로……?"

[아로하라는 학생 아시죠? 오늘 새벽 그 학생이 오토바이 사고로 인해……]

아니야. 어제 잠결이었지만 분명히 로하랑 통화했어!! 아로하, 너 나에게 전화했던 이유가 마지막 인사하려던 거였니? 그런 거야?

특별한 경우가 아니면 시신을 보여줄 수 없다는 병원 관계자에게 사정 사정하여 짧은 시간을 허락받았다. 교통 사고치곤 몸의 상태는 깨끗했다. 검은색 점퍼에 아이보리 스웨터, 그와 한 쌍인 목도리와 장갑. 무엇이 널 그렇게 힘들게 했니? 나보다도 더 힘들었던 거야? 다른 사람 잡을 힘은 있고, 네 자신 잡을 힘 따윈 없었던 거야? 나 다시 술집에 나가도 상관없어? 나 너한테 갚아야 할 거 많은데 벌써 가면 어쩌자는 거야. 너도 우리 엄마 건강한 모습 보고 싶다고 그랬잖아. 나, 어래에게 어떻게 얘기해야 돼? 너 내가 사준 오토바이 타고 자살했다고… 나 어떻게 말해야 해!!

로하가 떠나고 3주의 시간이 흐르는 동안 큰일이 없어 안심을 하고 있었다. 하지만 얼마 뒤 어래가 손목을 그어 자살 기도했다는 연락을 받았다.

"산어래, 가지 마. 너마저 날 버리지 마. 이대랑 로하가 너 끝까지 지켜주라고 했단 말이야. 내가 있잖아. 너만 바라보는 내가 있잖아."

하늘이 내 간절한 소원을 들은 것일까? 눈꺼풀이 파르르 떨리며 감겨 있던 어래의 눈이 떠졌다.

"내가 남자가 질질 짜는 거 아니랬잖아. 너 이제 보니 울보구나?"

"다시는 이런 짓 하지 마. 너 가족은 생각 안 해? 친구들은?"

그리고 난… 너 없으면 난 어쩌라고. 왜 내 생각은 안 하는 건데? 엄마도, 들이도, 로하도, 너도… 왜 하나같이 내 생각은 안 하는 거야, 왜!!

며칠 뒤, 어래가 그렇게 그리워하던 이데가 왔다. 나와 있을 때와는 다르게 정말 행복해하는 어래의 모습을 볼 수 있었다. 난 영원히 어래에겐 다가갈 수 없나 보다. 좋아하는 이 마음 하나만 있어도 충분하다고 생각했는데, 나 하나만 바라봐도 행복이라 생각했는데… 억지로 내 마음을 접으려 하지 않을 것이다. 아침이 오면 해가 솟고 밤이 오면 온세상이 어둠으로 뒤덮이는 것처럼, 그렇게 잊어갈 것이다. 그러면서도 난 다시 해바라기가 되어 뜨는 해를 따라가겠지? 그리고 해가 만들어내는 그림자가 되어… 바람 불면 그 바람에 날아가는 나뭇잎이 되어… 파도가 와 부딪치면 묵묵히 그 출렁임을 견디는 단단한 돌이 되어… 그렇게 살아가겠지… 그렇게 살아야지… 그렇게 살다 가야지.

제17장
다시 제자리로

 길고 긴 겨울 방학이 끝나고 새 학기가 시작되었다. 고3이다 보니 교실 분위기가 작년과는 판이하게 달랐다. 이데와는 원래부터 다른 건물이었기에 만날 기회가 없었지만 산이와는 또 같은 반이 됐다. 게다가 내 짝꿍이다.
 오늘은 산이와 돼지의 소개팅이 있는 역사적인 날! 허나 당사자들은 아무것도 모른다. 만약 알면 안 나갈 게 분명했기에 모든 건 비밀리에 이뤄졌다. 순미의 다른 학교 친구들 중 신중한 서류 심사까지 거쳐 2명을 뽑았다. 하지만 둘 다 마음에 들지 않았다. 왜냐고? 예쁘니까. 돼지랑 산이가 그 여자들한테 빠지면 나중에 나 같은 건 거들떠보지도 않을 텐데. 그러기만 해봐라!!

우리보다 일찍 끝나는 돼지가 교문 앞에서 기다리고 있었다.
"미안~ 우리 담임 수다가 어찌나 심하던지."
"많이 지루했겠네?"
"조금~ 그럼 출발해 볼까?"
"어디 가는데?"
궁금해하는 돼지와 산이의 얼굴이 보였다.
"아이스크림 먹으러."
"와~ 빨리 가자."
"산이도 갈 거지?"
"응."

 나중에 잘되면 크게 한턱 쏴야 한다. 근데 왜 이렇게 마음 한구석이 허전해지냐. 약속 장소에 도착해 보니 순미 쪽에선 아직 오지 않은 상태였다. 돼지 녀석은 자리에 앉기도 전에 종업원을 붙잡고 아이스크림을 주문했다. 정말 못 말려! 10분 정도가 흘렀을까? 순미에게서 문자가 왔다.

「지금 들어간다.」

 잠시 후 순미와 소개팅하기로 한 여자들이 우리 쪽으로 걸어왔다. 돼지와 산이 앞에 앉아 있던 난 자리에서 일어나 녀석들 옆으로 자리를 옮겼다. 그리고 우리 앞에 그 3명이 앉았다. 어색한 가운데 돼지가 먼저 입을 열어 말했다.
"오른쪽에 있는 애는 알고, 나머지도 어래 친구야?"

"그럼 소개할게. 여기 내 옆에 있는 이 녀석은 이데라고 혼혈아야. 그리고 이데 옆에 있는 애가 산이, 반산."

여자들 표정을 보아하니 벌써 뿅 갔다. 내 소개에 이어 순미가 여자들을 소개했다. 산이와 돼지 녀석, 아직 눈치를 못 챈 것 같다. 순미와 난 눈빛을 주고받곤 자리에서 일어났다. 돼지가 먹던 아이스크림에서 눈을 떼 날 쳐다봤다.

"어디 가?"

"아, 화장실! 얘기들 나누고 있어~"

우린 밖으로 나오자마자 박장대소를 터뜨렸다.

"저 애들 산이랑 돼지 보면서 침 흘리는 거 봤어?"

"하지만 산이랑 이데는 전혀 관심없는 표정들이고. 보니까 눈치 못 챈 것 같은데?"

"그놈들 워낙에 둔해서."

"누가 둔하다는 거야?"

뒤에서 들려오는 이 공포스런 목소린… 눈치 하난 빠른 순미는 이미 줄행랑치고 없었다. 난 나의 최대 무기인 미인계를 앞세워 돼지에게 달라붙어 콧소리를 냈다.

"그게 말이야, 날 쫓아다니는 놈들이 있는데."

"그런데?"

"그 녀석들이 내가 임자 있다는 걸 눈치 채지 못할 만큼 둔하다고~"

"아~ 난 또 산이랑 나 물먹인 얘기 하는 줄 알았지."

"내가 그럴 리 있어? 배고프지? 네가 좋아하는 오징어 덮밥 해줄게~

가자!"

돼지는 그렇다 치고, 혼자 남은 산이는…….

다음날, 산이는 내게 아무것도 묻지 않았다. 난 수업 시간임에도 불구하고 산이에게 속삭였다.

"어제 미안해. 난 너랑 돼지가 외로울까 봐."

"괜찮아. 즐거웠어."

아~ 어쩜 저리도 천사 같을까? 산이 데리고 가는 여자는 정말 땡 잡는 거야!!

"돼지가 그냥 나오는 바람에 입장 곤란했지?"

"아니, 이데는 바쁜 일 있어 나간 거라."

"둘 중에 맘에 드는 여자 있어?"

"글쎄?"

그런 미모를 가진 여자들이 마음에 안 들면 도대체 얼마나 잘나야 해. 산어래, 포기하길 잘했다.

"그럼 내가 더 예쁜 여자 소개시켜 줄까?"

"아니, 난 신경 쓰지 마."

"혹시 좋아하는 여자 있는 거 아니야?"

산이가 얼굴을 붉혔다.

"정말 좋아하는 여자 있어? 누구야?"

"말하면? 도와줄 거야?"

"당연하지!! 말만 해. 어떻게 해서든 그 여자랑 너 잘되게 해줄게."

"됐어, 난 그냥 너 웃는 얼굴만 보면 충분해."

"나한테 말하기 싫은 거구나? 너무해! 난 정말……."
"산어래, 일어~서!!"
지리 선생님의 우렁찬 호령에 난 의자에서 벌떡 일어났다.
"자리에서 10분간 손들고 있는다. 실시!!"
"선생님~"
"20분이다."
"왜 저만……."
"30분."
억지로 웃음을 참는 내 짝 산이가 보였다. 비록 내가 먼저 말 걸었지만 산이도 같이 떠들었는데. 이건 분명 얼굴 차별이야!!

오늘도 돼지네서 신나게 놀다 밤이 돼서야 집으로 왔다. 거의 다 도착했는데 집 앞 가로등 아래 시커먼 옷에 모자를 쓴 남자 한 명이 고개를 숙이고 서 있었다. 무서워서 최대한 멀리 떨어져 빠른 걸음으로 걷고 있는데…

"Stop."

그곳에는 그 남자와 나뿐이었다. 내 입에서 나온 소리가 아니라면 답은 하나. 혹시 내가 혼자 사는 걸 알고 우리 집을 넘보는 도둑인가? 아니면 날 스토킹하는… 이건 가망성이 없구나. 난 내게 다가오는 그 남자를 피하기 위해 뒷걸음질칠 수밖에 없었다.

"누구세요? 가까이 오면 소리 지를 거예요."

밤이라 어두운 데다가 그 남자가 모자까지 쓰고 있어서 얼굴을 볼 수 없었지만 내 말에 피식하고 웃는 걸 느낄 수 있었다.

"정말 소리 지를 거예요."

"어디 한번 해봐."

"사, 사람 살……."

소리 지르려던 나의 입은 갑작스레 덮쳐 온 그 남자의 손으로 인해 막혀 버렸다. 오직 살아야 한다는 그 본능 하나만으로 남자에게 벗어나려고 발버둥 치다 그만 남자의 모자를 바닥으로 떨어뜨렸다. 설마 이게 꿈은 아니지?

"내 얼굴 잊어버렸어?"

"왜 연락 안 했어?"

"미안. 나 보고 싶었어?"

"응. 너무너무 보고 싶었어."

다래 녀석이 웃으며 날 안았다.

"나도 누나 많이 보고 싶었어."

처음으로 다래에게서 듣는 누나라는 말. 기뻤지만 한편으론 마음이 아팠다. 날 누나라고 부르기까지 얼마나 많은 고민과 노력을 했을지 잘 아니까.

무작정 자기가 있는 곳으로 오라는 다래의 전화에 잠이 깼다. 시계로 눈을 돌리니 오후 5시였다. 대충 준비를 마치고 집을 나섰다. 봄이 지나고 여름이 오는 시기였기에 춥지도, 덥지도 않은 아주 좋은 날씨였다. 때문에 기분이 좋아진 난 노래를 흥얼거리며 걸었다. 이곳저곳을 구경하며 걷던 내 눈에 낯설지 않은 단어 하나가 들어왔다. 어디에서 봤더라? 영어 같은데. 뭐였지? 아무리 생각해도 기억이 나질 않아 그냥 포기하고 돌아서는데 하나의 장면이 순식간에 눈앞을 지나갔다. 그와 함께 그동안 억지로 묶어두었던 기억들이 하나둘씩 떠올랐다. 웃으며 얼굴 위로 흐른 눈물을 닦고 그 가게 안으로 들어갔다.

"저기, 뭐 하나 여쭤봐도 될까요?"

"무슨 일이시죠?"

"이 가게 이름이요, 뜻이 어떻게 되나요?"

"이태리어로 사랑해라는 뜻인데, 왜요?"

"감사합니다."

의아해하는 주인을 뒤로하고 밖으로 나왔다.

"Tiamo."

"정전기 일어나!! 그리고 뭔 암호?"

"티아모."

"그게 무슨 뜻이야?"

난 대답을 회피하는 로하의 뒤를 졸졸 쫓아가며 물었다.

"말해 줘~ 그게 무슨 뜻이야?"

"알아서 생각해."

"내가 어떻게 알겠어!"

"너한테 내가 좋은 말을 했을 것 같아? 나 샤워할 건데 훔쳐보지 마라."

"글쎄?"

"보면 덮칠지도 몰라."

"이 변태!!"

역시, 로하 너다운 방법이었어. 비록 그 당시에는 무슨 뜻인지 몰랐지만 지금이라도 네 마음 알게 돼 다행이다, 그치? 아로하!! 하늘나라에 예쁜 여자들 있다고 나 잊어버리는 거 아니지? 지금 나 보고 있지? 내 목소리 들리지? 그럼 대답할 테니까 귀에 손 가져다 대고 잘 들어야 해!! 나도 로하 너를 정말정말 사랑해~ 내가 갈 때까지 한눈팔지 말고. 나 너에게 가면 사랑한다는 말, 꼭 다시 해줘. 알았지?

우리 학교 1학년으로 들어온 다래의 것까지 합세해 내가 챙겨야 할 선물과 편지들은 주체할 수 없을 정도로 늘어났다. 특히 다래 녀석을 좋아하는 것들은 나에게 끈질기게 달라붙었다. 내가 다래의 누나란 걸 알고부터는 그 도가 지나치기 시작했다. 교실로 들어오니 이미 자기 자리를 지키고 앉아 있는 산이가 보였다. 난 들고 있던 선물들을 책상 위에 올려놓았다.

"이런 거 받지 말라니까."

"먹을 것만 받았으니까 걱정 마."

의자에 앉자마자 포장을 뜯어 과자를 꺼냈다. 그리고는 옆에 있는 산이에게 내밀었다.

"먹어."

"너 먹어."

"이거 외제 과자야."

"나 과자 안 좋아해."

"그럼 나 혼자 다 먹는다?"

난 웃는 산이에게 웃음으로 화답하며 과자를 맛있게 먹었다. 너무 많이 먹어서 나중에 화장실로 가는 사태까지 벌어졌지만 흔한 과자가 아니었기에 마지막 부스러기까지 모두 해치웠다.

지옥 같은 시간이 흐르고 수능 시험 날 아침이 밝았다. 무조건 찍으라는 다래의 말에 파이팅을 외치며 집을 나섰다. 수능 날이면 어김없이 찾아오는 추위. 영하로 떨어진 날씨에 바람까지 한몫했다. 난 집 앞에서 코가 빨개진 채 날 기다리고 있는 돼지와 산이에게 소리쳤다.

"자, 출발!!"

"나 발꼬락 떨어져 나갈 것 같아."

돼지 녀석이 호들갑을 떨며 내 목도리를 벗겨갔다.

"나도 추워! 안 내놔?"

"내가 응원 가주잖아."

"누가 오래? 안 와도 돼!"

"안 돼! 교문 앞에서 엿 붙이고 기도해야 해."

어디서 본 건 있어가지고.

"산이야, 어때? 떨리지 않아?"

"약간. 넌?"

"나도. 근데 시험 못 보면 어떡하지?"

"내가 잘 보게 해달라고 기도할게."

난 산이의 말에 미소로 답했다. 산이와 다른 학교에서 시험을 치르게 되었으므로 먼저 내가 시험 보는 중학교로 향했다. 교문 앞에는 선배를 응원하러 나온 후배들과 선생님들로 인산인해를 이루었다.
"우리 어래 파이팅!! 모르는 거 있음 앞에 있는 애 꺼 보고 해. 만약 안 보여주면 엉덩이 막 찌르거나 간지럽혀."
돼지야, 내 앞이든 뒤든 나랑 다른 유형의 문제를 푼단다. 이러한 사실을 돼지에게 말해 봤자 머리만 아플 것 같아 무시하고 산이를 쳐다봤다.
"산이야, 긴장하지 말고 정신 집중해서 잘 봐."
"너도 시험 잘 봐."
"응! 그럼 이따 시험 끝나고 보자!!"
"산어래, 파이팅!! 찍기만 잘해라!!"
돼지의 우렁찬 응원과 산이의 환한 미소에 절로 힘이 났다. 그래, 난 할 수 있어!! 엄마, 로하야, 사천아, 나 응원해 줄 거지?
돼지가 싸준 초콜릿을 먹고 힘을 내어 마지막 외국어 영역까지 무사히 마치고 악몽 같던 시험장을 빠져나왔다. 빨간색 털모자에 녹색 스웨터를 입은 돼지가 오늘따라 왜 이렇게 반가운지. 난 한걸음에 달려가 놈을 안았다.
"돼지야~"
"왜? 앞에 있는 애가 엉덩이 찔렀는데도 안 보여줬어?"
"그냥 네가 너무 좋아서."
"난 배 나온 여자는 싫은데."
난 들고 있던 도시락으로 돼지의 배를 공격했다.
"나도 너처럼 아이스크림 많이 먹는 돼지는 싫어!!"
"으악~ 똥배가 돼지 때린다."

"돼지 시끼!! 너 이리 안 와?"

　사람들의 시선을 무시하고 괴성을 지르며 돼지를 쫓았다. 하지만 어느 순간 내 앞에서 사라진 돼지. 꺼냈던 핸드폰을 켜고 돼지에게 전화를 하려는데 스케줄 알람 소리가 들려왔다. 잊고 있었다, 오늘이 사천이 기일이라는 사실을! 수능 때문에 정신이 없어서 그만… 난 얼른 돼지에게 전화를 걸었다.

"어디야?"
[너야말로 어디야?]
"나 갈 데가 있으니까 넌 산이한테 전화해서 같이 너희 집으로 가."
[어디 가는데?]
"나중에 말해 줄게. 좀 있다 갈 테니까 재미있게 놀고 있어."

　전화를 끊고, 핸드폰을 껐다. 그리고 사천이가 잠들어 있는 바다를 찾았다. 적막하고 쓸쓸한 바닷가를 위로하는 듯 파도가 쉬지 않고 큰 소리를 내고 있었다. 일렁이는 파도 모습이 사천이의 얼굴 같았고, 쉼없이 내 귀로 흘러들어 오는 파도 소리는 괴로움에 울부짖는 사천이의 목소리 같았다. 가만히 바다 위에 사천이의 얼굴을 그려보았다. 파도로 인해 한동안 일그러져 보이던 얼굴이 차츰 미소 짓는 얼굴로 바뀌었다. 이번엔 어둠 속에서 유난히 큰 소리로 청각을 마비시키는 파도 소리에 귀 기울이며 눈을 감았다.

"사천아, 내가 너무 늦게 왔지? 미안해."
"아니야. 이렇게 와준 것만으로도 고마워. 행복하지?"
"응! 너무너무 행복해. 돼지랑 산이가 내 옆에서 있어서 무척 행복해."

"다행이다."

나 힘든 거 알면서… 너랑 로하 때문에 내 마음 찢겨져 나가는 것처럼 아프다는 거 알면서 그런 질문을 하다니.

"사천아, 나 밉지? 내가 네 곁으로 가도 용서하지 않을 거지?"

"미워. 아주 많이 미워."

"용서하지 마. 나 같은 거 용서하지 마."

"지금처럼 나에게 기회조차 주지 않는 네가 미워."

잠시 후, 가슴을 에 이는 듯한 노랫소리가 들려왔다.

"얼어붙은 달그림자 물결 위에 자고 한겨울의 거센 파도 모으는 작은 섬. 생각하라, 저 등대를. 지키는 사람의 거룩하고 아름다운 사랑의 마음을……."

사천이가 부르는 등대지기를 따라 부르고 있는데 누군가가 거칠게 내 팔을 잡아채는 게 느껴졌다. 감았던 눈을 뜨자 물 밖에 있던 내 몸이 어느새 허리까지 차 오르는 바다에 들어와 있었다.

"당신 미쳤어? 죽으려면 안 보이는 곳으로 가서 혼자 죽으란 말이야!!"

내 팔을 잡고 날 향해 소리 지르는 여자. 여자가 하는 말, 내가 로하를 처음 만났을 때 했던 말과 같다. 로하와 함께했던 순간들과 로하의 마지막 모습이 떠오르기 시작했다. 로하야… 아로하… 아로하……!!

자살하는 끔찍한 그림을 그리던 꼬마와 눈이 마주치며 눈이 떠졌다. 예전에 한 번 이와 같은 꿈을 꾼 적이 있다. 너무 충격적이고 선명했기 때문에 잊을 수 없었는데, 난 내가 누워 있는 방을 둘러보았다. 옷장에 책상, 벽에 걸린 달력과 거울이 전부인 작고 허름한 방. 그때 문이 열리면서 바닷가에서 나를 일으켰던 여자가 들어왔다.

"가족에게 연락해야 할 것 같아 당신 몸을 뒤졌어요. 지갑은 없고 핸드폰뿐이더라구요. 하지만 다행히 핸드폰을 켜자마자 전화가 왔어요."

"누가……?"

"남자였는데 누군지는 모르겠고, 두 시간 전쯤 통화했으니까 곧 도착할 거예요."

난 가만히 여자의 얼굴을 살폈다. 바닷바람과 태양빛에 그을린 얼굴이 많이 까칠해 보였지만 꽤 예쁜 얼굴이었다.

"3년 전에 사랑하던 사람이 그곳에서 죽었어요. 그리고 2년 전엔 여동생이……."

그 여자는 애써 눈물을 참으며 말을 하기 시작했다.

"그런데 오늘 당신이 같은 날에, 그것도 같은 장소에서."

"저기, 저 죽으려고 했던 거 아니니까 걱정하지 마세요."

"네?"

"그 바다에 친구가 잠들어 있거든요. 오늘이 그 친구 1년 되는……."

내 말이 끝나기도 전에 문이 열리고 산이가 들어왔다.

"산아래."

난 거친 숨을 내쉬며 날 바라보고 있는 산이를 보며 미소 지었다.

"친구 왔으니까 이만 가볼게요. 구해주셔서 감사합니다."

여자는 우리를 따라 산이가 가져온 차가 있는 도로까지 나왔다. 산이가 그 여자에게 고개 숙여 인사를 하고 차에 올라타 시동을 걸었다. 나 또한 인사를 하고 차에 올라타 문을 닫으려고 하는데 그 여자가 내게 귓속말을 해왔다.

"두 분 너무 잘 어울려요. 나중에 결혼하시면 이쪽으로 신혼여행 오세요."

말을 마친 여자는 윙크를 하며 차 문을 닫았다. 그 여자의 말에 웃음이 터져 나왔다.

"푸하하~"

"왜 웃어?"

"우리가 연인인 줄 알았나 봐. 결혼하면 신혼여행 오래. 웃기지?"

하지만 산이의 얼굴은 좀처럼 풀릴 기미가 보이지 않았다.

"시험 잘 봤어? 난 수학은 거의 찍었는데."

"오늘 사천이 기일이지?"

"기억하네? 글쎄, 어젯밤 꿈에 나타나서는 내 얼굴 잊어버리겠다고 막 난리를 치는 거야."

"단순히 그것 때문에 온 거야?"

"나 누구처럼 쉽게 내 자신 포기하지 않아. 남겨진 사람들이 겪어야 할 고통을 너무 잘 아니까. 그리고 나 없으면 못사는 돼지랑 너 때문에 가고 싶어서 못 가."

오른쪽으로 고개를 돌렸다. 그리고 창문에 바짝 붙어 간간이 보이는 하얀 파도에 맞춰 노래를 흥얼거렸다.

"그대는 울고 있나요. 날 원망하고 있나요. 실망했겠죠. 사소한 욕심 때문에 화내서 정말 미안해. 후회가 돼요."

한 달 후, 수능 성적이 나왔다. 나도, 산이도 그럭저럭 만족스런 결과가 나와 이데 녀석의 집에서 뭉쳤다.

"어래랑 산이, 축하해."

"고마워."

"고맙다, 돼지야."

"대학이랑 과는 결정했어?"

성적이 되지 않아 포기해야 하는 대학을 제외하고 J대학의 청소년 지도학과에 원서를 넣을 생각이다.

"나는 아직."

"어래는?"

"난 J대학 청소년 지도학과. 우린 그렇다 치고 돼지 너는 대학도 안 가고 뭐 할 거야?"

난 통닭 가슴살을 뜯으며 돼지에게 물었다. 산이를 보며 알 수 없는 미소를 짓던 녀석이 눈을 반짝이며 대답했다.

"내가 며칠 전에 모 의류 회사에서 뽑는 모델 광고에 응모했는데 오늘 연락이 왔어."

나는 물론이고 산이의 눈도 놀란 토끼마냥 동그랗게 변했다.

"어떻게 됐어?"

"합격!"

"우와~ 돼지야, 잘됐다!"

"이데, 축하한다."

"잠깐!!"

너무 기뻐 돼지 녀석을 안으려던 내 행동이 돼지의 한마디에 정지했다.

"반산, 축하해. 내일이 면접이야."

"산이?"

"내가 산이 사진이랑 프로필을 보냈어. 산이 정도면 당연히 합격이니까! 그럼 난 산이의 매니저와 코디를 하고. 어때?"

돼지가 산이 코디를? 갑자기 산이의 우스꽝스러운 모습이 눈앞에 그려졌다.

"돼지 너 산이한테 이상한 옷을 입히려고 그러지?"

"내 패션 감각이 어때서? 산이야, 나 매니저랑 코디 시켜줄 거지?"

"아직 결정된 것도 아닌데. 그리고 난 모델은……."

"그건 걱정 마! 그럼 내일 면접을 위해 쇼핑하러 가자~"

산이와 난 돼지에게 이끌려 동대문으로 쇼핑을 나갔다. 많은 사람들 속에서도 돼지는 눈에 띄고, 산이는 빛이 났다.

"저기, 잠깐만요."

막 건물로 들어가려는 순간 한 여자가 우리 앞을 가로막았다.

"실례지만 몇 살이세요?"

여자가 산이를 쳐다보며 말했다.

"이제 20살 되는데."

"혹시 모델 해볼 생각 없어요?"

이것이 말로만 듣던 로드 캐스팅?

"죄송하지만 다른 곳에서 일하고 있습니다."

갑자기 돼지가 정중하게 말했다.

"그렇군요. 그래도 모르니까 나중에라도 연락주세요. 이름이 어떻게 되세요?"

"반산."

"그럼 꼭 뵙기를 바래요."

여자는 산이에게 명함을 건네고 아쉬운지 가면서도 몇 번이고 우리 쪽을 쳐다봤다.

"역시 내 눈은 정확해."

"뭐가?"

돼지가 내 옆으로 달라붙으며 물었다.

"산이 처음 봤을 때 모델 해도 되겠다고 생각했거든."

"그럼 난? 날 봤을 땐 어떤 생각이 들었어?"

"여자."

돼지 녀석, 삐쳤는지 잔뜩 나온 입으로 혼자 건물 안으로 들어갔다. 난 콧소리 낼 준비까지 하고 돼지의 팔에 팔짱을 꼈다.

"이데야~"

"……."

"화수야~"

"내일은 아무래도 눈에 좀 띄게 입어야겠지? 반산, 빨리 와."

화수라고 불러주는 게 그렇게 좋을까? 다시 방방 날뛰는 슈퍼 돼지로 변신한 이데 녀석. 덕분에 우린 받지 않아도 될 시선까지 받아가며 즐겁고 특별한 쇼핑을 마쳤다.

다음날 아침, 혼자 가려는 다래를 붙잡았다.
"같이 가자."
"싫어."
"왜?"
"인기 떨어져."
여자라면 무조건 거부했던 녀석이 요즘은 무슨 일인지 인기 관리에 신경 썼다.
"우리가 남매라는 거 다 알아."
"그래도 내 팬들은 싫어해."
"싫어! 같이 갈 거야!!"
난 재빨리 방으로 들어가 코트와 가방을 들고 나왔다.
"그럼 출발~"
난 자꾸 혼자 가려는 녀석의 팔에 팔짱을 끼고 학교로 향했다. 교문이 가까워지자 몰려 있던 중학생 여자 아이들이 우리를 향해 뛰어왔다.
"오빠, 안녕하세요?"
"다래 오빠, 옆에 있는 여자는 누구예요?"
"안녕? 난 다래 누나야."
웃으면서 인사를 건넸지만 아이들의 표정은 일그러졌다.
"오빠, 정말이에요?"
"말도 안 돼! 하나도 안 닮았는데."
"나 다래 누나 맞아!! 다래야, 가자!"
닮지 않았다는 말, 수없이 들어왔지만 여전히 화가 난다.

"산다래, 너 어디 가서든 꼭 누나 있다고 말해! 알았지?"
"귀찮아."
"뭐가 귀찮아? 네가 말해야 애들이 안 닮아도 믿지!!"
"그만 흥분하고, 난 들어간다."

열받아 혼자 떠들어대는 사이 1동까지 왔다. 다래 녀석이 살짝 손을 흔들며 건물 안으로 들어갔다.

"땡땡이치지 말고 수업 잘 들어!!"

사라져 가는 녀석에서 소리치고 교실로 들어서니 수능 점수가 안 좋은 아이들은 세상 다 산 듯한 얼굴로 앉아 있었고, 좋은 점수를 받거나 대학을 포기한 아이들은 웃고 떠들기 바빴다. 난 오늘도 나보다 일찍 등교한 내 짝 산이 옆에 앉으며 물었다.

"산이야, 면접 몇 시야?"
"3시."
"그럼 수업 끝나자마자 바로 가서 옷 갈아입어야겠네?"
"떨어지면 어쩌지?"

난 산이의 손을 덥석 잡았다. 차가운 내 손과는 달리 따뜻한 산이의 손.

"자신감!! 떨어지면 그 사람들 눈이 삔 거니까 다른 곳에서 면접 보면 되지."
"고마워, 근데 너도 따라올 거야?"
"당연하지!!"

수능이 끝난 우린 4교시까지 자유 시간을 갖거나 비디오를 보며 시간을 보냈다.

학교를 나와 곧바로 돼지네 집으로 향했다. 돼지네 집에 들어서자마자 배고프니까 자장면이라도 시켜 먹자는 내 말은 새가 되어 날아갔다. 산이와 돼지는 뭘 그렇게 준비하는지 30분째 방에서 나오질 않았다. 난 배고픔을 참지 못해 냉장고에서 아이스크림을 꺼내 먹었다. 돼지가 제일 좋아하는 쿠키 엔 크림이었다. 아까 방으로 들어갈 때 냉장고 근처, 특히 아이스크림에 손도 대지 말라는 돼지의 협박은 아이스크림이 입으로 들어온 순간 잊혀졌다. 이렇게 맛있는 걸 자기 혼자서만 먹으려고? 그렇게는 안 되지~

신나게 아이스크림을 거덜 내는 사이, 방에서 산이가 나왔다. 난 서둘러 아이스크림을 냉장고에 넣고 오버하며 산이에게 다가갔다.

"어머머머, 정말 끝내준다!!"

산이는 연보라색의 프릴 남방에 깊게 파인 진한 보라색 니트, 그리고 군데군데 노란색 페인트가 거칠게 칠해진 빈티지 청바지를 입고 있었다. 마지막으로 포인트는 은색의 커다란 나비 벨트였다.

"역시 산이 너는 뭘 입어도 멋져."

"오늘 컨셉은 버터 플라이."

돼지가 내 옆으로 다가오더니 산이를 만족스럽게 쳐다보며 말했다. 인정할 건 인정하자!! 돼지 녀석, 정말 패션 감각 끝내준다. 다시 한 번 산이를 쳐다보려는데 돼지가 나에게 가까이 다가와 코를 벌렁거렸다. 그러더니 손가락으로 내 입술을 눌렀다.

"내가 냉장고 근처에 가지 말라고 했을 텐데?"

"안 갔어!"

"정말로 안 갔어?"

난 심하게 고개를 끄덕였다.

"그럼 이건 뭐지?"

돼지가 내 입술에서 손가락을 떼어 내 눈앞에 들이댔다. 녀석의 손가락에 묻은 쿠키의 잔해들이 내가 무슨 짓을 했는지 말해 주고 있었다.

"그래! 배가 고파서 좀 먹었다!!"

"나도 아껴 먹는 쿠키 아이스크림을 먹어?"

"넌 친구가 중요해, 아이스크림이 중요해?"

"난 너보다 아이스크림이 백배천배 더 좋고, 중요해!!"

내가 돼지한테 아이스크림보다도 못한 존재였다니.

"지금 두 시 넘었는데."

산이의 말에 나와 돼지는 동시에 시계를 쳐다보고 소리를 질렀다.

"빨리!! 빨리!!"

"산이 너 빨리 점퍼 걸치고 나와."

우린 서둘러 집을 나와 택시를 타고 면접을 보는 곳으로 출발했다. 최고의 의류 회사답게 건물은 물론 시설도 최고였다. 십층으로 올라가 안내에 따라 번호표를 받아 들고 대기실이라고 써져 있는 곳으로 들어갔다. 난 대기실로 들어가자마자 시선을 어디에 두어야 할지 몰랐다. 우리나라에 이렇게 키 크고, 잘 빠지고, 잘생긴 남자들이 많았단 말인가!! 거의 다 정장을 입어 산이가 튀었다. 뭐 워낙에 한인물 하니까 똑같이 입었어도 눈에 띄었을 것이다. 난 산이 옆에 앉으며 산이를 쳐다보는 여러 여자들을 째려봤다. 내 옆에 앉은 돼지는 오는 길에 사 온 아이스크림을 혼자서 먹기 시작했다.

"야, 혼자 먹냐?"

"너 아까 내 꺼 다 먹었잖아."

"그래도 사람이 옆에 있는데 혼자 먹어?"

"111번 반산 씨, 들어오세요."

나와 돼지가 아이스크림으로 다투는 사이 산이가 호명됐다.

"산이야, 떨지 말고 대답 잘해."

"만약 옷에 대해 물어보면 최고의 디자이너 이데님이… 아야!!"

난 돼지의 머리를 때리며 산이에게 손을 흔들었다.

"산어래."

낮게 깔린 돼지의 음성. 얼굴도 굳어진 걸 보니 진짜로 화난 것 같다.

"이 세상에서 제일 멋진 이데야~"

"평소대로 해."

"내가 네 머리를 때린 건."

"때린 건 뭐?"

"그러니까……."

돼지 화내기 전에 얼른 변명거리를 찾아야 하는데 전혀 떠오르지 않는다. 서서히 다가오는 돼지의 얼굴 뒤로 면접실로 들어갔던 산이가 나오는 것이 보였다.

"산이야~"

난 벌떡 일어서 산이에게 뛰어갔다.

"빨리 나오네? 어떻게 됐어?"

"일주일 뒤에 개별 통지 한대."

"심사위원들 표정은 어때? 합격한 것 같아?"

"잘 모르겠어."

"산어래."

뒤에서 들려오는 공포의 목소리.

"돼지야, 한 번만 봐줘."

"그럼 오늘 우리 집 청소해."

"청소는 내 전공이니까 걱정 마."

"그리고 아이스크림 700원짜리 콘으로 20개."

나도 어쩌다가 사먹는 700원짜리 콘을 20개씩이나? 한 달 용돈 반이나 날아가게 생겼다.

돼지네 집으로 가는 도중, 어느 가게 앞에 사람들이 몰려 있었다. 나와 산이는 돼지의 성화에 못 이겨 사람들 사이를 비집고 들어갔다. 사람들이 둘러싸고 있던 곳엔 남자 3명과 여자 1명이 앉아 있었다. 그리고 테이블 위엔 콜라가 가득 든 1,000cc 맥주잔이 놓여져 있었다. 마이크를 든 사람이 한 사람 한 사람에게 각오를 묻고 콜라 빨리 마시기 대회가 시작되었다. 1등은 맨 왼쪽에 있던 중년의 아저씨.

"도전자 없습니까? 없으시면 이분께 저희 통닭집의 통닭을 10번이나 공짜로 드실 수 있는 쿠폰을 드리겠습니다."

"저요!!"

왼손을 높이 들며 앞으로 걸어나가는 우리의 돼지 녀석.

"굉장히 특이한 스타일이신데 소개를 간단히 해주세요."

"반산이라는 신인 모델의 매니저 겸 코디를 담당하고 있는 이데라고 합니다."

"일본인?"

"한국 피랑 일본 피 믹스."

곳곳에서 수군거림과 웃음이 터져 나왔다.

"통닭 좋아하나요?"

"당연하죠, 특히 닭 껍질이랑 닭발을 좋아해요."

"뭘 좀 아시는군요, 그럼 각오 한마디!"

"불뚝아, 내가 꼭 1등해서 닭 먹여줄게."

녀석이 날 보면서 손을 흔들었기에 사람들의 시선이 자연스럽게 내 얼굴로 향했다. 옆에 있는 산이마저 날 보면서 웃었다. 시작이라는 소리가 떨어지기 무섭게 콜라를 마시기 시작하는 두 사람. 왼손으로는 손잡이를 쥐고, 손이 없는 오른쪽 팔로 잔을 지탱하며 힘겹게 콜라는 마시는 돼지의 모습에 마음이 아파왔다. 하지만 결과는 돼지의 승리. 녀석이 사회를 보던 남자에게 쿠폰을 받아 들고 우리에게 달려왔다.

"돼지야, 네가 자랑스러워."

"나 멋있어?"

"응! 짱 멋져!!"

"그럼 빨리 가서 닭 파티하자."

사람들 사이에서 빠져나와 화단 쪽에 몰려 있는 다섯 명의 중학생 놈들 앞을 지나가려는데 놈들의 입에서 내 신경을 건드리는 얘기가 나왔다.

"저 혼혈아 새끼, 오른손 병신인 거 봤나?"

"못 봤는데 정말 병신이야?"

"난 봤어. 엄청 징그러워."

난 걸음을 멈추고 놈들 앞으로 걸어가 섰다.

"너희 지금 뭐라고 지껄였냐?"

"이년, 뭐냐?"

"혼혈아 새끼 여자 친구야."

"지 서방 욕하니까 열받았나?"

"손 병신을 손 병신이라고 하는 게 잘못됐냐?"

난 화단에 있는 벽돌을 들어 놈들을 향해 던졌다. 하지만 벽돌은 돼지의 손에 의해 내 손에 그대로 있었다.

"비켜!"

"내려놔."

"왜 막아? 이 자식들이 널 병신 취급하는데 왜 막아?"

"너희들 5초 내로 꺼져라, 1, 2, 3, 4……."

돼지의 말에 놈들이 도망가기 시작했다.

"야!! 너희 똑똑히 들어!! 우리 돼지 손가지고 멋대로 지껄이면 죽여버릴 거야!! 알았어?! 다시 한 번 우리 돼지 마음 아프게 하면……."

"그만 해."

난 돼지의 품에 안겨 돼지를 대신해 눈물을 흘렸다. 속으로만 우는 돼지 녀석을 대신해 울고, 또 울었다.

다음날, 형체를 알아볼 수 없을 만큼 부어버린 내 눈을 보고 다래가 놀리기 시작했다.

"붕어다, 붕어."

"우정에 대한 결과야."

"또 어디에서 차였구만."

"내가 왜 차여?"

"너 옛날에 차여서 울고 들어왔잖아."

하여간 쓸데없는 일은 잘도 기억한다니까. 또다시 먼저 가려는 다래의 가방 끈을 잡아당겼다.

"같이 가."

"오늘은 무슨 일이 있어도 같이 안 가."

"왜?"

"괴물이랑 같이 가면 내 이미지가 어떻게 되겠어? 그리고 학교에서도 아는 척하지 마."

말을 마친 녀석이 내 손을 뿌리치며 밖으로 나갔다. 오늘은 내가 봐도 내 상태가 안 좋으니 산다래 너의 이미지를 위해 양보한다.

또 밝아온 아침, 시끄러운 소리에 잠이 깼다. 하품을 하며 방을 나오자 구수한 냄새가 온 집 안에 가득했다. 조심조심 주방으로 걸어갔다.

"산다래, 너 뭐 해?"

그렇다! 다래가 앙증맞게 앞치마에 머리 수건까지 두르고 음식을 만들고 있었다.

"배고파? 그럼 나 깨우지."

"더 자."

"비켜. 내가 할게."

"오늘 네 생일이잖아."

내 생일? 오늘이 벌써 12월 11일? 맞아, 작년에 로하 녀석이 평생 잊을 수 없는 선물을 주고 갔지. 벌써 1년이나 지났네? 아직도 어제 일처럼 생생한데 1년이라니. 자꾸만 생각하다간 내 자신도 주체할 수 없을 것 같아 의자에 앉아 다래를 쳐다봤다.

한 시간 후, 엉성하지만 정성으로 가득한 생일 상이 차려졌다.

"다래야, 고마워."

"맛은 보장 못해."

녀석은 마주친 내 시선을 피해 밥을 먹기 시작했다. 다래야, 오늘은 널 위해서라도 웃을래.

교실로 들어서자 커다란 장미 바구니가 올려져 있는 내 책상이 눈에 들어왔다. 난 패션 잡지를 보고 있는 산이에게 물었다.

"이거 뭐야?"

"이데 선물."

"이거 무지 비쌀 텐데. 근데 산이 넌 선물 없어?"

장미 바구니를 바닥에 내려놓고 일부러 산이를 뚫어지게 쳐다봤다.

"받고 싶으면 로하 있는 곳으로 와."

"그냥 지금 주면 안 돼?"

"올 때까지 기다릴게."

어색한 분위기에 때맞춰 담임이 들어왔다. 로하를 떠나보낸 그날 이

후, 단 한 번도 녀석을 찾지 않았다. 가고 싶었지만 참았다. 미치도록 녀석이 그리웠지만 참았다. 그곳에 가면 로하의 옆에 잠들고 싶어질까 봐 참고 또 참았다.

 집에 도착해서도 난 쉽게 결정을 내리지 못했다. 조용한 집 안에 로하 목소리가 들리는 것 같아 음악을 크게 틀어놓았다. 하지만 노래에서 흘러나오는 목소리마저 로하 목소리로 변해 들려왔다. 난 서둘러 음악을 끄고 로하에게 달려갔다. 가까워질수록 바다 냄새와 파도 소리가 내 몸을 마비시켜 왔다. 쓸쓸한 겨울 바다가 로하와 많이 닮았다. 난 홀로 끝없는 바다를 바라보며 서 있는 산이 옆에 섰다. 마음속으로 수백 번 웃자는 말을 되풀이하고 바다를 향해 입을 열었다.

 "로하야, 안녕? 그동안 잘 지냈어? 일 년 만에 보는 내 얼굴 어때? 예뻐진 것 같아?"

 파도가 대신 대답했다.

 "오늘 내 생일인 거 모르지? 모르잖아. 너 모르니까 간 거잖아. 근데 왜 하필 오늘 간 거야? 응? 왜 하필 오늘 갔어……."

 뜨거운 눈물이 뺨을 타고 흘러내렸다.

 "아로하, 보고 싶어. 넌 나 안보고 싶어? 왜 꿈에서도 날 찾아오지 않는 거야……."

 "아로하―!!"

 그때 말없이 바다만 바라보던 산이가 큰 소리로 로하 이름을 불렀다.

 "보고 있지? 네 부탁 못 들어주겠다. 하지만 그건 전해줄게."

 주머니에서 구름 모양의 팬던트가 걸린 목걸이를 꺼내 내 목에 걸어주는 산이.

"로하가 전해달래. 어젯밤 꿈에 나타났거든."

"로하가?"

"응, 예전에 로하가 친구 된 기념으로 준 거야."

말을 마치고 바다를 향해 몸을 돌리는 산이의 옆모습을 쳐다봤다. 바람이 녀석의 머리를 스치며 지나갔고, 바다를 붉게 물들인 석양이 산이 얼굴까지 붉게 물들였다. 잠시 후, 바람을 타고 노래 부르는 산이의 작은 목소리가 울려 퍼졌다.

일주일 뒤, 산이의 합격 소식이 전해졌다. 그리고 방학이 시작되자마자 산이와 돼지는 바빠지기 시작했다. 또한 과는 달랐지만 산이와 같은 대학에 합격했다. 두 달 동안 모델이 되기 위해 쉬지 않고 모델 스쿨에서 교육을 받은 산이는 3월부터 조금씩 잡지나 의류 상품의 모델로 나가기 시작했다. 시간이 지나면서 더욱 바빠진 산이는 입학식은 물론 한 달 넘게 한 번도 학교에 나오지 못했다.

아침부터 따사롭게 내리쬐는 햇살로 인해 잠이 쏟아졌다. 교수님이 잠시 휴식 시간을 주자 아이들은 기다렸다는 듯이 밖으로 나가거나 떠들거나 나처럼 책상에 얼굴을 박았다. 고등학생이라는 신분에서 벗어난 지 얼마 되지 않아서인지 대학이었지만 고등학교 분위기가 강했다. 따뜻한 햇살에 저절로 잠이 쏟아지는 가운데 내 뒤에 있던 여자들이 심하게 떠들어댔다.

"얘 멋있지? 신인 모델 같은데 여자보다 더 예쁘고, 몸매도 예술이야."

"이름이 특이했는데 뭐였더라?"

"반산. 나도 특이해서 가명인 줄 알았는데 진짜래."

산이의 얘기에 잠이 싹 달아났다. 어제 돼지에게 산이를 알아보고, 좋아하는 사람들이 많아졌다는 얘기를 들었다. 내 뒤에 있는 여자들의 수다는 계속되었다.

"몸매 진짜 죽인다, 키 186㎝에 몸무게 67kg."

"야!! 이것 좀 봐. 우리 학교 다녀."

"뭐? 정말? 어디, 어디?"

"패션 스페셜 리스트과."

그때 교수님이 들어오셨고 내 뒤에 있던 여자들은 목소리를 낮추며 소곤거렸다.

그로부터 2주 뒤, 산이가 처음으로 학교에 발을 내디뎠다. 한 달 만에 보는 산이는 전보다 훨씬 멋있게 변해 있었다. 내가 아는 사람, 더구나 친구라는 사실이 믿어지지 않았다. 튀는 의상을 입은 탓에 자연히 지나가는 모든 사람들의 시선이 산이에게로 쏠렸다. 남자들은 한 번씩 쳐다보고 그냥 지나갔지만 여자들은 끝까지 쳐다보거나 우리 뒤를 쫓아왔다.

"저기……."

아까부터 우리 뒤를 쫓아오던 3명의 여자들의 산이에게 말을 걸었다.

"N35 모델 맞으시죠?"

"아, 네."

"저희 학교 다니세요?"

"네."

산이의 대답에 좋아라 방방 뛰는 세 여자.

"정말 팬이에요. 실물로 보니까 훨씬 더 멋있어요."

"근데 여자 친구예요?"

짧은 단발머리를 한 여자가 날 이리저리 훑어보며 물었다.

"친구예요."

"아~ 저기 사인 좀 해주세요."

산이는 그 여자들에게 사인에 악수까지 해주고 다시 걸음을 옮겼다. 잘 웃는 건 아니지만 그래도 다른 여자를 향해 웃는 모습을 보니 괜히 화가 났다.

"너 웃는 것도 보기 안 좋아."

"그럼 웃지 말까?"

"쓸데없이 웃지 말라는 소리야. 너희 과는 이 건물이야."

난 앞에 있는 건물을 가리키며 말했다.

"넌?"

"이쪽으로 쭉 가면 있어."

"가자."

산이가 내가 가리킨 곳으로 걸어가기 시작했다.

"반산, 너희 과는 저 건물이라니까."

"수업 시작하려면 아직 멀었어. 학교 구경 좀 시켜줘."

난 우리 과 건물로 오는 동안 산이에게 손짓 몸짓 다 해가며 학교를 설명했다.

"우리 과는 이 건물이야."

"몇 시에 끝나?"

"12시 20분."

"내가 더 일찍 끝나니까 여기에서 기다릴게. 같이 점심 먹자."

"그래!! 너 오늘 첫 수업이니까 열심히 들어~ 이따 봐."

산이에게 손을 흔들고 건물 안으로 들어오자 자판기 앞에 몰려 있던 같은 과 여자들이 내게 다가왔다.

"방금 전에 같이 온 남자, 반산 맞지?"

"그런데?"

"거봐, 맞잖아!!"

5명이나 되는 여자들이 깡충깡충 뛰며 어린아이처럼 좋아했다.

"반산이랑 어떻게 아는 거야? 설마 사귀는 건 아니지?"

"친구야."

"그래? 그럼 여자 친구 있어?"

"없어."

보아하니 산이한테 접근하기 위해 내게 친한 척하는 것 같다.

"어래, 너 혼자 다니지? 우리랑 어울릴래?"

"고맙지만 사양할게. 강의 시작하겠다. 먼저 간다."

최대한 상냥하게 말하고 뒤돌았지만 들려오는 말들은,

"지가 잘난 줄 아나 봐."

"그 깟 모델 친구 하나 있다고 빼기긴."

"아우, 재수없어!!"

하지만 점심 먹자는 산이의 말 때문에 내 발걸음은 가벼웠다. 시간이 지날수록 산이의 스케줄은 많아지고 방송 출현까지 하게 되어 이제는 모델 반산이라는 이름 대신 연예인 반산이라는 이름으로 불려졌다.

제18장
12월 11일&아로하

20번째 내 생일이자 로하가 우리 곁을 떠난 지 2년 되는 오늘, 아침부터 눈이 내리기 시작했다. 밖으로 나와 바람에 이리저리 휘날리는 눈을 잡기 위해 팔을 뻗었다.
로하야, 우리 아빠가 그러는데 내리는 눈을 잡으면 소원이 이뤄진대. 근데 내 소원은 이뤄질 수 없는 거라서 그런가? 아무리 잡아도 잡히질 않아. 다른 사람보다 100배, 아니, 1,000배는 간절한 소원인데.
다시 한국으로 돌아온 부모님과 다래와 함께 아침을 먹고 이데와 산이가 같이 살기 시작한 새집으로 향했다. 추운 날씨에도 불구하고 녀석들의 집 앞에는 많은 소녀들이 몰려 있었다. 경비 아저씨와 인사를 나누고 건물 안으로 들어서자 밖에서 난리가 났다.

이층으로 올라가 초인종을 눌렀다.

[암호를 대라.]

"추우니까 빨랑 문 열어."

[들어오고 싶으면 화수야 사랑해라고 해봐.]

"문 안 열어?"

[빨리 해봐~]

난 핸드폰을 꺼내 산이에게 전화를 했다.

[어, 어래야.]

"돼지 녀석 좀 처리해 봐."

[그냥 사랑한다고 말해.]

"너까지 이러기야? 나 그냥 간다?"

[미안. 잠시만.]

안 된다고 소리치는 돼지의 목소리가 들려오고 이내 문이 열렸다. 난 안으로 들어가자마자 돼지 녀석을 짓밟았다.

"아아악~ 사람 살려."

"또 그럴 거야?"

"잘못했어. 다시는 안 그럴게."

난 천천히 호흡을 가다듬고 산이 옆에 앉았다. 바닥에 대자로 뻗어 있던 돼지 녀석이 벌떡 일어나더니 방으로 들어갔다.

"산이야, 쟤 삐친 거 맞지?"

"글쎄."

"아니야. 삐친 게 확실해!"

그때 방문이 열리면서 케이크를 손에 든 이데 녀석이 나타났다.

"생일 축하합니다~ 생일 축하합니다~ 사랑하는 우리 불뚝이 생일 축하합니다~"

노래를 마친 녀석이 내 앞으로 케이크를 내밀었다.

"불 끄면서 소원 빌어."

눈가에 고인 눈물로 인해 돼지의 얼굴과 촛불이 흔들렸다. 난 '산이랑 이데랑 영원히 함께하게 해주세요' 라는 소원을 빌고 촛불을 껐다.

"이데님의 특별한 선물!"

돼지가 큰 상자를 건네며 말했다.

"되게 크다. 뭐야?"

"풀어봐."

선물은 막 뜯어야 예의라는 말이 떠올라 인정사정없이 포장지를 뜯어 선물을 확인했다.

"내가 직접 만들었어."

"너 내 사이즈 모르잖아."

"그래서 드럼통 사이즈 재서 만들었어."

난 웃으면서 돼지의 볼을 힘차게 잡아당겼다.

"그랬어? 아이구, 고마워라."

"어래야, 한번 입어봐."

산이의 말에 돼지의 볼을 잡아당기던 손을 떼고 방으로 들어왔다. 왼쪽에 작은 장미 무늬가 들어간 살구색 티셔츠는 목과 팔, 허리 모두가 꼬불꼬불 조이는 형식으로 되어 있었다. 바지 역시 밑단이 조여지는 검정

색이었는데 포인트로 흰색의 장미 가시 넝쿨이 양 옆 라인에 그려져 있었다. 마지막으로 무지 작은 사이즈의 아이보리 색 점퍼. 점퍼까지 입었는데 몸에 딱 맞는다. 이 녀석, 내 사이즈를 어떻게 알았지? 역시 손재주랑 패션 감각은 인정할 만한 솜씨다. 문을 열고 거실로 나가자 이데 녀석이 오버하기 시작했다.

"누가 만든 옷인지 정말 죽인다. 안 그래?"
"어래한테 잘 어울린다."
"산이야, 정말 잘 어울려?"

난 내 앞에서 알짱거리는 돼지를 무시하고 산이 옆에서 포즈를 취했다.

"어때? 맘에 들어?"

또다시 내게 달라붙어 눈망울을 반짝이며 묻는 이데 녀석. 무시할까 하다 이번에도 무시하면 분명 일주일 내내 삐쳐 있을 것 같아 대답했다.

"맘에 들어. 고마워."
"매일매일 입고 다녀."
"오냐."

난 점퍼를 벗고 산이 옆에 앉았다. 그리곤 조용히 손바닥을 펼쳐 산이 앞으로 내밀었다.

"빨리 줘."
"뭘?"
"그걸 꼭 말해야 알겠어?"
"척 보면 몰라? 생일 선물 달라는 소리잖아."

돼지 녀석이 케이크에 있는 과일을 집어 먹으며 말했다.
"미안. 요즘 시간이 없어서 준비를 못했어."
물밀듯이 밀려오는 이 섭섭함. 하지만 내색하지 않으려 노력하며 대답했다.
"괜찮아, 나도 산이 니 생일 날 선물 안 주면 되는 거지?"
돼지 녀석, 놀랐는지 손가락에 묻힌 생크림을 떨어뜨렸다. 하지만 정작 당사자인 산이는 아무렇지 않은 얼굴이다.
"농담이야."
"뭐 갖고 싶은 거 없어?"
"장우혁 사인."
어색하게 웃는 산이와 입을 다물지 못하는 돼지 녀석.
"나중에 만나게 되면 받을게. 그럼 가고 싶은 곳은?"
"이집트는 안 되겠지?"
애써 내 시선을 외면하는 산이와 또다시 입을 다물지 못하는 이데를 향해 웃으며 다시 한 번 입을 열었다.
"이집트는 나중에 가고, 산이가 촬영하는 모습 보러 방송국에 가고 싶어."
"오늘 잡지 촬영 있는데 갈래?"
이데가 다이어리를 뒤적이며 말했다.
"정말? 나 가도 돼?"
"대신 말썽 부리면 안 돼."
"내가 애냐? 걱정 마!!"

난 돼지의 볼을 잡아당기며 대답했다. 산이가 촬영하는 모습을 직접 볼 수 있다니. 벌써부터 가슴이 설렌다.

점심을 먹고 녀석들과 함께 밖으로 나왔다. 내가 들어올 때와 마찬가지로 집 앞에는 수많은 소녀 팬들이 몰려 있었다. 그 아이들은 산이와 이데가 나타나자마자 소리를 지르며 달라붙었다. 그리고 여기저기서 플래시도 터져 나왔다.

"산이 오빠, 이거 받아주세요."

"오빠, 감기 조심하세요!!"

"오늘 촬영 열심히 하세요~"

산이는 그런 아이들을 향해 미소로 답했다. 이데 녀석은 길을 막아서는 아이들을 젖히며 산이와 날 차에 태우고, 그 아이들이 들고 있는 선물 챙기는 걸 잊지 않았다. 헌데 아무리 봐도 저건 갈취다!

10분 후, 우리 나라에서 제일 크고 좋다는 스튜디오에 도착했다. 정말 '이름값한다' 라는 생각이 들 정도로 거대했다. 앞서 가는 산이를 따라 안으로 들어가려는 순간 뒤에서 이데 녀석이 내 팔을 잡아당겼다.

"왜?"

"정말 얌전히 있어야 돼."

"죽은 사람 마냥 조용히 있을게요!! 됐지?"

"산이한테 피해주는 행동 절대 하지 말고."

"너보다 내가 더 산일 생각한다는 거 몰라?"

녀석이 또 한마디 할까 얼른 안으로 들어갔다. 오늘 산이가 촬영하는 곳은 오층에 있는 H 스튜디오라 오층으로 올라갔다. 일층을 제외한 각층엔 A부터 H까지의 스튜디오가 있다고 한다. 이 건물이 육층이니까 총 40개. H라는 표말이 붙어 있는 문을 열고 들어가자 안에 있던 사람들의 시선이 일제히 우리를 향했다.

"안녕하세요?"

산이는 이곳저곳을 다니며 인사하기 바빴다. 조용히 돼지 뒤를 따라다니며 스튜디오를 구경했다. 그런데 산이가 보이질 않았다.

"돼지야, 산이 어디 갔어?"

"촬영 준비하러 탈의실에."

"사진 찍는데 얼마나 걸려?"

"기본이 2시간인데 오늘은 한 4시간 정도 걸릴 거야."

헉!! 4시간 동안 이 답답한 공간에 있어야 한다니. 한 시간이면 끝날 줄 알았는데. 돼지와 함께 촬영을 위해 만들어진 세트 앞에 자리를 잡고 앉았다.

잠시 후, 세트장 안으로 하얀 모피 코트를 입은 산이가 나타났다. 우와, 근사하다!! 사진 작가의 말에 여러 가지 포즈를 취하던 산이가 다시 탈의실로 들어갔다.

"뭐야? 벌써 끝났어? 오늘은 4시간이라며?"

"다른 옷으로 갈아입으러 간 거야. 30벌 정도 입을 거야."

"산이 혼자만 촬영해?"

"조금 있다 여자 모델이랑 찍어."

산이는 모델로서 정말 멋있었기에 같이 사진 찍어보고 싶다는 생각이 들었다. 산이의 촬영 모습을 볼 수 있어서 좋기는 한데 엉덩이가 쑤셔왔다. 시계를 보니 겨우 한 시간 지났다. 잠시 휴식이라는 사진 작가 말이 떨어지기가 무섭게 세트장에 뻗어버린 산이에게 다가가 생수병을 내밀었다.

"고마워."

"힘들지?"

"네가 응원해 줘서 안 힘들어."

"보니까 생각보다 촬영 시간도 길고, 힘든 것 같아."

그때 배에서 신호가 왔다.

"산이야, 화장실이 어디야?"

"밖으로 나가서 A 스튜디오 쪽으로 쭉 가면 나와."

"땡큐."

민망함에 어색하게 웃어 보이고 복도로 나와 화장실로 뛰었다.

우리 집보다 더 좋게 꾸며진 화장실에서 볼일을 봐야 할지 말아야 할지 고민하는 사이 다시 신호가 왔다. 그래, 아무리 좋아도 여긴 화장실이야!! 일을 마치고 손 씻는 걸 마지막으로 화장실에서 나왔다.

산이가 촬영하는 H 스튜디오로 열심히 가고 있는데, F 스튜디오의 문이 살짝 열려 있었다. 저기에선 무슨 촬영을 하고 있을까? 궁금하다!! 돼지가 얌전히 있으라고 했는데. 에이, 그냥 살짝 구경만 하는 건데 뭐 어때?

조심조심 F 스튜디오 문 앞으로 걸어가 안을 들여다봤다. 제일 먼저 눈에 들어오는 건 상체가 나체인 여자의 뒷모습이었다. 헛!! 이거 혹시 누드 촬영? 땡 잡았다!! 신나게 촬영 모습을 지켜보는데 누군가가 내 뒤에 있는 느낌이 들었다. 설마 하는 마음에 뛰는 가슴 위로 손을 얹고 살며시 얼굴을 돌렸다.

"으아악!!"

내 뒤엔 상체를 시원하게 드러낸 어떤 녀석이 서 있었다. 난 자세를 바로잡고, 녀석을 살폈다. 얼굴은 키가 커서 올려다봐야 했는데, 짙은 눈썹이 인상적이었다. 전체적으로 피부도 깨끗하고 깔끔하게 생긴 게 여자 꽤나 따를 것 같은 느낌이 들었다.

"지금 뭐 해?"

"누구세요?"

"나 몰라?"

내 질문에 오히려 자신을 모르냐며 되묻는 이 녀석!!

"모습을 보아하니 노출증 환자나 머리를 크게 다친 사람이 아닌지 의심되는데요?"

"풋, 날 모르는 걸 보니 내 팬은 아닌가 보네. 지금 도둑고양이처럼 뭘 그렇게 훔쳐봐?"

"근데 아까부터 왜 반말이야?"

"그럼 너도 반말해."

이런 건방진 녀석! 고등학생 같은데.

"여긴 어떻게 들어왔어? 몇 살이야?"

"너보다 나이 많고, 몰래 들어온 거 아니니까 도둑 취급 하지 마."

"나 18살인데 나보다 많다고? 중학생 같은데?"

아무리 내가 키가 작아도 그렇지!! 중학생이라니. 나 한 달 후면 성인인데.

"나 20살이야!! 그러니까 반말하지 마!"

"나이가 무슨 상관이야? 나보다 쬐끄만데."

"키가 무슨 상관이야?"

"어라? 촬영 늦겠다, 들어가자."

갑자기 녀석이 내 손을 잡더니 F 스튜디오로 들어갔다. 녀석은 수북한 턱수염을 가진 남자에게로 걸어가더니 날 가리키며 말했다.

"여자 모델 얘로 해요."

"갑자기 왜? 그 앤 누구야?"

"도둑고양이! 그럼 촬영 시작해요."

멋대로 결정하고 아직까지 내 손을 잡은 채로 동화에서나 나올 법한 배경이 꾸며진 세트장으로 걸음을 옮기는 녀석을 잡아당겼다.

"지금 뭐 하는 거야? 내가 무슨 모델을 해?"

"겨우 한 장 찍는 거야."

"누가 한대?"

"모델비 줄 테니까 걱정 말고, 네가 언제 또 이런 모델 일을 해보겠냐?"

"로하, 옆에 있는 학생은 누구야?"

잘 차려입은 20대 중반의 남자가 우리 앞에 섰다. 잠깐!! 지금 로하라고 한 것 같은데. 설마, 내가 잘못 들었겠지.

"오늘의 주인공."

"어디서 데려온 거야? 모델 벌써 불렀는데."

"얘가 더 잘 어울려. 야, 인사해. 내 매니저 형."

난 얼떨결에 고개 숙여 인사했다.

"그래, 반갑다. 몇 살이야? 올해 중학교 졸업하니?"

"풋, 푸하하하~"

갑자기 웃음을 터뜨리며 바닥에 주저앉는 이 재수없는 녀석!! 내가 정말 중학생으로 보이는 걸까?

"중학생, 어서 옷 갈아입고 와."

"그만 해!"

"중학생보고 중학생이라고 하지, 뭐라고 해? 뭐라고 불러줄까?"

어디서부터 잘못된 것일까? 그래!! 이 스튜디오를 엿보는 게 아니었어. 호기심을 누르고 그냥 지나쳤어야 했거늘. 내 자신을 한탄하는 사이 난 어느새 탈의실로 끌려와 준비된 흰 원피스를 입고 있었다. 옷을 다 입고 나오자 세트장엔 하늘거리는 블라우스를 입고 무릎 꿇고 앉아 있는 놈의 모습이 보였다. 난 내게 모아지는 시선을 꿋꿋이 받아내며 놈 앞으로 걸어가 물었다.

"정말 모델비 주는 거야?"

"사인도 해줄게."

"필요없어. 근데 너 모델이야? 지금 무슨 촬영 하는 거야?"

"자, 여학생!! 로하 앞에 있는 나무에 앉아서 허리를 곧게 펴고 양손은 모아서 다리 위에 얹어."

내가 잘못 들은 게 아니었어. 분명 지금 사진 작가가 이 녀석을 로하라고 말했다. 난 나무에 앉으며 놈에게 물었다.

"너 이름이 뭐야?"

"정말 나 몰라? 모르는 척하는 거 아니었어?"

"빨리 말해!!"

"아로하."

로하… 아로하… 오랜만에 다른 사람을 통해 듣는 로하의 이름. 반가움 때문일까, 아님 그리움 때문일까? 로하의 이름을 듣자마자 눈물이 흘러내렸다.

"좋아!! 여학생, 눈 감고 그대로 있어."

난 인형처럼 사진 작가의 말을 따라 눈을 감았다.

"로하 넌 조심스럽게 다가가서 살며시 입 맞춰."

입술에 따뜻한 무언가가 닿으며 플래시 터지는 게 느껴졌다.

"오케이!! 아주 잘했어."

"수고하셨습니다."

사람들이 바쁘게 움직이는 소리가 들린다. 눈꺼풀을 들어 올려야 하는데 움직이질 않는다.

"야!! 아직까지 눈 안 뜨고 뭐 해? 키스가 아니라서 실망했어?"

그렇게 떠지지 않던 눈이 놈의 한마디에 번쩍 떠졌다. 내 얼굴 가까이 얼굴을 내밀고 실실거리고 있는 놈의 머리를 세게 쳤다.

"아야, 내 머리!"

"모델비나 내놔."

"아까 왜 울었어?"

네 이름이 우리 로하랑 똑같아서. 영원히 로하라는 이름은 기억 속에서만 불려지는 줄 알았는데 이렇게 불려져서.

"눈에 먼지가 들어갔어."

"먼지? 먼지 좋지."

"빨리 돈이나 내놔."

내 말에 녀석이 흰 종이를 꺼내더니 그곳에 글을 쓰기 시작했다. 만족스러운지 연신 자신이 쓴 글을 보며 웃더니 그 종이를 내게 내밀었다. 난 종이를 받아 들고 내용을 살폈다.

'아로하 평생 이용권' 이라는 글과 함께 놈의 사인으로 추정되는 지렁이 글씨와 핸드폰 번호가 적혀 있었다.

"이게 뭐야?"

"써 있는 그대로."

"그러니까 무슨 말이냐고!!"

"날 가져."

난 또다시 놈의 머리를 세게 쳤다.

"어린 게 못하는 소리가 없어."

"나 갖기 싫어? 대부분 날 갖고 싶어하던데."

"그럼 널 원하는 사람한테 줘!! 그리고 모델비는 불쌍한 인간 도왔다 치고 안 받을 테니까 걱정 마."

이름만 같을 뿐인데 자꾸만 시선이 가고, 마음이 가는 내 자신을 더 이상 볼 수 없어 스튜디오를 나왔다. 내게 아로하는 하나면 돼. 하나면 충분해. 다른 로하는 필요하지 않아.

이데는 내가 스튜디오에 들어오자마자 잔소리를 시작했다.

"도대체 화장실에도 없고, 어디 있다 오는 거야?"

"화수야."

내가 화수라고 부르는 게 이상한지 놈이 눈을 가늘게 뜨고 날 쳐다봤다.

"뭐야? 갑자기 왜 이래?"

"나 로하 만났어."

"로하? 무슨 소리야?"

"로하랑 성까지 똑같은 녀석을 만났어."

내 말에 녀석이 내 이마를 툭 하고 쳤다.

"어땠어?"

"기분 나빠. 로하는 그런 말이나 그런 표정 짓지 않는데."

"걱정 마, 그 녀석 가명이니까."

"가명? 너 걔 알아?"

"요즘 산이보다 더 잘나가는 고등학생 모델인데 우리 후배이기도 해."

18살이라고 했는데, 그럼 다래와 같은 학년?

"진짜 이름은 뭐야?"

"아주 촌시러워. 그래서 뉴질랜드 마오리족 언어로 사랑이라는 뜻을 가진 아로하라는……."

"어? 아로하가 사랑한다는 말이야? 뉴질랜드 말로?"

고개를 끄덕여 그렇다고 대답하는 이데. 로하야, 한 번도 너에게 사랑한다 말하지 못해서 맘 아팠는데 이제 보니 많이 말한 셈이네? 비록 네 이름을 부른 거였지만.

"아무튼 그 녀석 실명은 변봉태, 이 이름 부르면 반쯤 미친대."
"봉태? 변봉태? 변태 같아."
"이쪽에서도 변태가 별명이야."
"실명으로 나왔으면 더 떴을지도 모르겠다."
우린 한동안 변봉태의 이름을 마음껏 비웃었다.

며칠 뒤, 다래의 부탁으로 CD를 사러 음반 가게로 향했다. '소리 모으기' 라는 간판이 보이고 그 앞에 여러 명의 여학생들이 무언가를 가리키며 수다를 떨고 있었다. 뭘 보고 저렇게 난리를 치는 거지? 궁금함에 가게 안으로 들어가기 전 슬쩍 여학생들이 보고 있는 포스터를 살폈다. 헛! 저건!!

"이 여자 누굴까? 로하 오빠랑 뽀뽀까지 하고 말이야."
"중학생이라는 소문이 있던데."
"근데 왜 하필 이런 사진을 찍은 거야, 속상하게!! 혹시 사귀는 거 아니야?"
"나중에 오빠 만나면 물어보자."

여학생들의 대화를 들어보면 알겠지만 나와 봉태가 찍은 포스터에 대한 얘기였다. 근데 중학생이라는 얘기는 또 어디에서 나온 거야!! 난 여학생들이 자리를 뜨자마자 포스터를 자세히 살폈다. 내가 울고 있어서 그런지 슬프고 안타까운 느낌이 드는 사진이었다. 하지만 옆모습이라 자세히 보지 않고는 나인 줄 모르겠다. 이렇게 전국으로 얼굴 팔리는 걸 알았다면 모델비받는 건데. 가게 안으로 들어가 다래가 부탁한 앨범을 사고, 고민 끝에 변봉태의 앨범도 샀다. 우리 사진 위에 아로하라는 이름과

1집이라는 표시 외에 'First kiss'라는 타이틀이 새겨져 있었다.
 집에 도착해 다래에게 CD를 던지고 내 방으로 들어왔다. 봉태 녀석의 앨범을 뜯고 자켓을 뒤적였다. 맨 끝에 있는 thanks to를 읽는 도중 난 괴성을 지르며 자켓을 집어 던졌다.

 …마지막으로 보고 싶은 첫키스의 여인, 중학생에게 이 앨범을 바칩니다.

 내 괴성에 미간을 잔뜩 찌푸린 다래가 내 방으로 들어왔다.
 "뭐야?"
 "아무것도 아니야."
 "미친 사람처럼 아무 때나 소리 지르지 마."
 돌아서 방을 나가던 녀석이 허리를 숙여 바닥에 내팽겨져 있는 봉태의 자켓을 집어 들었다.
 "너도 이 자식 좋아하냐?"
 다래 녀석, 누나라는 말은 도저히 입에 안 붙는다며 다시 날 너라 부른다.
 "너 걔 알아?"
 "내 친구."
 "지금 뭐라고 했어?"
 "아로하 이 자식, 내 친구라고."
 다래야, 넌 어쩜 매번 상태 안 좋은 아이들과 친하게 지내는 거니.
 "그럼 이 말 꼭 전해!! 나 중학생 아니라고."

"누가 봐도 넌 중학생이야."

"아무튼 안 믿으면 우리 누나라고 해서 증명해 줘."

"언제 만났어? 애가 중학생이래?"

중학생이라는 단어가 나올 때마다 녀석의 얼굴이 떠올랐다. 앞에 있으면 뒤통수를 한 대 갈기고 싶은 심정이다.

"근데 자켓 겉표지에 실린 여자, 너랑 비슷해."

눈치 빠른 녀석.

"산이 촬영 따라갔다가 우연히 만났어. 잘못된 만남이지."

"며칠 전에 놈이 중학생 어쩌고 하던 게 너였군."

"근데 넌 걜 뭐라고 불러? 변봉태? 아로하?"

"변봉태라는 이름은 어떻게 아냐? 학교에서도 아로하라고 등록되어 있는데. 봉태 자식이 순순히 지 입으로 말했을 리는 없고."

나 같아도 내 이름이 변봉태였으면 절대 말 못하지!! 지금까지 문 앞에 서 있던 녀석이 책상에 앉아 날 주시했다.

"그쪽에서 일하는 사람들은 명실 공히 다 아는 사실이던데 뭐."

"이 자식 멀쩡하다가도 변봉태라는 소리만 나오면 미쳐."

"그럼 너도 로하라고 하겠다."

"아니, 난 나의 봉태라고 불러."

농담이지? 라는 눈빛으로 다래를 쳐다봤다.

"농담이고, 사실은 봉태 자기."

봉태 녀석을 만나서 이렇게 변한 건가? 그때 다래의 폰이 울렸다.

"어이, 봉태 자기."

농담인 줄 알았는데 진짜였어? 다래야, 너 지금까지 여자 친구 안 만드는 게 봉태를 좋아해서, 아니, 같은 남자를 좋아해서 그런 거야? 안돼~!!

"봉태, 네가 중학생이라고 한 애가 자기 중학생 아니라고 전해달래."

봉태의 대답을 듣기 위해 다래의 폰으로 귀를 가져다 댔지만 잘 들리지 않았다.

"그 중학생을 어떻게 아냐고? 내 동생이니까. 그래, 끊는다."

난 전화를 끊고 나가려는 다래의 목덜미를 잡았다.

"왜 그런 소리 했는지 말해 봐."

"재미있잖아."

"너 정말!!"

"앞으로 오빠라고 불러."

문이 닫히면서 얄미운 놈의 얼굴이 사라졌다.

그리고 며칠 뒤, 중학생 사건의 충격에서 아직 채 벗어나기도 전에 변봉태가 내 앞에, 아니, 우리 집에 나타났다! 다래가 큰 가방을 든 봉태와 함께 집으로 들어왔다.

"오랜만이야."

"산다래, 이거 뭐야?"

난 눈짓으로 봉태 녀석을 가리키며 물었다.

"뭐가? 야, 들어와."

"얜 뭐고, 저 가방은 또 뭐야?"

불길한 예감이 빗나가기를 빌었지만,

"앞으로 같이 살 거야."

"누구 맘대로? 방도 없잖아."

"우리 다음 주에 이층집으로 이사 가는 거 몰랐냐?"

"누가 이사 간대?"

"엄마, 아빠."

이럴 수가!! 근데 왜 난 지금까지 몰랐지? 엄마, 아빠는 왜 나한테는 말 안 해준 거야!!

"중학생은 이제 오빠가 두 명이어서 좋겠다."

"변봉태!"

갑자기 치솟아오르는 화에 나도 모르게 녀석의 이름을 외쳤다. 머리를 뒤로 쓸어 올리고, 눈웃음까지 쳐가며 웃는 봉태 녀석. 도움을 요청하려고 다래를 쳐다봤지만 이미 사라지고 없었다. 그 순간, 현관문이 열리며 엄마와 아빠가 들어왔다. 이제부터 엄마, 아빠는 제 생명의 은인이에요!!

"안녕하세요, 다래의 절친한 친구 아로하라고 합니다."

"반갑구나."

아무리 가명이라 하더라도 이름이 아까워!! 그때 다래 녀석이 나타나 말했다.

"앞으로 로하, 우리 집에서 지내게 될 거야."

"무슨 소리냐? 자세히 얘기해 봐라."

소파에 앉는 부모님을 따라 다래와 봉태가 앉고 난 아빠 옆에 섰다.

"제가 얘기 드릴게요."

봉태가 자청하고 나섰다. 그래, 어디 무슨 소릴 지껄이는지 보자!

"저 고아예요. 5살 때 입양됐는데 일주일 전에 양부모님이 돌아가셨어요."

"저런."

"그 분들도 친척, 형제 없는 고아이시라 갈 곳이……."

말끝을 흐리며 눈물을 훔치는 변봉태.

"어차피 다음주에 넓은 집으로 이사 가니까 네 집처럼 편하게 생각하면서 지내거라."

"감사합니다. 이 은혜는 평생 잊지 않겠습니다."

"아빠, 안 돼!! 쟤 우리 집에서 살면 내가 나갈 거야."

"어래야."

"맘대로 해라. 어래 네게 실망이구나."

"여보."

방으로 들어가는 아빠의 뒤를 엄마가 따라갔다. 아빠에게 처음 듣는 실망이라는 단어.

"마음 좀 곱게 써라. 그나저나 어쩌냐? 아빠한테 미움받아서."

"미안해, 나 때문에."

"나 못된 거 이제 알았어? 변봉태! 이사 가기 전까지 지켜보겠어."

방으로 들어와 헤드폰을 끼고 노래를 틀었다. 잔잔한 멜로디와 감미로운 목소리에 마음이 차분해졌다. 처음 듣는 노랜데 누구 노래지? 노래를 정지시키고 제목을 살폈다. 제기랄!! 변봉태 이 자식!! 끝까지 내 기분을 망치다니. 하지만 잠이 들 때까지 녀석의 목소리가 귀에서 떠나질 않았다.

다음날부터 바쁜 스케줄로 인해 봉태 녀석의 얼굴 보기가 힘들었다. 이사 가는 날조차 나타나지 않았다. 덕분에 놈의 물건은 내가 다 옮겨야 했다. 다래에게 도와달라고 말했지만 약속있다며 자기 짐만 정리하고 집을 나갔다. 엄마, 아빠 역시 일찌감치 짐 정리를 마치고 데이트를 즐기러 나갔다. 눈물이 나오려는 걸 억지로 참고 봉태 녀석의 짐을 옮겼다.

이 자식, 오늘 이 수고비는 꼭 받아내고 말 테야!! 4시간 만에 놈의 짐을 다 정리하고 아래층으로 내려와 저녁을 먹었다. 고요한 정적만이 감도는 집에서 혼자 먹는 밥, 끝내주게 맛있다!! 9시쯤 다래와 엄마 아빠가 들어왔다.

"뭐야? 그 녀석이랑 같이 살자고 한 사람들이 책임져야 하는 거 아니야?"

"아이고, 오랜만에 돌아다녔더니 피곤하군."

"그러게요, 우리 들어가요."

밖에서 맛있는 저녁까지 먹고 왔으면서 나에게 약간의 미안한 감정도 없는 엄마 아빠.

"산다래. 짐 옮길 때 무리했는지 허리가 아프네. 네가 그러고도 봉태 친구야?"

"친구가 아니니까 안 도와줬지."

무슨 말이냐는 내 눈빛에 녀석이 한마디를 남기고 이층으로 올라갔다.

"우린 친구가 아니라 연인 사이."

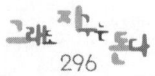

얼른 돈 벌어서 독립을 하든지 봉태 놈을 내쫓든지 둘 중에 하나다!

거실에서 TV를 보다 12시를 알리는 시계 소리에 이층으로 올라왔다. 이층엔 화장실까지 4개의 방이 있다. 화장실 옆이 다래 방, 다래 방 맞은 편이 봉태 방, 화장실 맞은편이자 봉태 방 옆에 내 방! 내가 죽어라 화장실 옆방을 쓰겠다고 했지만 다래 녀석을 이길 수는 없었다. 내 옆이 봉태 방이라는 것도 맘에 안 들었지만 창문을 열면 바로 앞이 골목길이라 오토바이나 차라도 지나가면, 아님 꼬마 애들이 크게 소리치면서 뛰어다니면!! 방에 작은 베란다가 있다는 것만 제외하고 다 맘에 안 들어!! 아, 개들을 깜빡했다. 이 한밤중에 왜 그리 죽어라 짖어대는 것이냐. 제발 잠 좀 자자! 개 짖는 소리에 이리 뒤척, 저리 뒤척하다 피곤했는지 잠이 들었다.

다음날 아침, 내가 아무리 신체 건강한 20대라 하더라도 그렇게 많은 짐을 정리했으니 몸이 성할 리 없었다. 온몸에 알이 배겨 걷는 모습이 꼭 임산부 같았다.

"너 고래 잡았냐?"

식탁에 앉아 오렌지 주스와 토스트를 먹고 있던 다래가 힘겹게 계단을 내려오는 날 보고 한마디 했다. 그러고 보니 내 움직임은 임신보다 고래가 더 잘 어울렸다.

"봉태는? 아직도 자?"

"스케줄 때문에 아까 나갔어."

"벌써? 얼굴 보기 힘드네."

"보고 싶어?"

팔을 들어 녀석을 때리려다 아픔이 느껴져 포기했다.

"네가 어제 안 도와줘서 온몸에 알 배겼어. 알기나 해?"

"모르지~ 그럼 집 잘 지켜라."

"또 어디 가는 거야?"

"오늘부터 크리스마스까지 스케줄이 꽉 잡혀 있어서 말이야. 넌 없으니까 집이나 지켜."

녀석의 말이 사실이었기에 난 조용히 주스를 컵에 따라 의자에 앉았다. 잠시 후 한껏 멋을 부린 다래가 내려왔다.

"일찍 와."

"일찍 오면?"

"나 심심해."

"돼지라는 친구랑 놀아."

"산이랑 이데, 요즘 연말이라서 바빠."

내 생일 이후로 한 번도 만나지 못했다.

"그럼 벽이나 긁어. 간다."

"아이스크림 사 와!"

쾅—!!

고의성이 있는 것인지 현관문이 큰 소리를 내며 닫혔다. 식사를 마치고 거실 소파에 앉아 텔레비전을 켰다. 하지만 혼자 봐서 그런지 재미없어서 끄고 소파에 누워 천장을 바라봤다. 하나, 둘, 셋, 넷, 다섯… 쉰, 쉰하나, 쉰 둘……. 벽지 무늬를 세어봤지만 심심해 미칠 것 같다. 심심함에 몸을 떨고 있는데 현관문 열리는 소리가 들려왔다. 엄마, 아빠는 아직

회사에 있을 테고, 다래는 나가면 5시간 안에는 안 들어오는데 그렇다면? 예상적중! 집으로 들어온 건 봉태였다. 봉태야~ 네가 이리 반가울 때가 있다니. 난 말을 잘 듣지 않는 몸뚱이를 끌고 봉태에게 걸어갔다.

"왜 벌써 들어와? 스케줄 다 끝났어?"

"응, 졸려 죽겠다."

"나 심심한데~"

놀아줘, 놀아줘!! 녀석이 내 눈빛의 의미를 읽었는지 내게 물었다.

"뭐 하고 싶어? 나갈까?"

"니 짐 옮기느라고 온몸에 알들이 들어차 있는 상태라 밖으로 못 나가."

"그럼 집에서 뭐 해?"

"지금부터 생각하자."

녀석과 머리를 맞대고 앉은 지 벌써 30분.

"야!! 아이디어 좀 내봐."

"시체놀이 어때?"

"싫어! 막 즐겁게 놀 수 있는 걸로 해."

하지만 도저히 떠오르질 않는다.

"변태봉."

"한 번만 더 그 이름 부르면 덮칠 거니까 각오해."

난 곧바로 경계 태세를 갖추고 놈을 노려봤다.

"내 몸에 조금이라도 손대면 죽어버릴 거야."

그러자 놈이 손가락으로 내 볼을 찔러왔다.

"어? 왜 안 죽어? 죽는다며?"

"재미없으니까 그만 하자. 너 노래 불러봐."

"싫어."

"불러봐."

"싫어!"

못 부르는 노래 들어준다는데 튕기기는. 다시 심심함에 몸부림치다 외출 결심!! 오랜만에 순미랑 엽쌍걸 좀 만나야겠다. 먼저 순미에게 전화를 걸었다.

"순여사, 만나자."

[연예인 친구 생겼다고 연락 안 하더니 웬일이야?]

"그러는 넌 만나자고 할 때마다 연애질한다고 안 만나줬잖아."

[네가 이렇게 날 못 맞추니까 그런 거야. 나 지금 남자 친구랑 제주도 왔어.]

진수 외에 처음으로 일 년 넘게 사귀고 있는 남자 친구. 돈 많고, 얼굴도 괜찮고, 성격도 좋지만 나이가 스물여덟!

"그럼 서울 오면 연락해."

[알았어.]

전화를 끊고, 이번엔 새콤에게 전화를 했다.

"달콤이랑 나와라."

[달콤이 아르바이트 때문에 안 되고, 나도 오늘은 약속있어.]

다음에 만나자는 약속을 하고 전화를 끊었다.

"어떻게 다 퇴자냐? 나랑 나갈래?"

"됐어! 가서 잠이나 자."
"그러게 중학생은 얌전히 집에서 공부를……."
"이게 정말?"
이층으로 도망치는 놈을 향해 리모콘을 던졌다.
"리모콘 박살났다."
"너 때문이야."
"본 모습으로 되돌아오기 힘들겠지만 테이프로 열심히 붙여서 맞춰봐."
녀석의 말대로 테이프를 동원해 리모콘을 맞춰보다 아무도 안 보는 곳에 버렸다. 봉태 놈만 입 다물면 완전 범죄가 될 것이다.

제19장
행복이란

    길었던 겨울 방학이 끝나고, 2학년이 되었다. 전문 대학이라 신입생 시절이 어제 같은데 벌써 졸업 학년이다. 졸업 학년은 2학기에 취업을 나가는 경우가 많아 1학년 때보다 수강해야 할 과목이 많았다. 또 과목이 많은 만큼 레포트의 양도 엄청났다. 내일까지 두 과목의 레포트를 내야 하는데 다래와 봉태 놈이 아래층에서 밥 달라고 난리를 치는 게 아닌가!! 펜을 내려놓고 아래층으로 내려갔다. 날 보자마자 다래 녀석이 외쳤다.
    "야채 볶음밥 해줘."
    "난 김치 볶음밥."
    "그냥 먹어! 나 레포트 두 개나 써야 하니까 방해하지 마."
    "그냥 얌전히 만들어주고 레프트 쓸래, 아예 레포트를 포기할래?"

오랜만에 예전의 그 치사한 다래로 돌아왔다. 아니, 지금 이게 문제가 아니지!!

"그래, 시켜 먹으면 되겠네? 시켜 먹어."

"안 하겠다고? 봉태야, 얼른 쟤 방으로 가서 나오지 마."

어떻게 해볼 사이도 없이 봉태가 계단을 뛰어올라 갔다. 그런 녀석을 뒤따라 올라갔지만 문은 이미 굳게 잠겨 있었다. 난 내 방문을 두드리며 말했다.

"변봉태, 문 열어!"

"김치 볶음밥."

"문 부수기 전에 얼른 열어!"

"부셔."

"나 레포트 써야 한단 말이야!"

"김치 볶음밥."

봉태 녀석, 다래 못지않게 하나밖에 모르는 왕고집이다. 그래, 불쌍한 놈들 살려주는 셈치고 착한 일 한번 하자. 계단을 내려와 주방으로 향했다. 가스렌지 양쪽에 프라이팬을 올려놓고 왼쪽에는 야채 볶음밥, 오른쪽에는 김치 볶음밥을 만들었다. 다래와 봉태, 두 녀석은 수저를 든 채 이미 식탁에 자리를 잡고 앉아 있었다. 완성한 볶음밥을 접시에 담아 놈들 앞에 놨다. 그러자 놈들은 고맙다는 인사도 없이 밥에 수저를 가져다 댔다. 한마디 하려다 돌아서는데 다래가 날 불렀다.

"왜? 맛없어?"

"내일 담임이 너 오래."

"무슨 담임?"

"우리 담임."

봉태가 대신 대답했다.

"너희 담임이 날 왜?"

"진학 문제 상담한대."

"그런 건 엄마, 아빠가 가야지."

"바쁘잖아! 저번에 못 갔기 때문에 이번엔 꼭 가야 돼."

분명 이번에도 엄마, 아빠는 못 갈 것이다.

"몇 시까지 가야 되는데?"

"10시."

"내일은 다행히 오후에 수업이 있어서 갈 수는 있는데 내가 대신 가도 돼?"

"니 이름 말하면서 오라고 했으니까 가야지."

"알았어."

간다고 말하고 바로 방으로 올라와 레포트를 쓰기 시작했다. 새벽 2시, 두 개의 레포트를 다 완성하자마자 침대에 몸을 던졌다.

다음날, 핸드폰 벨소리에 잠이 깼다. 졸려 죽겠는데 누구야?

"여보세요."

[학교 안 와?]

수화기에서 들려오는 다래의 괴성에 잠이 번쩍 깼다. 지금이 몇 시지? 헉! 10시 30분!

난 핸드폰을 팽겨치고 욕실로 달려갔다. 어제 늦게까지 레포트를 쓰는 바람에 못 일어났잖아. 재빨리 씻은 후, 대충 챙겨입고 밖으로 나왔다. 그리고 학교를 향해 죽어라 뛰기 시작했다. 학교 다닐 때도 이렇게 뛰어본 적이 없는데 오늘 기록 세운다. 교문에 도착해서는 산발이 된 머리를 정리하고, 호흡을 가다듬으며 2동으로 향했다. 1동 건물을 지나 2동이 가까워질 무렵 현관에서 봉태 녀석의 귀를 잡아끌며 나오는 어떤 여자의 모습이 보였다.

"아야야! 손 좀 놓고 가면 안 될까요?"

"또 도망가려고? 내가 두 번 속을 줄 알아?"

"진짜! 진짜 안 도망갈 테니까 내 귀 살려줘."

"앞으로 집 못 나가게 감시인 붙일 거니까 각오해."

"엄마!!"

녀석의 외침에 여자가 잡고 있던 봉태 귀를 놓았다. 그런데 지금 엄마라고?

"죽어도 집엔 안 갈 거야! 더 이상 죽도로 머리 맞기 싫어!!"

"가문대대로 내려오는 검도를 왜 안 하겠다는 거야? 할아버지랑 아빠도 이번만큼은 양보 안 하실 거다."

변봉태, 부모님 돌아가셨다고 했는데 지금 대화를 들어보면 엄마는 이렇게 내 눈앞에 살아 계시고, 아빠에 할아버지까지 살아계셨다. 감히 우리 아빠, 엄마한테까지 거짓말을 하다니.

난 한걸음에 두 사람 앞으로 걸어갔다. 고개를 숙여 봉태 엄마에게 인사를 하고 놈을 뚫어져라 쳐다봤다.

"그럴 이유가 있었어."

"그렇다고 우리 부모님한테 거짓말을 해?"
"잠깐, 지금 무슨 얘기냐?"
봉태 엄마가 어리둥절한 표정으로 우릴 번갈아 쳐다봤다.
"봉태 어머니 맞으시죠?"
"그런데?"
"봉태가 저희 집에 와서는 이러더라구요. 5살 때 입양됐는데 양부모님이 돌아가셔서 갈 곳이 없다고."
"그래? 귀여운 아들아~ 엄마, 아빠를 양부모 취급한 것도 모자라 멀쩡히 살아 있는데 죽여?"
아줌마가 잽싸게 도망가려는 놈을 잡았다.
"엄마, 그게 말이야."
"집에 가서 얘기하자."
"잠깐! 들어갈게! 하지만 조건이 있어."
"집으로 들어와 살기만 하면 뭐든 들어줄게. 말해 봐."
불안하게 놈이 날 향해 미소 지었다.
"내 감시인을 얘로 해줘."
"그렇게 해주면 집에 들어와 살 거야?"
"그리고 얘도 같이 검도하면 검도 배울게."
놈의 말이 끝나기가 무섭게 아줌마가 내 손을 잡았다.
"이름이 어떻게 되지?"
"산어래요."
"어래야, 부탁해."

"저기 전……."

"이렇게 부탁할게."

갑자기 아줌마가 내 앞에서 무릎을 꿇으셨다. 난 얼른 아줌마의 몸을 일으켜 세우려 했지만 꿈쩍도 하질 않았다.

"이러지 마세요, 얼른 일어나세요."

"어렵게 낳은 하나밖에 없는 자식인데 검도 배우기 싫다고 툭하면 집을 나가."

"우선 일어나서 얘기하세요."

"우리 집안을 위해서, 아니, 날 위해서 눈 딱 감고 해줘."

이젠 눈물까지 흘리시며 내 다리를 끌어안으시는 아줌마. 그때 종이 울리면서 하나둘씩 학생들이 나오기 시작했다.

"어머니!! 할게요!! 할 테니까 얼른 일어나세요."

"정말? 정말 해줄 거야?"

"네……."

"그럼 앞으로 우리 봉태 잘 부탁해, 어래야."

언제 눈물을 흘렸냐는 듯 아줌마가 승리의 미소를 지으셨다. 모전자전이다.

여기는 봉태 녀석의 집에 마련되어 있는 검도장.

"으아아앗!!"

"아다, 아다, 아다!!"

"이 녀석들!! 한 달이나 됐는데 아직도 목검 하나 제대로 못 잡아?"

"앞으로 연습 시간 세 시간으로 연장한다! 가봐."

녀석의 할아버지와 아버지에게 신나게 머리를 얻어맞고 집을 나와 차에 올라탔다. 내 옆엔 나처럼 머리를 감싼 봉태 녀석이 앉았다.
"둘 다 괜찮아?"
매니저 오빠가 걱정스런 눈빛으로 우릴 바라봤다.
"궁금하면 형도 검도해. 우리 할아버지가 굉장히 좋아하실 거야."
"하더라도 너희 집에선 안 한다."
30분 뒤, 화보 촬영이 있는 스튜디오에 도착했다. 대기실로 들어가자 반가운 얼굴들이 보였다.
"돼지야~"
난 커다란 통에 든 아이스크림을 먹고 있는 돼지에게 달려가 수저를 빼앗아 아이스크림을 먹었다.
"어래는 나보다 아이스크림이 더 좋나 봐."
"무슨 소리! 산이 네가 더 좋아."
"그럼 난?"
돼지 녀석, 내가 어떤 대답을 할지 알면서 또 묻다니.
"당연히……."
"나도 어래보다 아이스크림이 훨씬 좋아. 수저 내놔."
"너 지금까지 많이 먹었잖아! 나도 좀 먹자."
"이 아이스크림은 내 꺼야."
돼지와 난 수저 쟁탈전을 벌였다.
"이데, 어래한테 양보해라."
역시 산이는 천사임이 분명해.

"자꾸 남의 것 뺏어 먹으니까 배가 나오지."

"그래, 불뚝칠성!"

봉태 놈의 말에 돼지가 맞장구쳤다.

"나 불뚝칠성이니까 아이스크림 먹을 거야."

"왕불뚝칠성 되기 전에 손 놔."

"누가 아이스크림 돼지 아니랄까 봐! 남에게 양보하는 법이나 배워."

"너나 남의 것 탐하는 욕심 버려."

잡고 있는 수저를 서로 자신의 쪽으로 잡아당기다 그만 아이스크림 통을 건드렸다. 통은 그대로 바닥으로 추락했고, 통에서 가출한 아이스크림 덩어리는 구석으로 굴러갔다. 저만치 굴러간 아이스크림 덩어리를 향한 시선을 거두자 돼지와 눈이 마주쳤다. 우린 누가 먼저라 할 것 없이 동시에 입을 열었다.

"너 때문이야!!"

"너 때문이야!!"

"이게 왜 나 때문이야? 남의 아이스크림에 욕심 부린 게 누군데!!"

"양보라고는 요만큼도 모르는 주제에!!"

"빨리 책임져."

"아이스크림이나 치워."

"거기 두 사람!! 당장 여기에서 나가!!"

결국 나와 돼지는 스튜디오 건물 밖으로 쫓겨났다.

"너 때문이야."

"너 때문이야."

다시 녀석과 실갱이를 벌이는 그때 우리 앞으로 꼬마 두 명이 지나갔다. 아이스크림을 들고 있던 꼬마가 옆에 있는 꼬마에게 아이스크림을 내밀며 말했다.

"자, 먹어."

"너 먹어."

"나 한 번 먹었으니까 이번엔 네가 먹을 차례야."

그렇게 두 꼬마는 서로에게 아이스크림을 양보하며 사이좋게 나눠 먹었다. 눈이 마주친 돼지와 난 어색하게 웃었다.

"우리 저기 갈래?"

난 도로 건너편에 있는 아이스크림 가게를 가리키며 말했다. 우리는 손을 잡고, 횡단보도를 건너 아이스크림 가게로 들어갔다. 꼬마들처럼 사이좋게 아이스크림을 먹고 나오자 반대편 스튜디오 앞에 산이와 봉태가 서 있었다. 우리를 발견한 녀석들이 횡단보도 앞까지 걸어와 마주섰다.

"돼지야, 우리 내기하자."

"무슨 내기?"

"신호 바뀌면 자신의 파트너 이름 부르면서 누가 빨리 파트너 앞에 도착하는지."

"좋아!! 내기에서 이기면 상품 없어?"

"만날 때마다 아이스크림 사주는 거 어때?"

이데 녀석, 만족스러운지 미소로 대답을 해왔다.

신호등이 빨간불에서 녹색불로 바뀌는 순간 나와 이데는 앞으로 달려

나가며 크게 소리쳤다.

"산이야—!!"

"아로하—!!"

이젠 네 이름 부르며 웃을래. 비록 이름뿐이지만 숨기고 혼자 마음 아파하기보단 기억하기 위해 네 이름을 부를래. 불안하고, 위태롭고, 건방지고, 냉정하지만 한없이 사랑스러운 아로하라는 이름을…….

From. 그래도 지구는 돈다
모놀로그

"형은 커서 뭐 될 거야?"
"로하 병도 고쳐 주고, 어려운 사람들을 위해 일하는 의사가 되고 싶은데 우리 로하는?"
"나도 의사 되고 싶지만 주사가 싫으니까 형 도와주는 사람 할래!"
"정말? 형이 어려운 사람들 아픈 거 고쳐 주면 옆에서 도와줄 거야?"
"응!! 그러니까 꼭 의사 돼야 해! 알았지?"
어려운 사람들을 위해 무료 진료하는 의사가 되겠다고 힘든 의학 공부를 시작한 형. 그리고 의과 대학에 수석 입학해 기뻐했었는데 얼마 지나지 않아 싸늘한 시체로 돌아온 형. 바쁜 부모님을 대신해 내게 부모가 되어준 착한 우리 형. 나 때문에 그렇게 원하던 의사의 꿈을 펼쳐 보지도 못하고 하늘로 가버린 야속한 형. 내 자신을 용서할 수 없다. 더 늦게 전에 용서를 빌어야 한다.

시원한 바람이 얼굴을 스쳐 지나간다. 후~ 하고 숨을 내뱉으면 하얀 입김이 앞으로 길게 뿜어져 나간다. 조금 떨어진 곳에 앉아 있는 두 녀석이 보였다. 신나게 떠들어대는 이데 녀석과 그런 이데의 이야기를 묵묵히 들어주고 있는 산이 녀석. 내 눈은 그 녀석들을 기억해 두고 싶은 모양이다. 녀석들을 향한 시선이 좀처럼 거두어지지 않는 걸 보니.
조용히 자리에서 일어났다. 다행히 녀석들은 내게 신경 쓰지 않았다. 몸의 중심을 잡으며 난간 위에 섰다. 높은 곳에 올라서니 세상이 내 발밑에 있다. 뛰어내리면 하늘을 날 수 있을까? 더 이상 끔찍한 기억들이 날 힘들게 하지 않겠지? 자유롭고, 편안해질 수 있겠지? 그리고 용서받을 수 있겠지? 바람이 내 얼굴을 스쳐 귀에 대고 속삭였다.
"널 데리고 가줄게."
눈을 감고 바람이 향하는 곳으로 몸을 맡기려 할 때 머리를 울리는 목소리가 들려왔다.
"지금 뭐 하는 짓이야? 그렇게 죽고 싶어? 죽고 싶으면 사람이 안 보이는 곳에 가서 죽든지!! 왜 사람 놀래키는 거야?"
넌 누구지? 어디에서 나타난 거야? 나 가야 하는데… 날 부르는 곳으로… 내가 원하는 곳으로 가야 하는데 왜 나타난 거야.

어레에게 생일 선물로 받은 스웨터를 입고, 목도리와 장갑을 챙겼다.

떠나기 전에 산이에게 전화를 걸었다. 허스키한 녀석의 목소리가 내 마음을 울리며 지나간다.

"자냐?"

[음.]

"나도 이제 자려고."

나 영원히 잠들지도 몰라, 산이야. 그런데 왜 아무 말 안 하는 거야? 내가 이대로 가버려도 상관없어? 훗, 살고 싶은 거냐, 아로하……?

"어래, 잘 챙겨줘야 해. 워낙에 덤벙거리잖아. 그 애 보고만 있어도 행복했는데… 듣고 있어?"

[으응.]

"이제야 용서받을 수 있겠다. 내가 얼마나 미웠을까? 너도 그렇지? 지금이라도 용서해라."

[으응.]

용서해… 아니, 날 증오하고 원망해… 그래야 내 맘이 편하니까.

"내 곁에 있어줘서 고마워. 날 떠나지 않아줘서 고마워. 내가 먼저 떠날 수 있어서 다행이야. 너 날 위해서라면 뭐든지 할 수 있지? 어래… 부탁한다."

어래, 보기보다 많이 여리니까 잘 보살펴 줘야 해. 산이 너라면 마음 놓고 갈 수 있을 것 같아. 나, 실망시키지 않을 거지? 그리고 정말 마지막 부탁인데… 나같이 못난 놈 잊어줘. 네 기억 속에서 나란 존재는 영원히 잊어줘. 부탁이야… 제발… 제발 잊어줘. 내가 모든 걸 기억할 테니까 넌 잊어.

전화를 끊고, 산이가 생일 선물로 사준 오토바이를 타고 마음이 편해질 때까지 달렸다. 모든 기억이 내게서 사라질 때까지 미친 듯이 달렸다. 시간이 흐르자 잠들었던 세상이 눈을 뜨기 시작했다. 이젠 내가 눈을 감을 차례다. 200m 앞에 커다란 차가 전력 질주하며 달려오는 게 보였다. 잡고 있던 손잡이를 왼쪽으로 틀어 그 차를 향해 달려들었다. 경적 소리와 함께 쾅 하고 부딪치는 소리가 내 귓전을 울렸다. 그리고 내 몸이 오토바이에서 벗어나 붕 뜨며 날아가는 게 느껴졌다. 하늘을 나는 게 이런 느낌이구나. 꽤… 기분 좋은걸? 이제… 이 답답한 세상에서 벗어나는구나. 이젠 힘겹게 살아가지 않아도 되는구나.

자유를 더 느끼고 싶었지만 내 몸은 빠르게 땅으로 떨어졌다. 눈을 감기 전 사천이가 내게 걸어오는 모습이 보였다. 웃으면서 내게 손을 내민다. 손을 뻗어 잡은 사천이의 손은 미소만큼이나 따뜻했다. 편안함을 느끼며 눈이 감기고, 어둠이 날 덮쳤다. 그러자 내 꿈에 항상 뒷모습만 보이던 꼬마가 또 나타났다. 꼬마와 함께 그 꼬마가 그리고 있는 그림들도 하나둘씩 내 눈에 들어왔다. 바닥에는 지금까지 끊임없이 날 괴롭혀 온 자실과 죽음에 관련된 끔찍한 그림들이 정밀하고, 사실적으로 그려져 있었다. 마지막 그림이 완성되지 않았다며 항상 투덜거리던 꼬마가 오늘은 조용하다. 그림을 그리던 꼬마가 뒤돌아 날 향해 미소 지었다. 처음 보는 얼굴이지만, 낯설지 않다. 그리고 한쪽 가슴이 쑤셔왔다. 초롱초롱한 눈으로 날 응시하던 꼬마가 입을 열었다.

"드디어 완성했다."

다시 한 번 날 보며 웃는 꼬마의 모습이 서서히 흐려지며 사라졌다. 난 꼬마가 드디어 완성했다는 그 그림 앞으로 걸어갔다. 오토바이를 타고 달려가는 내 모습, 반대쪽에서 달려오는 차에 부딪쳐 공중에 떠 있는 내 모습, 그리고 마지막 그림에는 바닥에 떨어진 내가 하늘을 바라보며 웃고 있는 모습이 자세하게 그려져 있었다.

난 무엇을 그리 갈망했던 것일까? …죽음?
내 눈은 무엇을 담았을까? 난… 무엇을 기억하는 걸까?
그리고 난 왜… 왜 눈을 감았을까?
나 하늘로 돌아가리라. 아름다운 이 세상 소풍 끝내는 날, 가서 아름다웠더라고 말하리라.

내가 없어도… 세상은 변함없겠지?
내가 없어도… 지구는 돌고 돌겠지?
내가 없어도 이 빌어먹을 지구는 돌잖아…….

독자편지

To. 산이—

산이야, 안녕? ^-^

잘 지내고 있지? 씩씩하게 하루하루 후회없이 잘살고 있는 거지? 항상 함께했던 사람들, 그리고 네가 정말로 사랑했던 사람들이 떠났다는 생각하며 슬퍼하지 말았으면 좋겠어. 언젠가는 치러야 할 의례적인 일이니까. 남들보다 빨리 찾아왔다는 거 빼곤 다를 게 없잖아. 그치? ^-^

사람이라는 거… 항상 그 사람을 만나고 그 사람의 목소리를 들으며 곁에 있는 걸 느껴야지만 안심이 되나 봐. 그런데 꼭 그래야 한다는 법도 없어. 내 마음으로 느끼고, 내가 그리워한다면 항상 곁에 있는 거랑 다름없으니까.

너와 네 친구들의 얘기들을 보면서 많이 웃기도, 또 많이 울기도 했었어. 너의 그 아름답지만 어리석은 사랑 얘기도 봤어. ^-^

사람은 혼자 살아갈 수 없어. 산이 너나 나나 혼자선 살아갈 수 없지. 뭐, 외딴섬에 혼자 떨어진다면 본능적으로 살아가겠지만. 하지만 혼자이고 싶은 사람도 없지.

오늘 너에게 일부분이지만 내 맘속 얘기를 하려고 해. 죽음이란 단어… 생각해 본 적 있지? 실제로 그 단어를 마음에 묻고 하늘로 간 사람도 있고……. 사천이와 로하. ^-^ 사천이는 어쩔 수 없이 죽고, 로하는 견딜 수 없을 만큼 사는 게 고통이었기에 죽고.

그런데… 그런데 말이야. 죽음이 과연 끝일까?? 정말 서럽고 외롭고 힘이 들 땐 죽고 싶지만 죽은 뒤엔 모르지. 사람들 말처럼 천국과 지옥으로 나뉘는지, 아니면 더 힘들고 우리들이 흔히 말하는 혼령으로 남아 그토록 싫어하던 이 세상을 떠돌지. 죽음의 뒤엔 또 다른 게 있다는 걸 믿지만 그게 뭔지는 나도 모르겠다. ^-^

대부분의 사람들은 마지막의 수단으로 죽음을 택하지만 난 틀렸다고 생각해. 아무리 힘들어도, 아무리 슬퍼도 난 죽음만은 생각하지 않을 거야. 현명하기보다는 죽을 만큼의 용기가 내겐 없거든. 내 작은 바람은 늙어서 아주 평안한 모습으로 잠들듯 죽는 거야. 사람이 살면서 슬픔과 기쁨, 만감을 교차하면서 살아가는 게 당연한 거잖아. 평생 행복할 수도, 평생 불행할 수도 없어. 이게 사람이 사는 맛이 아닐까? 검게 먹구름이 끼다가도 환하게 맑은 날이 오는 거… 그런 재미로 사는 거잖아.

　그러니까 제발 너만은 곁에 있는 친구들을 지켜줘. 어래의 친구들과도 잘 지내구. 알았지? 로하랑 사천이 떠났다고 너의 남은 인생까지 버리려 하지 말구. 들이는 로하랑 사천이가 잘 보살필 거야. 아마 그 녀석들이 보고 싶어서 간 거 같애. 크훗~ 어래에겐 미안한 일이지만 어래가 가기 전까진 로하와 들이가 행복하게 지냈으면 해. ^_^ 너두 그렇지?

　오늘은 이만 쓸게. 항상 든든하고 편한 모습으로 어래 잘 보살펴 주고, 너도 건강하고 행복했으면 좋겠다. 행복한 거야, 그치?? 사는 건… 하나의 행복이야.

　　　　　　　　　From. 배정하(iwantjosungmo@hanmail.net)

　To. 난 항상 사천, 네 얼굴이 그리워

　지금 행복하니? 이제는 아프지 않은 거니? 이젠 절대로 아프지 마, 절대 아프지 마. 아프지 마. 제발 아프지 마. 나 이렇게 부탁할 테니… 부탁할 테니 아

독자편지

프지 마, 사천아—
 너의 얼굴이 조금씩 잊혀져 가. 미안해, 널 잊어가고 있어서. 그리고 너에게 아무런 힘도 주지 못해서… 아무 말도 해주지 못해서… 그렇게 아픈 채로 가버린 너에게 항상 미안해. 그리고 마지막까지 어래를 사랑하며 가버린 너에게 미안해. 그래서 너의 얼굴을 잊어가는 것도 모두… 항상 미안해.
 많이 울었어. 나, 많이 울었어. 정말 미친 듯이 울었어. 그리고 많이 아팠어. 왼쪽 가슴 한구석을 도려내듯이 아주 많이……. 그런데 난 이렇게 미치도록 울었는데… 미치도록 아파했는데 사천이 넌 끝내 우리 곁으로 돌아오지 않더라. 그래서 더 많이 아프더라.
 잘 지내고 있는 거야? 그곳은 눈물없이 편한 곳이니? 난 이제 그곳에서 네가 행복해졌으면 하는 바람인데. 어래는 보고 있어? 그리고 우리 모두 보고 있는 거야? 우리 보면서 울고 있는 게 아니라 웃고 있는 거 맞지? 그런 거 맞지, 사천아? 내가 생각하는 거 맞지?
 행복해져. 사천이, 너 여기에서 아파했던 만큼 행복해야 해. 다신 그렇

독자편지

게 아프지 마. 절대로 아픔만은 선택하지 마. 나 너에게 아무런 힘도 되어 줄 수가 없는데… 어래는 웃고 있을 텐데. 너 그렇게 아프면 나 이렇게 또 다시 울어야 하잖아. 그리고 사천이 너만 너무 억울한 거잖아.

나 왜 그런지 너만 생각하면 항상 눈물이 흘러내려. 난 분명히 바보같이 너의 얼굴을 잊어가고 있는데… 그런데… 내 눈에서는 의미 모를 눈물이 계속해서 흘러내리고 있어.

너 대신 내가 우는 거라고 생각할게. 나 그래도 되니? 너에게 힘이 되어 주지 못한 바보 같은 내가 대신 흘리는 너의 눈물이라 생각해도 되는 거니? 흑, 보고 싶다… 보고 싶다… 보고 싶다.

부탁할게. 이곳에서 아팠던 만큼, 힘들어했던 만큼 꼭… 부디… 제발 행복해지렴. 그리고 이제는 슬퍼하지 말고, 눈물 흘리지 말고 웃으렴. 그러면 분명히 하늘도 너와 같이 웃고 있을 거야. 그리고 내가 환한 하늘을 본다면 사천이 네가 웃고 있다는 걸로 생각하고, 나도 같이 웃을게. 이제는 울지 않고 웃을게. 그러니까 이제 너도 아파하면 안 되는 거다? 너의 모든 것들 버리고 가버린 거 우리가 원망하지 않도록… 너 그곳에서는 행복함에 미소 짓고 있어야 한다.

사천아, 보고 싶다. 그리고 부탁할게. 아프지 마. 행복해져. 만약 네가 행복하다면, 행복함에 미소 짓고 있다면 내가 너의 웃음 볼 수 없으니까, 너 대신 하늘에서 너의 웃음 볼 수 있도록 해줘야 하는 거다? 나랑 약속하는 거다. 새끼손가락 걸고 나랑 약속하는 거야.

From. 하현지(dear1109@hanmail.net)

To. 바보 같은 당신이라는 사람

행복하니? 난 지금, 너에게 행복하냐고 묻고 있어.

너의 갑작스런 선택으로 인해 나는 눈이 충혈될 정도로 울었지만… 그곳에서는 행복의 웃음을 짓고 있을 너를 생각해서 난 지금은 너와 같이 환하게 웃으려고 노력하고 있어. 바보같이 바보 같은 선택을 했지만, 넌—

너에게 소중한 사람들을 만났겠구나. 그리고, 그곳에서 너의 소중한 사람들과 함께 웃고 있겠구나. 난 지금이라도 로하 네가 있는 곳으로 가고 싶지만,

그곳으로 가기에는 난 이곳에서 나에게 소중한 것들을 버리고 가기가 두렵기 때문에 어쩔 수 없이 살고 있어. 그리고, 어쩔 수 없이 너의 환한 웃음을 상상하며 살고 있지.

너의 미소를 한 번만 더 볼 수 있다면 하라고 매일같이 생각해 왔던 나지만, 로하 네가 있는 그곳으로 가기 전에는 너의 미소를 볼 수 없다는 것에 가끔씩 쓴웃음을 짓곤 해. 난 항상 어래에게 감사하게 생각한다? 어래로 인해서 잠깐이지만 너의 미소를 볼 수 있었고, 그리고 너의 사랑을 볼 수 있었으니까. 아주 잠깐이었지만 말이야—

훗, 당연히 그 미소와 사랑이 나를 향한 게 아니라서 슬펐다. 그래서 잠시나마 내 존재를 한숨으로 덮어보려 했지만 역시 난 아직도 어래가 될 수는 없나 봐. 그렇기 때문에 난 이렇게 쓴웃음을 짓는 건가?

난 어래를 한동안 질투했어. 너의 미소가 어래에게 향했을 때, 그리고 사랑한다는 말이 어래에게 향했을 때… 내가 얼마나 질투를 했는지 몰라. 그리고 너의 선택으로 널 다시 볼 수 없었을 때는 아주 바보 같은 생각이었지만, 너에게 감사했다. 이제는 더 이상 어래를 향한 너의 미소와 말들을 보면서 나 혼자

독자편지

서 질투할 일이 없어졌었으니까.

하지만 지금은 내가 그런 생각을 했다는 것에 굉장히 후회해. 그리고 내 자신을 한심스럽게 여기고 있어. 로하 네가 그런 선택을 하고, 나를 눈물 흘리게 했을 때부터- 난 더 이상 너의 미소를 볼 수 없었으니까.

그래서 난 지금 이렇게 생각한다. 나를 향한 미소와, 사랑이 아니어도 괜찮으니까… 제발, 부디, 다시 어래에게 돌아와 주기를 하고 말이야.

아로하- 널 사랑했었다. 훗, 사랑한다, 사랑할 것이다라는 현재형과 미래형이 아니라 지금은 종료한 과거형이지만 로하- 널 사랑했었어. 너에게 사랑받는 어래가 정말 부러울 정도로. 그리고 그 모습을 보면서 눈물 흘릴 정도로- 하지만 난 이제 더 이상 너란 존재를 사랑하지 않겠어. 어때? 이만하면 너에게는 꽤 좋은 말이지? 넌 그곳에서 사는 지금도 어래를 사랑하고 있을 테니까. 널 더 이상 사랑하지 않는 대신 내 부탁 하나 들어줄 수 있겠니? 그곳에서- 지금은 내가 볼 수 없고, 갈 수 없는 그곳에서— 이곳의 일 모두 잊고, 그곳에서 행복해 줄 수 있겠니? 다시 사는 셈 치고 다시 그곳에서 사랑하고, 행복할 수 있겠니? 이제 더 이상 너의 미소를 볼 수 없어

독자편지

서 슬퍼. 그래서 아직도 난 눈물 흘리고 있어. 하지만 나 이제 더 이상 슬퍼하지도, 눈물 흘리지도 않을 거야. 로하 넌 지금 행복하다고 말할 수 있다고 생각하니까.

행복하렴. 아프겠지만 내가 볼 수 없는 그곳에서라도 행복해라. 그리고 '난 지금 행복합니다' 라고 말할 수 있을 때, 내 꿈속에서라도 행복하다고 말해줄 수 있겠니?

그립다, 아로하. 네가 너무 보고 싶고, 그립다.

From. 하현지(dear1109@hanmail.net)

To. 어쩌면 바보 같은 짓인지 모르겠지만…

어쩌면 바보 같은 짓인지 모르겠지만… 네가 어딘가에서 보고 있을지 모르겠지만… 네가 행복할지 모르겠지만…….

가끔 조금씩 시간을 내어 읽어왔던 그.지.돈. 처음 연소창에서 그지돈이 재밌고, 슬프다는 소리를 들었을 때 제목 때문에 거지돈이 연상돼서 조금

웃었다지. 하지만 아니었어. 웃는 게 아니었어. 나만 이렇게 생각할지 모르겠지만 죽음을 갈등하는 한 인간의 몸부림. 이게 주제였을지도 모르지.

그 한 인간이… 너겠지, 아마? 여러 사람들의 시선을 뒤로한 채 영원한 행복과 영원한 상처를 위해 떠나간 거야. 그게 얼마나 현명한 선택일까. 그게 얼마나 현명하지 못한 선택일까? 네 주위에서 죽음의 강을 건너가 버린 몇몇 사람들. 근데 널 보며… 참 웃었지, 아마. 누군 죽고 싶어 갈등하는데… 누군 아픔을 견디다 못해 죽고 싶어 갈등하는데… 누군 아픔을 딛고 살려고 노력하잖아. 난 누구에 해당할까… 넌 누구에 해당하지?

내게 찾아온 일로 다시 한 번 죽음이란 단어가 머리 속에서 메아리치고 있어. 이렇게 힘들 거면 살 이유가 없잖아? 그런데… 그런데 말야. 난 살 이유가 없는 세상을 떠나지 못하고 있잖아. 날 바라보는 여럿 사람들, 날 지켜주는 여럿 사람들, 날 사랑할지 모르는 몇몇 사람들. 너도 어래가 있잖아. 너 없인 매일 눈물과 영원한 이별의 아픔으로 힘들어하는 어래가 있잖아. 넌 어래와 이데만으로도 행복했잖아. 그 둘은 널 떠나지 않을 거잖아. 그들도 널 필요로 하고 있어.

꼬마의 그림. 그런데… 그런데… 웃기게 내 꿈에도 언젠가부터 꼬마가 나타나기 시작했다? 웃기지? 근데… 그 꼬마는 그림을 그리려 하지 않아. 그림을 그려달라고 하면 안 된다고 하잖아. 안 된다고… 아직은. 난 좋은 꼬마를 만나지 못했어. 그런데… 그런데… 나 죽음이란 단어를 한번 씻어보려 한다?

사랑하는 사람이 생겼잖아. 매일 그 사람의 정보만 캐게 될 것 같아. 후우… 그 사람이 로하를 닮았다? 하나에서부터 열까지 네 성격을 닮았어. 근데… 죽음이란 단어가 생각되진 않나 봐. 가끔씩 어두운 얼굴로 온통 하얀 방에서 갇혀 사는 내 얼굴과는 완전 하늘과 땅 차이더라.

그래서 나도 한번 그렇게 살아보고 싶어서… 내가 꼬마의 그림을 망쳐 버릴 것 같은데… 괜찮겠지?

가끔은 이러는 내가 바보스럽고 밉다…….

어쩌면 현명한 선택을 했을지도 모르는 로하에게
From. 산애련(dywjddmsrud2003@hanmail.net)